Markus Mittmann

Wodka mit Grasgeschmack

Roman

KIENER

Meinen Eltern

»Wo liegt eigentlich das Ende der Vergangenheit?«, will ich von Edward wissen.

»Prost!«, sagt er, »wir leben doch jetzt.«

Und überhaupt sollte ich erwähnen, dass ich dies alles aufschreibe, ohne es zu wollen. Nur diese seltsamen Zeilen scheren sich nicht um meine Wünsche, benutzen mich als Sprachrohr oder Helfer. Ich will dich nicht schreiben, sage ich zu diesem Buch, und doch widersetze ich mich nicht. Widersprüchliche Gefühle sind nun mal keine seltene Erscheinung. Das Leben legt einem irgendwelche Themen vor die Füße, die behandelt werden wollen, und ein gewisser Widerstand, vielleicht auch Widerwille verhindert nicht immer, dass man die Herausforderung annimmt.

Dieses Zitronenauto

Eigentlich wünsche ich mir, dass alle Menschen glücklich sind, also selbst Menschen, denen ich in meinem ganzen Leben nicht begegnen werde. Weil mir überall diese Gekreuzigten auffallen, mit ihren alten und frischen Wunden, Narben sowieso. Du brauchst nicht tief zu graben, nur leicht zu kratzen und stehst metertief im Jammertal. Überall Absturzgeschichten, überall gleich. Und wenn es nicht um die Seele geht, ist es der Rücken, nächtlicher Harndrang oder die Angst vor Bakterien aus dem Weltall oder auf der Klobrille. Oder alles zusammen! Wirklich kein Wunder, dass sämtliche Seelenreparaturwerkstätten wegen Überfüllung schlecht zugänglich sind, selbst für Privatpatienten, obwohl sowieso niemand seine Macke jemals wegbekommen hat, wie eine gut ausgebeulte Blechdelle, sondern weiter damit durch die Welt läuft, nur vielleicht nicht mehr so sichtbar. Irgendwann einmal will ich ohne Vorsicht die Augen aufmachen.

Vielleicht hat diese Reise nie stattgefunden. Ich sitze auf der Rückbank eines gelben VW-Beetle und stoße mir den Kopf an der Heckscheibe. Sitzfarbe grau. Sitzflächen blau. Zweitürer. Im Ernstfall kommst du hier nie wieder heraus. Neben mir sitzt meine Mutter, der das Einsteigen auch nicht

6

gerade leicht gefallen ist, mein Vater auf dem Beifahrersitz, mein Bruder am Steuer. Er ist nur drei Jahre älter als ich, jedoch haben diese drei Jahre gereicht, dass ich immer der kleine Bruder blieb. Klein in jeder Hinsicht, das betont er gern, jetzt ist er mein Chauffeur. Er schweigt und fährt auf der A2 Richtung Osten. Der Motor brummt gleichmäßig. In der Blumenvase neben dem Lenkrad wackeln Kugelschreiber um die Wette. An diesem Vormittag. Alles in feiner Balance. Und alles kommt mir wichtig vor.

Jetzt verbiege ich mich und sehe gewaltige Wolken am Himmel, fest wie Rasierschaum, die um sich greifen oder eilig ausfetzen, eine auf den Kopf gestellte Landschaft, in der die Berge, auch Vulkane, nach unten zeigen und sich alles verdichtet. Diese verdrehte Welt über mir.

Wenn man alles vergessen könnte, was man vergessen will, nur das Gereinigte übrig lassen, die Tage nur, wenn sie froh sind oder wenigstens die Stunden oder Momente und den Regen nur, wenn er warm ist und freundlich, die Toilettenspülung im Nebenzimmer nur, wenn sie nach Brandung klingt. Egal! Wanderung, Pilgerreise, denke ich. Pilgerreisen führen zu einem Ziel, um das es am Ende gar nicht geht, immer mit der Furcht vor dem, was man entdecken kann. Sie spüren alles auf, rücksichtslos, Liebe und Zorn, Reue, vielleicht auch erst einmal ohne Erkenntnisse. Das ganze Zeug steht plötzlich vor dir. Auf einem Feld an der Autobahn wachsen Blätter, um die es am Ende auch nicht geht, nur um die Rüben in der Erde darunter. Mein Bruder beschleunigt den Wagen, älteres Baujahr, man hört es. Das rhythmische Knir-

7

schen von Kies unter entschlossenen Schritten hätte mir jetzt besser gefallen.

Die Wolken ziehen in Fahrtrichtung. Es ist nicht Sommer und nicht Herbst.

Wir fahren übrigens nach Polen, mein Bruder und ich zumindest, meine Eltern fahren nach Schlesien, nach Hause, sagen sie. Nur dort erlebten sie jene Momente, in denen sie glücklich waren, ohne es zu wissen. Dieses saubere Glücksgefühl, das nichts verlangt, was über den Augenblick hinausgeht, ohne jeden Gegengedanken. Als Kinder mussten sie ihre Orte verlassen, irgendwo unterhalb von Breslau, in der Gegend von Neisse. Nie wieder waren sie dort. Heute steht Wrocław* auf unserer Autokarte und Nysa, die deutschen Namen in Klammern darunter. Mein Vater kann den neuen Namen seines Dorfes nicht einmal aussprechen, bei meiner Mutter ist es einfacher. Noch bevor meine Eltern verstehen konnten, was Heimat ist, haben sie sie verloren. Geblieben ist das Gefühl, etwas greifen zu wollen, das für immer fern blieb, auch unklar, nicht einmal ihr Schmerz ist eindeutig. Dann das Unbestimmte an sich drücken, nicht mehr loslassen, in sich aufnehmen, verschmelzen. Alles nur Luftschlösser. Um diese Sehnsucht geht es, diese laute Sehnsucht, die sich niemals abschütteln ließ und sie verfolgte wie Blechdosen das Hochzeitsauto. Bewegte Bilder laufen durch ihre Gedanken, Stimmen, Namen, Orte und was weiß ich. Im Gesicht meines Vaters steht Besorgnis.

---

* Ortsnamen in polnischer und deutscher Sprache siehe S. 254

8

»Du fischst deine Gedanken immer aus dem trüben Teich«, sagt meine Mutter.

»Seit der Vertreibung gab es keinen einzigen Tag, an dem ich nicht an zu Hause gedacht habe«, sagt mein Vater. »Das war immer da.«

Die Entfernung hat er sich auf den Kilometer genau ausgerechnet und die Zahl im Kopf immer bei sich getragen, sein Glücksbringer. Sechshunderteinunddreißig. Kein wirklich weites Ziel, nicht über den Atlantik, in der Reichweite eines einzigen Tages. Die längste Zeit seines Lebens lag sein Dorf unerreichbar hinter dem Eisernen Vorhang. Selbst der Ausdruck von Gefühlen der Verbundenheit bekam bald den Klang einer verbotenen Anmaßung. Angst und Trauer dagegen blieben immer erlaubt.

»Ich bin seitdem nicht mehr ganz«, sagt er abwesend.

Meine Mutter holt tief Luft, und ich betrachte die Fältchen auf meinen Fingergelenken. Wenn das Fürchterliche, das sie erleben mussten, nun durch ihre Gedanken wandert und von dort durch ihre ausgesprochenen Worte, vielleicht klärt es sich dann, hoffe ich, vielleicht wird es flüchtig und angenehm. Ein Vorgang des Filterns. Ich kann nicht ahnen, was diese Reise alles aufwirbelt, aber wir dürfen nichts entzaubern oder verwischen. Schlesien ist längst zu einer Vorstellung geworden, zu einem Begriff, der keine Gegenwart mehr besitzt. Außer den Klößen von gekochten Kartoffeln. Traumland. Schreckensland. Das Land, das einmal Schlesien war. Und gut, dass die Fahrt so lange dauert.

Ich lege mein Gesicht an die kühle Seitenscheibe und

quäle meinen Blick nach oben, die ersten übermütigen Wolken erscheinen, dazwischen verbreitet die Sonne Lichtbündel zum Anfassen, von denen einige direkt zu uns herunterzielen. Eine unentschlossene Wetterlage, die auf meine Schilddrüse drückt, mit zwei Fingern verschaffe ich mir Platz am Hals. Noch ist unser Fahrzeug mein Kokon, in dem die Ordnung überschaubar ist. Jetzt nirgends ankommen, denke ich und sortiere meine Knie neben den Kanten des Beifahrersitzes ein. Das Hellblau der Sitzflächen erinnert mich inzwischen an das tiefe Blau eines Sommerhimmels.

»Hat jeder sein Fett weggekriegt«, sagt meine Mutter und wendet sich ab.

Hoffentlich verlieren meine Eltern ihre Heimat nicht zum zweiten Mal. Wonach sollen sie sich sehnen, wenn nicht nach dieser Heimat und nach allem, was daran klebt? Ihre Erinnerungen werden sich mit der Gegenwart verbinden, mit neuen Orten an derselben Stelle, übereinander, wie die Namen auf der Landkarte. Ich frage nicht, ob sie sich freuen. Ich jedenfalls freue mich auf schlesische Backwaren. Mein Opa war Bäcker, wir sind eine Bäckerfamilie. Zuerst fallen mir Liegnitzer Bomben ein, runde Pfefferküchlein mit Schokoladenüberzug, darin halbierte Kirschen und Marzipan. Auch so ein Stück Vergangenheit, einschließlich der Bomben.

»Ich muss mal«, sagt mein Vater, »wenn es geht schon bald.«

»Hättest ja zu Hause nochmal gehen können«, sagt meine Mutter.

10

»Bin ich doch, aber ich trink doch morgens meine große Tasse.«

»Warum nicht heute mal die kleine?«, fragt mein Bruder, der kurz aus seiner Lethargie erwacht.

Mein Vater atmet tief, er braucht seine Regeln. Nur keine Überraschungen.

»Du bist nervös«, meine Mutter kennt ihn. »Das ist die Reise.«

»Oder noch der Krieg, ist doch egal«, sage ich, »ich muss vielleicht auch mal.«

»Sieht man gleich, von wem du die Blase hast.« Mein Bruder wirft einen verächtlichen Blick nach hinten.

Meine ganze Kindheit lang ging das so. Die Idee zu dieser Reise stammt übrigens von ihm, schon vor einem Jahr. Er wollte unsere Eltern in sein Zitronenauto laden und losfahren, dann schnell in ihre Dörfer und am nächsten Tag zurück. Überzeugend hatte er alles erklärt und sie angelächelt, mit seinem einzelnen Grübchen, das ihm von einem Sturz mit dem Tretroller geblieben ist. Das ist der Holzhammer, habe ich ihm gesagt, das ist kein Musical mit Übernachtung und Frühstück.

»Ist gut jetzt!« Ich halte Ausschau nach der nächsten Raststätte.

Unterdessen ertaste ich den Inhalt meiner Hosentasche, ein Schnürsenkel meiner Mutter, ein Schnürsenkel meines Vaters, ziehe vorsichtig zwei Enden ans Licht, dunkelbraun und hellbraun, meine heimlichen Begleiter sind noch da. Der Verlust dürfte nicht auffallen, sie stammen von Schu-

11

hen aus dem Heizungskeller, schätzungsweise Siebzigerjahre. Ich habe etwas vor.

Mein Vater zieht sich den Pullover aus, stößt dabei an Dach und Seitenscheibe. »Ich stehe schon wieder unter Wasser«, sagt er und dreht den Lüftungsknopf auf kalt.

Über mir breiten sich hellblaue Flächen aus, vielleicht kommen wir dem Licht näher. Oder das Licht kommt zu uns.

Dieses unruhige Umherlaufen meines Vaters, schon Tage vor jeder Fahrt, die in seinen Augen blitzende Bedrohung ließ bei mir schon früh den Verdacht aufkommen, dass jede Urlaubsreise ein gefährliches Abenteuer sei, ein vollständiger Kontrollverlust. Der Reiz blieb mir trotzdem. Wenn ich auf der Toilette saß, betrachtete ich die Bodenfliesen, frühe Siebziger, ihre Fugen waren die Straßen von Manhattan, gesehen aus extremer Höhe. Immer zwei Rechtecke ergaben ein Quadrat, alles Grundrisse der eng stehenden Wolkenkratzer. Die dritte Dimension war kein Problem für meine Fantasie, und der moosgrüne Badteppich, natürlich der Central Park, lag flauschig unter dem Waschbecken, mitten im Straßenraster, hupende Taxis, Polizeisirenen. Bevor ich auf der Klobrille Platz nahm, schob ich reiselustig den Teppich immer parallel zu den Fugen, zufällig passte er an drei Seiten genau zwischen die teuersten Straßenzüge unmittelbar am Park, dorthin, wo die Luft nicht ganz so stickig ist. Wenn ich die Hose wieder hochzog, kam ich aus Amerika zurück.

»Als ich fünfzehn war, haben wir unter russischer Besatzung gelebt«, sagt mein Vater. »Nachts mussten wir Holzbalken unter die Türklinke klemmen.«

»Lass doch!«, sagt meine Mutter.

Das Leitplankengrün rauscht an uns vorbei, mein Bruder schaltet sinnlos herunter, der Motor jault. Damit mir nicht schlecht wird, muss ich mich zwingen, über die Schulter meines Vaters nach vorn zu peilen. Übelkeit auf der Rückbank war schon mein Problem, als noch er am Steuer saß und die ganze Familie im blauen Ford Taunus 12 M mit weißem Dach in Richtung Alpen rollte. Mein Bruder und ich turnten auf der Rückbank herum und beobachteten über die Heckflossen hinweg alle Fahrzeuge, die sich vergeblich mühten, uns mit 100 km/h zu überholen. Wir notierten ihre Nummernschilder in einem Heftchen, natürlich alphabetisch geordnet. Jetzt sitze ich wieder hinten und stelle mir frische Luft vor.

Vielleicht wird doch noch alles gut.

»August sechsundvierzig haben sie nur noch uns Bauern rausgeschmissen.« Mein Vater reibt sich das Gesicht. »Ich sehe die Güterwaggons vor mir, in die sie uns gestopft haben. Sie hatten uns zurückgehalten, wir mussten noch die Ernte einbringen. Mit dem Fahrrad bin ich von Feld zu Feld und habe bei den Bindemähern die Fadenkugeln eingelegt.«

»Wie lange hat die Zugfahrt im Waggon eigentlich gedauert?«, einmal will ich es genau wissen, befürchte aber, mühsam aufgetürmte Schutzwälle zu durchbrechen. Es lässt sich sowieso nicht verhindern, beruhige ich mich.

»Ich weiß nicht, es gab keinen Sonntag mehr«, sagt mein Vater ohne zu überlegen, jedenfalls auf halber Strecke brauchte die Dampflok Wasser, da war ein Rohr, wir haben getrunken, was rein ging.«

»Wir sind einfach nur gefahren, hatten ja keine Uhr.« Meine Mutter hat eine glatte Stirn, auch wenn sie nachdenkt.

Dann schweigen wir alle, und ich weiß woran meine Eltern jetzt denken, Bilder aus der Geschichte, in ihren Augen eine scheinbare Teilnahmslosigkeit. Auf dieser Reise werde ich mir noch oft vorkommen, als zerrte ich die Vergangenheit gewaltsam ans Licht, gegen den Willen meiner Eltern. Vielleicht lerne ich sie jetzt erst kennen, beides, Eltern und Vergangenheit.

Aber es ist nicht etwas Lebendiges, das ich sehe, es sind Kinobilder, sie flackern in Schwarz-Weiß. Die Gesichter meiner Eltern, als sie jung waren. Und die Kratzer auf der Filmrolle sorgen für Punkte und Linien, die über die Vergangenheit tanzen und sie angenehm unwirklich machen. Niemals habe ich meine Eltern ausgefragt. Sie erzählten meistens dieselben Geschichten, mehr wollte ich nicht wissen. Bruchstücke formten sich bei mir zu einer Masse, die ich nicht bewegen wollte, die mir erstarrte. Bis heute jedenfalls. Ich wusste nicht, dass sie vor dem endgültigen Abschied schon vor der Roten Armee geflohen waren, als deutsche Truppen Brücken sprengten und Panzersperren bauten. Nach Kriegsende durften meine Eltern zurück und noch ein Jahr zu Hause bleiben, lebten wie Gefangene in einer unklaren Zwischenzeit. Sagen wir mal Strandgut der Weltgeschichte.

Meine Mutter lächelt und zupft an ihrer Hosenfalte.

14

»Manchmal war ich auch ganz ruhig, weil ich dachte, es wird alles gut. Was sonst?«

Zuhause, dieses Wort nahmen sie übrigens nicht mit in den Westen. Und wenn sie es verwendeten, sah man ihre Tränen blitzen, oder kleine Pausen in ihren Worten zeigten, dass sie sich Mühe gaben, wieder froh zu sein. Erst jetzt habe ich das Gefühl, alles wissen zu müssen, meinetwegen nur ganz grob, aber ich brauche einen Überblick.

Auf einer Wiese nahe der Autobahn stehen Pferde. Sie schauen nach unten.

Mein Vater schüttelt den Kopf. »Die Sache mit dem Ausweis habe ich nie vergessen.«

»Mit welchem Ausweis?«, fragt mein Bruder.

»Der Reisepass, als wir nach London wollten.« Mein Vater macht eine Pause. »In das Formular habe ich Schwammelwitz geschrieben. Die Beamtin hat nachgeguckt und rausgefunden, dass das jetzt in Polen liegt. Ich sei in Polen geboren, hat sie gesagt. Damals war es Deutschland, hab ich ihr gesagt, heute ist es Polen. Niemandsland ging ja nicht. Vielleicht hatte sie Angst vor mir, am Ende stand mein Schwammelwitz OS wieder im Pass.«

Wenigstens hat er sich nicht alles gefallen lassen, denke ich, ansonsten sagen meine Eltern nicht einmal bei einer Tasse Kaffee, was sie wirklich wollen, immer dieser Zusatz, falls noch etwas in der Kanne ist und nur nicht extra eine neue Kanne, bloß keine Umstände.

Mein Bruder dreht sich zu mir um. »Im Fach neben dir muss irgendwo Lakritze liegen.«

15

»Hier ist alles Mögliche, aber keine Lakritze.«

»Dann lass, ist egal.«

Ich trage ein weißes Hemd, das gefällt mir.

»Fahr doch, fahr!«, ruft mein Bruder. Er fühlt sich belästigt.

Auch mein Vater regt sich auf. »Der gehört gar nicht auf die Autobahn.«

»Fahr! Wenn schon einer Fiat-Multipla fährt.« Mein Bruder beugt sich über das Lenkrad. »Ist der hässlich!«

Dann wird es auch noch einspurig. Achtzig. Kleine Baustelle. Sechzig. Der Fiat fährt vor uns. Vierzig.

»Der hält sich nur an die Geschwindigkeit«, sage ich.

»Ach Quatsch, der provoziert«, ist er überzeugt.

Ich weiß nicht genau, was mich an meinem Bruder stört. Oder quält. Es ist nicht nur die Art, in der er geht, sein schwankend unbeholfener Gang, nicht sein selbstgefälliges Lächeln, mit dem er auf mich herabschaut, obwohl er drei Zentimeter kleiner ist als ich, mich korrigiert, mir die Welt erklärt und seine Sicht der Dinge zur einzig gültigen Wahrheit erhebt und dann einen Syltaufkleber verkehrt herum aufs Auto klebt. Vielleicht sollte ich an die guten Stunden denken. Wir aßen gemeinsam die erste weiße Schokolade unseres Lebens, sangen Schlager in die Pfeffermühle oder starrten einträchtig auf den Bildschirm des Schwarz-Weiß-Fernsehers, als Kojak in Manhattan, das Magnetlicht aufs Dach seines Autos heftend, um die Kurve schleuderte. Später liebten wir den Strand von Malibu und Magnum mit Ferrari und Hawaiihemd, beides offen und schon

16

in Farbe. Und wenn unsere Eltern immer dienstags zum Heimat- und Gesangsverein gingen, sahen wir heimlich Inspektor Columbo, verhängten das Fenster mit einer Konstruktion aus Besenstielen und Decken, damit unsere Großeltern im Nachbarhaus nicht das flackernde Fernsehlicht sahen. An einem dieser Abende verstanden wir uns besonders gut und redeten wie Freunde, die sich alles sagen können. Ein ganze Flasche twelve-year old Whisky half dabei. Wir haben mit dem Eis in unseren Gläsern geklingelt, bis uns die Sinne schwanden. Auch das ist mein Bruder.

Diese Reise ist längst vorbei, als wir Heidel besuchen. Eigentlich heißt sie Adelheid, auf Kinderbildern sieht sie aus wie Pippi Langstrumpf. Wie immer im Eingang die Vergänglichkeitsparade, alte Frauen auf Stühlen, rechts und links aufgereiht, schauen uns an wie ein Fernsehprogramm. Zweite Etage. Nachmittagssonne. Wir sitzen im Besuchsraum, der Fußbodenbelag glänzt, auf dem Tisch eine Orchidee ohne Blüten, ich stelle sie mir rosa vor, neben uns leere Stühle. Mit beiden Händen hält Heidel ihre Kaffeetasse. Mein Vater erzählt seiner Schwester von ihrem Heimatdorf, seine Erinnerungen überstürzen sich. Wer weiß, wie viele Menschen nach dieser Reise unsichtbar wieder mit am Tisch sitzen, jene, die sich längst in den verblassenden Erinnerungen heimlich zurückgezogen hatten. Heidel hört aufmerksam zu, manchmal nickt sie mit ihrem mächtigen Kinn oder lächelt in sich hinein, betrachtet ihre eigenen Bilder. Wie gut doch der Kuchen im Pflegeheim ist, sagt sie

17

immer wieder, und wie schön das Zimmer, und schade, dass der Fritz nicht mehr da ist. Sie stochert in ihrem Stück Torte. Ananas-Sahne.

»Alles so lange her.«

Vor dem Fenster trocknen Papierblumen, die sie gebastelt und bemalt haben. Eigentlich wollte ich ihr Fragen stellen.

Glück auf, der Steiger kommt!

Ich bin Autobahnbeobachter. Ich registriere Autobahnereignisse. Ein Rennwagen-Polo überholt uns, volle Kampfausrüstung, sportliche Sitze, aber der junge Mann am Steuer schaut kaum über das Armaturenbrett, hat sich selbst tiefer gelegt und fest verzurrt. Die weiß gefärbte Trendfrisur seiner Begleiterin scheint von innen zu leuchten, oder es ist ihr Handy, über das sie sich beugt, während der Wagen dröhnend verschwindet. Ich bin abgelenkt, die Luft im Auto wird dünn, mein Bruder bläht sehr stark, bei Tag und bei Nacht, eigentlich immer. Und natürlich sammelt sich der Gestank bei den Fondpassagieren, wird dort eingeatmet und ausgeatmet. Schön tief einatmen, ausatmen, ein unfreiwilliger Filtervorgang, der die belastete Luft immerhin um ihre Schadstoffe erleichtert. Nicht auszudenken, wenn er sich jetzt noch eine Boulette kauft, sage ich mir, während das Zitronenauto in Richtung Osten rollt.

Die Autobahn streckt sich geradeaus durch den Wald, zeigt sich monoton und leer, rechts und links der Straße hohe Bäume, ihr Schatten, als eine gerade Linie, an der wir entlangfahren. Manchmal kommen Worte zu mir, die mir nicht gehören, die ich aber trotzdem ausspreche, sozusagen als Zuhörer und Sprecher zugleich. Oder ich höre mir die Worte

19

ungesagt an und wundere mich über das dumpfe Gebrabbel. Mein Bruder hält ein gleichmäßiges Tempo und sieht aus, als ob er weit entfernt durch seine Gedanken stapft. Zwei Handwerker im polnischen Audi rasen nach Hause, kämpfen um jede Minute in Freiheit. Wir alle denken und schweigen, bis die Landschaft anfängt, anders auszusehen.

»Regina, hast du im Bad das Licht ausgemacht?« Mein Vater versucht vergeblich, sich nach hinten umzudrehen. »Du warst doch nochmal oben.«

»Das hatte ich zum Schluss gar nicht mehr an!«

»Ja«, brummelt mein Vater. Seine Rasierwasserwolke will heute wieder nicht abklingen.

Wir fahren nicht wirklich an einen bestimmten Ort, unser Ziel hat etwas mit Heimatlosigkeit zu tun. Wir fahren zu den Bildern in unserem Kopf, also zumindest kein fremdes Land. Bilder, in denen bis jetzt nur die Vergangenheit lebte, die heute aufwachen und sich mit der Gegenwart vermischen. Theaternebel. Der Dampf über dem feuchten Asphalt passt da gut. Vorstellungen, die ich mir als Kind machte, wenn meine Eltern erzählten, illustriert durch ein paar gerettete Fotos, sie zeigen ihre Häuser oder groteske Gestalten, die meine Verwandtschaft sein sollen, Männer mit grauen Bärten, seltsam gekleidete Frauen, die schon in jungen Jahren wie Großmütter aussahen. Später betrachtete ich Fotos vom Nachkriegszustand, gemacht auf der ersten Reise meines Onkels, der ohne Erlaubnis sein Dorf besuchte und dafür die Nacht in einer Polizeizelle verbrachte. Aus allem dichtete ich mir eine Welt zusammen. Kinder in kurzen Hosen

20

auf einem Heuwagen, brütende Hitze, ein schlesischer Sommer. Diese Sommer waren wärmer, behaupten meine Eltern, das Licht intensiver, die Winter schneereich und hell. Und wenn der Schnee gefroren war, konnten sie als Kinder auf einer Zuckerkruste laufen.

Der Lkw vor uns macht Schwierigkeiten. Als wir ihn überholen wollen, schert er aus und schlenkert uns seinen Anhänger vor die Nase. Mein Vater regt sich fürchterlich auf. Ich mache mir Sorgen.

»Die müsste man ...«

»Alfons, lass doch«, beruhigt ihn meine Mutter.

Ich würde mir gern die Schuhe ausziehen, aber für diese Bewegungen ist kein Platz.

Mein Bruder lässt den Wagen auf eine Raststätte rollen und lenkt ihn in eine Parkbucht, seine Arme umkreisen das Lenkrad, als steuere er einen Linienbus durch den Stadtverkehr.

Ein Wohnwagengespann aus Ostfriesland fährt vor, der Fahrer steigt aus. Neben ihm hält ein tiefliegender Golf mit jungen Leuten aus Polen, am Heck ein aufgeschnalltes Mountainbike. Alle tragen Jogginghosen. Der Ostfriese installiert ein Treppchen vor der Wohnwagentür, jetzt steigt auch seine Frau aus. Dazu das Rauschen der Autobahn, gesichtslos, ständig verändert und immer gleich, wie Schaum. Ein Lieferwagenmann aus Litauen hängt kopfüber in einem Ford-Motor. Alles zufällig.

Ich warte am Auto neben einem Fahrschulwagen. Der Schüler absolviert ein Sporttraining. Auch seinen Lehrer

21

quält der Bewegungsmangel, an der offenen Heckklappe dehnt er seinen krumm gesessenen Körper und zündet sich eine Zigarette an. Beifahrersitzleben. Wieso eigentlich müssen Dienstwagen eine Abkürzung des Firmennamens auf dem Nummernschild tragen? Es mag sein, dass ich mir alles zu genau ansehe. Dann rieche ich plötzlich den Wald. Eine klare Luft, die mich an frisches Wasser erinnert, direkt aus der Quelle.

»Lasst uns wieder fahren, alles nicht so lecker hier«, sagt mein Bruder, als die Drei zurückkommen, »essen können wir auch im Auto.«

Er steigt als Letzter ein, schlürft noch einmal an seinem coffee-to-go und verstaut ihn in der Mulde unter dem Armaturenbrett.

Meine Mutter angelt Brote aus einem Rucksack zu ihren Füßen, Wurst für meinen Bruder, der Rest Frischkäse, drapiert ein Küchentuch auf ihrer Hose.

In diesem Moment rollen zwei VW-Busse auf die Raststätte und halten direkt vor uns, am Heck das Schulbussymbol. In kürzester Zeit entsteigt eine Gruppe Bergmänner ihren Fahrzeugen, auf ihrer Tracht das Musiksymbol, manche schwanken leicht, wahrscheinlich ein Chor oder eine angetrunkene Kapelle. Hastig wird eine Heckklappe geöffnet, wir sehen einen Rollator neben mehreren Kisten Bier. Kräftige Hände greifen und öffnen die Flaschen, man prostet sich zu, die schwarzen Männer beißen in dicke Würste. Geselligkeit, Kameradschaft, Mettwurst. Mit unsicherem Schritt löst sich ein junger Bergmann aus der Gruppe, seine Bierflasche

22

ausgestreckt, kommt er auf unser Auto zu. Wir haben Glück, ein älterer, noch nüchterner Kollege hält ihn zurück. Der Betrunkene wehrt sich nicht und grinst uns mit irrem Blick an. Er sieht blass aus. Plötzlich taumelt er und beugt sich nach vorn. Das Steigerlied noch im Ohr, erbricht er in einem Schwall seinen Mageninhalt, eine Monokultur aus hastig getrunkenem Bier und Mettwurst, auf das an sich schon rötliche Pflaster des Parkplatzes. Glück auf, der Steiger kommt! Hätte man für ein Kochbuch nicht besser arrangieren können, denke ich, und verspüre wie immer den Zwang, die Masse mit genauem Blick zu zerlegen. Wurst in gutem Erhaltungszustand, also unzerkaut, pur, ohne jedes Brötchen. Eine Verdauung konnte nicht mehr stattfinden. Die Bergleute prusten los, lachen mit vollen Stimmen, wohl doch ein Chor, einige applaudieren.

Mein Bruder klopft sich auf die Schenkel. »Das sind noch Kerle!«

Der Bergmann dagegen richtet sich auf, hält Ausschau nach der Autobahntoilette und torkelt los. Neben unserem Auto bleibt er noch einmal stehen und setzt den Rest seiner Mahlzeit auf dem Gehweg ab. Wieder grinst er uns an.

»Ich nenne es Völlerei«, sage ich.

Im selben Moment startet mein Bruder den Motor, die Vorstellung hat unsere Laune verbessert.

Meine Mutter, das karierte Küchentuch auf den Beinen, müsste jetzt eigentlich Äpfel ernten und Pflaumen oder sogar Pfirsiche aus den Schrebergärten ihrer Bekannten heranholen, Marmelade kochen, Apfelmus. In dieser Jahreszeit

23

habe sie eigentlich keine Zeit zum Verreisen, hatte sie noch vor der Abfahrt gesagt.

Ich lasse mir von ihr eine Käseschnitte reichen. Ich bin eingesperrt. Inhaftiert.

»Du kannst dir auch eine mit Cervelatwurst nehmen.«

»Gib mir auch mal eine«, meldet sich mein Bruder.

»Wurst oder Käse?«

»Ist egal!«

»Du hast wieder die Kruste abgeschnitten«, ärgert sich mein Vater, als er meinem Bruder das Brot reicht.

»Das solltest du gar nicht sehen, die war total schwarz«, verteidigt sich meine Mutter.

»Ach, ihr schneidet sogar braune Kruste ab.«

»Das ist krebserregend«, sage ich.

»Quatsch, ich habe mein ganzes Leben die Kruste gegessen und bin auch fast neunzig.«

Ich kaue und denke an meinen eingeklemmten Darm, der die Speise nur eingeschränkt befördern kann.

»Irgendwie muss ich hier raus«, sage ich zu meinem Bruder.

»Wir müssen aber auch irgendwann mal ankommen«, sagt er.

»Du sitzt ja auch nicht auf der Hutablage.«

»Bist auch so eine Hutablage.«

Ich reibe mir das Gesicht und schaue aus der Seitenscheibe, die übrigens schlecht geputzt ist. Oder die Waschanlage war defekt. Am Himmel schieben sich die Reste eines Gewitterschauers von rechts nach links, Chaosgestalten, die den Zustand seelischer Erschöpfung nachbilden, geradezu als Ausdrucksballett, nur dass hier keine verdrehten Knochen tanzen, sondern unsortierte Windgebilde. Mein Kinderarzt steht vor mir. Ich liege auf seiner Pritsche und sehe ihm von unten in die Nasenlöcher. Er singt mir ein Lied vor, Panzer rollen nach Afrika, und lächelt stolz, er ist mit dem Komponisten in dieselbe Klasse gegangen. Jedes Mal, Panzer rollen nach Afrika. Die Straße glänzt feucht, an jedem Strich der Mittellinie steht eine längliche Pfütze. Es geht mir nicht so gut. Aus der Lüftung dringt schwülwarme Luft in unser Fahrzeug, nur die Blechverkleidung unter der Seitenscheibe fühlt sich angenehm kühl an. Ich starre auf die Straße, die sich bewegt, obwohl wir es sind, die sich bewegen, kann mir leicht vorstellen, dass mein Blick unser Auto voranzieht.

»Hat uns keiner gefragt«, sagt mein Vater plötzlich. Seine Gedankenlabyrinthe mit den niedrigen Wölbungen und Winkeln, in die keine Sonne dringt.

Letztlich verreist man immer zu sich selbst.

Weiß und nadelfein

Entlaust haben sie uns auch, obwohl keiner von uns Ungeziefer hatte. Das muss ein Hobby der Engländer gewesen sein. Die hatten weißen Puder, pfundweise wurde das mit Blasgeräten in die Klamotten gepustet. Ich habe keine Luft mehr gekriegt. Wie Geister haben wir ausgesehen, verseuchte Geister. Aber bis dahin hatten wir wirklich keine Läuse oder Flöhe. Später haben wir erfahren, dass es DDT war, die haben uns zur Begrüßung erstmal vergiftet. Den Frauen haben sie das Zeug in die Schlüpfer geblasen, dass es an den Haaren wieder rauskam. Unglaublich, was ein Mensch aushalten kann, hat mein Vater erzählt.

Es ist der Winter nach der Reise, als ich die Stelle suche, an der mein Vater aus dem Waggon geklettert ist, seine Füße den ungewollten Boden berührten. 1946, vielleicht an einem kleinen Bahnhof, ein Güterzug voller Vertriebener, darunter mein Vater, zwei seiner Schwestern, seine Mutter, sein Großvater. An einem sonnigen Nachmittag im Januar fahre ich zu diesem Ort, mein Sohn ist dabei. Er ist neun Jahre alt.

»Ich würde mich nicht blau wundern, wenn es den Bahnhof nicht mehr gibt«, sagt mein Sohn.

»Manchmal sind noch Schienenstränge oder Betonfundamente da«, sage ich, »dann weiß man, wo alles gestanden hat.«

»Ich will den Bahnhof unbedingt finden«, sagt er.

»Warum?«

»Weil es gut ist, wenn man etwas findet.«

Mitten auf einem Gleis haben sie gehalten und die Türen aufgeschoben. In Baracken wurden wir gesteckt, die Nazis hatten im Krieg da Zwangsarbeiter von den Stahlwerken eingesperrt, den Geruch würde ich heute noch erkennen. Ich bin mir auch wie ein Häftling vorgekommen, aber im Gefängnis sehen die Toiletten besser aus. Wir hatten einen Donnerbalken und die Schlafplätze waren mit Brettern abgeteilt, Schweinebuchten wie im Stall. Und hinter diesen Brettern haben wir nachts geweint. Die erste Graupensuppe ist uns hochgekommen, und das erste Leberwurstbrot vom Roten Kreuz hat uns die Muttl nach ein paar Bissen wieder abgenommen. Unsere Klamotten haben wir in langen Zinkwannen gewaschen und auf dem Stacheldraht getrocknet. Flüchtlinge und Dünnschiss kann niemand aufhalten, haben sie gesagt. Manchmal habe ich mit den anderen aus den Nissenhütten Fußball gespielt, unser Ball war ein geknotetes Tuch. Die Muttl hat auf uns aufgepasst, die war immer so stark. Erst im Alter wurde sie depressiv.

Meine Oma. Sie hat das alles nicht verkraftet, erklärten uns die Erwachsenen. So kenne ich sie nicht, hat mein Vater gesagt, sie war immer so lebenslustig. Von ihr habe ich das Wort

Grübeln zum ersten Mal gehört. Es kann nichts Gutes sein, habe ich gedacht und schon etwas mit Vergangenheit vermutet. Phasen tiefer Depression wechselten bei ihr mit Zeiten euphorischer Zuversicht. Wird schon wieda wada, hat sie dann gesagt, und aus ihren Augen leuchtete der Schelm. Aber es wurde nicht. Ich habe ihr Abgleiten gespürt, ihr Geringerwerden, als ob sie sich auflöst. Trotzdem haben wir sie Oma Bonbon genannt, zusammen Streiche ausgeheckt, uns mit ihr vom Sofa fallen lassen, wenn sie der Wolf war und wir die Geißlein. Doch über allem lag dieser traurige Schleier. Warum, habe ich damals nicht verstanden.

»Ich weiß, wie Kälte aussieht«, sagt mein Sohn. »Gelb!«
Etwas Schnee liegt noch an den Rändern der Straße und in den Ackerfurchen. Die Sonne steht tief, leuchtet gedämpft und verbirgt sich kurz hinter einer einzelnen Wolke. An der nächsten Abfahrt biegen wir rechts ab, immer in Richtung der rauchenden Schornsteine fahren wir durch eine Landschaft mit leichten Hügeln, manche nur als Ahnung, nicht einmal so deutlich wie die Wolke darüber.
Eigentlich eine Postkartenwelt, aber diese Gegend darf es nicht mehr sein. Verlassene Grundstücke, Unkrautwelten, dicht an der Straße steht eine Betonbrücke, die ins Nichts führt, Dörfer mit blassem Gesicht. Das Eisenerz hat alles verändert, ließ hier die »Stadt der Hermann-Göring-Werke« entstehen, damals, erkläre ich meinem Sohn, der schon viel über diese Zeit gehört hat.
»Was wollten die mit dem Erz?«, fragt er.

28

»Das konnte man zu Eisen schmelzen und damit Panzer bauen.«

»Panzer«, wiederholt er, »das ist nicht gut.« Er überlegt eine Weile. »Warum fährt Opa eigentlich nicht immer wieder zurück in sein Land?«

»Es geht nicht«, sage ich, »er wird dort zu traurig.«

»Traurig? Warum freut er sich nicht?«

»Er will nicht mehr an die schlimmen Sachen von damals denken. Es reicht schon, wenn er Gleise sieht oder einen Güterzug hört.«

Mein Sohn steckt seinen Kopf durch die Vordersitze. »Weint er dann?«

»Ich glaube schon. Manchmal fangen seine Gedanken an zu beißen. Verstehst du?«

»Ach so, beißen«, sagt er und lehnt sich zurück. »Opa ist sowieso immer im Kriegszustand.«

»Weißt du, jeder Krieg zieht seine Fäden in die Zukunft.«

Unsere Lehrer redeten noch lange über den Krieg. In Erdkunde kämpften wir uns durch ganz Afrika. Mitten im Kontinent hatte Herr Böttcher Deutschland verteidigt und irgendwann zufällig vom Kriegsende gehört. So musste er sich mit einer einzigen Kugel im Karabiner quer durch Afrika bis nach Hause durchschlagen. Diese allerletzte Kugel war natürlich für ihn selbst bestimmt, sein Notausgang, betonte er immer wieder und ließ uns alle afrikanischen Länder und Hauptstädte auswendig lernen. Am Ende des Schuljahres mussten wir eine Afrikakarte aus dem Kopf zeichnen, unsere Orientierungshilfe für den Ernstfall, einschließlich Madagaskar und seiner Hauptstadt Tananarive oder Tananarivo. Oder Antananarivo? Lexikon und Landkarten unterschieden sich, doch unserem Lehrer war es egal. Viel lieber erklärte er den Splitterflug einer detonierenden Handgranate, dass es überlebenswichtig sei, sich flach hinzuwerfen und eben nicht seinem Instinkt zu folgen und einfach wegzulaufen. Auf jeden Fall vergaß er wegen der Splitter die Hausaufgaben.

Die Straßen werden breiter, ihr Verlauf sieht nicht nach Zufall, eher nach planmäßiger Anlage aus, bald entdecken wir das Ortsschild »Salzgitter-Immendorf«, ein Dokumentarfilm. An der Hauptstraße stehen wenige alte Häuser, ein Bauernhof. Der einzige sichtbare Mensch, eine Frau, die Pappkartons vor ihrer Mülltonne zertritt, als wolle sie mit dem Aufstampfen ihrer kräftigen Beine das Übel vertreiben, ein heidnischer Brauch, Volkstanz. Und nachher das gute Gefühl, etwas Wichtiges erledigt zu haben. Ich parke am Ortsrand.

»Warum ist Opa ausgerechnet hierhergekommen?«

»Das waren so viele Vertriebene, die mussten überall verteilt werden.«

Mit einer Karte von Salzgitter steigen wir aus, ein schmaler Weg führt uns von der Hauptstraße zu einer Bahnbrücke. Irgendwo hier befand sich das *Puffercamp* der britischen Militärregierung.

»Ich halte immer schön Ausschau«, sagt mein Sohn, als wir an der Betonwand der Brücke die Böschung herabsteigen.

»Tritt nicht in die Pfützen«, sage ich unten an einem Trampelpfad, doch er lässt keine einzige aus, weil das dünne Eis auf ihnen so herrlich zerknackt.

Dann stehen wir an einem Gleis, das in Richtung der Stahlwerke abzweigt, neben uns ein verfallener Schrebergarten. Es ist kalt.

»Ist der Zug mit Opa hier langgefahren?«

»Ja, diese Gleise können es gewesen sein«, vermute ich.

Die späte Sonne färbt das rostige Metall orangerot, frische Glut aus dem Hochofen, das trockene Gras an der Strecke leuchtet wie ein Flammenmeer. Genau hier war es vielleicht, denke ich. Oder vielleicht weiter oben? Dort sind Birken gewachsen. Ihre Stämme als Striche, weiß und nadelfein, sauber parallel gezeichnet, blasse Farben verlaufen, ein Aquarell. Beiläufig entdecke ich den Mond, der schon am Himmel steht, derselbe Mond, den mein Vater damals durch die Barackenfenster gesehen hat. Ein Junge liegt wach auf seinem Matratzenlager, aber das Mondlicht tut ihm gut. Das Gesicht meines Vaters, als er jung war.

»Bestimmt hat sich Opa vorgestellt, dass dieser Mond zur gleichen Zeit in Schlesien scheint«, sage ich.

»Dann war der Mond sein Freund«, stellt mein Sohn fest.

Über einen aufgeweichten Weg gehen wir zu der Stelle, an der im Plan ein Bahnhof eingetragen ist. Hier ist alles verwachsen und verkrautet. Wir finden ein Wartehaus, daneben einen Fahrkartenautomaten, der grundlos in die Abendstille piepst. Mein Sohn untersucht das Gerät.

»Warum piepst der, Papa?«

31

»Weil er sich freut«, sage ich und schaue zurück in Richtung der Bahnbrücke.

Der Güterzug mit den Vertriebenen war mit Sicherheit länger als die Ausstiegsstelle des Dorfbahnhofs. Ich stelle mir vor, wie alle über ein Feld bis zu den Baracken gelaufen sind. Und alles fühlt sich nach Fundstelle an.

Erst nach der Reise hat mein Vater über die Tage in Immendorf gesprochen.

Mit seinen fünfundneunzig Jahren ist mein Großvater in Neisse zum Bahnhof marschiert. Im Waggon hat er immer versucht zu schlafen. Früher war eine Weste mit Uhrenkette sein Erkennungszeichen, wie eine goldene Girlande. Und dann lag er da zerlumpt mit seinem weißen Bart auf dem Boden herum. Hat danach nicht mehr lange gelebt.

Durch hohe Sträucher blendet die untergehende Sonne, langsam wird es dunkel. Ich sehe meinen Vater, ein Junge in kurzen Hosen, wie er seinen Opa herunter auf die Schienen hievt, in der Hand sein Bettzeug, eingeschlagen in eine Zeltbahn vom Jungvolk, darin wenige Kostbarkeiten, eine leere Konservendose und ein langer Nagel. Sein Kochgeschirr, sein Besteck. Alle springen aus den Bahnwaggons, in denen es unerträglich heiß und eng war, darunter dieser Junge, ich würde ihn gern in den Arm nehmen. Niemandsland. Erst nach der Entlausung gibt es Suppe aus der Lagerküche, ein Gong ruft zur Mahlzeit, Schläge auf eine Bombenhülse, Eindringlinge an einem Ort, an dem sich Brennnesseln wohlfühlen, nicht erwartet und nicht erwünscht. Der Junge schaut sich den

32

Abendhimmel noch immer ganz genau an und überlegt, ob es Regen gibt. Früher war so etwas wichtig.

In seinen Träumen hat sich der Junge auf weiße Bettwäsche gelegt, aber wenn er die Augen aufmachte, lag er auf Stroh.

Und irgendwann wird aus seinen ganz bestimmten Ängsten eine namenlose Furcht, etwas Unbeherrschbares, das sich an alles heftet, was durch seine Gedanken zieht.

Das Ungeziefer hat uns wachgehalten, die Hitze, der Schweiß, das lieben diese Viecher. Nachts knisterten die Läuse, aber die Wanzen waren gefährlicher, sind einige dran gestorben. Manche haben ihre Klamotten drei Tage eingegraben, da gingen die Viecher tot, aber keiner wusste, ob wir plötzlich wieder wegmüssen, hat mein Vater erzählt.

Nichts mehr von alledem habe ich gefunden, höchstens die Lage der Gleise, die Stahlwerke im Hintergrund. Aber ich habe die Stelle gesehen, an der das neue Leben meines Vaters anfing. Das Leben, zu dem auch ich gehöre.

Mein Sohn nimmt meine Hand. »Ich glaube, die haben sich hier das Herz aufgeschabt.«

»Kann man so sagen.«

»Ich habe mir auch mal was aufgeschabt, als ich mit dem Kopf durch das Geländer wollte. Kann man das reparieren?«

»Das Geländer?«

»Nein, das Herz.«

»Ich glaube nicht«, sage ich.

Langsam gehen wir zurück zum Auto. Feuchte Blätter auf dem Weg, in jedem einzelnen spiegelt sich das späte Licht.

»Bist du traurig, dass wir nichts mehr gefunden haben?«, frage ich meinen Sohn.

Er überlegt einen Moment. »Papa, was haben Pferde gemacht, bevor es Reiter gab? Und Papa, sind die Geschäfte heute offen?«

»Nein, heute ist Sonntag.«

»Dann lass uns nach Hause fahren.«

»Nach Hause«, sage ich, »das ist gut.«

Kaltes Lastwagenbuffet

Onkel Rudi geht unter dem Westkorn zu Boden. Das wiederkehrende Ereignis unserer Besuche in dem kleinen Ostdorf, gleich hinter Magdeburg, mit dem Unkrautplatz im Zentrum. Von der Autobahn aus sehe ich nur die Plattenbauten davor. Rudi wusste, dass die Gewöhnung an seinen Nordhäuser Doppelkorn gefährlich war, diesen Verdünnungskorn mit knapp 28 Prozent, und dass der Westkorn saubere 40 Prozent besaß. Aber jedes Mal verschätzte er sich, wenn wir unsere Flasche auspackten und der kapitalistische Korn so ölig den DDR-Alltag wegspülte. Erst wurde Onkel Rudi lustiger, dann tief traurig. Er trank und wischte Tränen, deutsch-deutsche Flüssigkeiten vermischten sich. Hinter diesen Plattenbauten.

»Zu deinem Geburtstag mache ich wieder die Schnitzelchen und dazu die große Auflaufform Kartoffelgratin«, sagt meine Mutter zu meinem Bruder und versucht, um die Kopfstütze herumzuschauen.

Mein Bruder sagt nichts.

»Ich schäle nur so ungern Kartoffeln, bin sofort in der Küche zu Hause. Alle haben immer nur Kartoffeln geschält, die Mama mit der riesigen Schüssel. Gesellen und Lehrlinge saßen ja auch mit am Tisch. Dann gabs Klöße, damit alle glücklich werden. Wenn der Topf vor sich hin köchelte, hat

35

die Mama über die Leute im Ort geredet, die Füße auf einem Hocker. Ihre blau gepunktete Kittelschürze hat sie bestimmt noch im Bett getragen.«

Meine Mutter schaut sich hilfesuchend um, zumindest sieht es so aus. Natürlich wird die Erinnerung vieles näher bringen und doch gleichzeitig in der Ferne lassen, unerreichbar, so lange, bis sich dieser Gegensatz Wehmut oder Schmerz nennen lässt. Das Näherkommen bleibt eine Illusion.

»Mein Platz war am Fenster. Da habe ich mit Puppen gespielt, das Hoftor immer im Blick! Ich musste wissen, wer kommt und geht.«

Kurz versucht meine Mutter eine angenehmere Sitzposition einzunehmen, scheitert aber.

»Jetzt schäle ich alleine Kartoffeln, das ist so still, nicht mal ein Auto fährt vorbei.«

»Stellt einfach einen Fernseher in die Küche«, sage ich.

Der Blick meiner Mutter hellt sich auf. »Vielleicht machen wir das.«

»Eine Küche ist kein Wohnzimmer«, ärgert sich mein Vater.

»Doch! Und du kannst auf dem anderen Apparat deine Tierfilme sehen, wo sich alle gegenseitig fressen.«

Ich rechne mir aus, wann wir in Breslau sind. Auf dem Seitenstreifen liegt ein schwarzes T-Shirt, es ist nass, sieht aus wie ein totgefahrenes Tier. Die ganze Reise kommt mir jetzt schon anstrengender vor, als ich dachte. Ein Grund dafür ist meine eingeklemmte Lage. Wenn wir über einen ernsthaften

36

Huckel fahren, stoße ich mit meiner Schädeldecke die Heckscheibe heraus. Dann wäre endlich wieder Luft und wenigstens mein Oberkörper in Freiheit.

Mein Vater dreht sich nach hinten. »Mit Bordwaffen haben die Russen geschossen. Bevor die Truppen kamen, sind sie mit Flugzeugen drüber. Die Piloten mit ihren Lederkappen haben mir in die Augen gesehen, dann spritzte schon die Erde hoch, alle Einmeterfünfzig sind die Geschosse eingeschlagen, wie mit der Schnur gezogen. Auf unserem Hof stand eine Vierlingsflak, die hatte die Wehrmacht auf dem Rückzug einfach stehen lassen.«

»Bei uns wars ja lustig«, sagt meine Mutter, »als die Front heranrückte, wurden die russischen Truppen nach Berlin abgezogen. Damit es keiner merkt, haben sie aus Ofenrohren und Kisten Panzerattrappen gebaut, sah sehr echt aus. Aber als Berlin eingenommen war, sind sie wiedergekommen und einfach durchgegangen. Wenn es um Mütter mit schreienden Kindern ging, hatten die schon mal ein mitleidiges Herz. *Cicho, cicho Malenke, still, still Kleines,* haben sie gesagt. Das waren auch nur Menschen, aber jetzt war Krieg und da waren es Soldaten, und wir waren der Feind.«

Meine Mutter summt ein Lied, *Einmal um die ganze Welt.*

»Der Mond hat einen Hof«, sagt sie nach einer Weile und schaut in den Himmel. Es ist kein Hinweis auf Regen, sondern ihr Zeichen, sie in Ruhe zu lassen. Nach ein paar Minuten lächelt sie unvermittelt, alles wieder eingeordnet, vermute ich.

Als kleiner Junge habe ich oft vom Krieg geträumt, und manche Träume kehrten immer wieder. Ich trug eine Uniform, eine Schildmütze, das schwarze, glänzende Schild an meiner Stirn. Ich war ein Mann in Uniform. Dann gab es Luftalarm. Alle anderen flohen in den Keller. Und ich sah mir selbst ins Gesicht. Ich hatte Angst.

Mit kräftigem Röhren überholt uns ein Ferrari, dicht gefolgt von einem Mercedes, der es ihm zeigen will, beide verschwinden in der Ferne, abgebremst landen wir hinter zwei Wohnmobilen. Die Risse in der Autobahn sind mit Asphalt ausgegossen, ein langes Band arabischer Schriftzeichen. Vor mir eine gelbe Motorhaube, immer hübsch nach vorn schauen. Unser Suchfahrzeug, denke ich und spüre, dass ich etwas erwarte. Ich fühle mich, als läge der Fund meines Lebens vor mir. Vielleicht entdecke ich nur etwas Allgemeines, nichts Fassbares, vielleicht auch die Hoffnung, dass alles gut wird. Egal. Es würde mir reichen.

Ich bin eingeschlossen, will mich nicht rühren, sonst spüre ich den Käfig. Und wenn ich meine Füße bewege, knistert ein Ballen alter Kassenzettel zwischen aufgerissenen Briefen, das Ganze in einer Mischung der verschiedensten Schmutzsorten. Das Knallgelb der Innenverkleidung, das exakt der Außenfarbe entspricht, leuchtet mir ins Gesicht. Wenn dies wenigstens ein goldener Käfer wäre, denke ich, niemand tritt auf einen goldenen Käfer.

Ich fürchte, in unserem Fahrzeug werden die Worte langsam knapp. Meine Mutter schweigt schon seit längerer Zeit und schaut unbewegt aus dem Seitenfenster. Manchmal se-

38

hen wir von der Autobahn aus in die flache Landschaft, die Ferne ist immer ein Aquarell, denke ich, aber meist fahren wir durch eine Schneise zwischen zwei Waldrändern, die hier ganz anders aussehen als bei uns. Oft sind es Kiefernwälder, dunkle Kiefernwälder, das Brandenburg-Lied summt sich in meinen Kopf hinein. Meine Mutter sang es, wenn ich in meinem Kinderzimmer spielte und sie mit immer gleicher Routine die Küche wischte. *Fliege hoch du roter Adler, hoch über Sumpf und Sand, hoch über dunkle Kiefernwälder, heil dir mein Brandenburger Land,* ungezählte Male. Und immer klang es froh. Die Wolken werden dichter, ziehen sich zusammen. Oder zieht mein Blick die Wolken zusammen? An ihren ausgefransten Rändern erkennt man die leeren Regenbehälter.

Die DDR habe ich als fernen Osten gesehen, ein uniformiertes Land, mindestens so fremd wie Mexiko oder Sri Lanka. Es gab dort keine Freiheit und keinen Multivitaminsaft, dafür Grenzanlagen und Mauern, die unsere Reisen in die Gegenrichtung lenkten. Diesmal fahren wir noch tiefer in den Osten und in eine frühere Zeit dazu. Dann schaue ich nach oben und alles scheint wieder vertraut.

Wolken sind zu allen Zeiten und überall gleich, jetzt wachsen sie zu gepuderten Hochfrisuren, ich sehe ihnen nicht an, dass wir plötzlich in Polen sind, es gibt keine polnischen Wolken, genauso wenig wie es polnische Sorgen gibt. Gefühle leben ohne Landesgrenzen. Ich komme auf die Idee, eine Liste aller Dinge zu erstellen, die in Polen und Deutschland völlig gleich sind, kein wissenschaftlicher Vergleich, eher eine willkürliche Zusammenstellung. Ich suche Gemeinsamkeiten. Gemeinsame Worte gibt es auf jeden Fall: Dach, Szturm, Hochsztapler, außerdem haben beide Länder eine Küste im Norden und hohe Berge im Süden. Und, wenn man in Polen ohne Regenschirm in einen Gewitterguss kommt, wird sich das genauso anfühlen wie in Deutschland.

»Ich muss mal«, sagt mein Bruder leise und wischt sich mit dem Ärmel den Schweiß von der Stirn.

»Wir waren doch gerade erst«, schimpft mein Vater.

»Lass ihn!«, sage ich. »Er darf ja, es ist sein Auto.«

Auf jeden Fall lernen wir alle Haltepunkte auf der Ostroute kennen. Mein Bruder steuert schon die nächste Raststätte an. Warum auch nicht? Autobahnen sind für mich das angenehmste Niemandsland. Nicht bestimmbar dieses Fließen und Brummen, und über allem geistert die Ferne vage herum. Es gibt das Land nicht mehr, in das wir fahren, denke ich, niemand kann über eine Autobahn die Vergangenheit erreichen. Im Kopf höre ich *Vamos a la playa*, während meine Mutter *Alle Vögel sind schon da* summt. Der Blinker gibt seinen Takt dazu. Wir parken gegenüber einer Lastwagenreihe. Als die Vorderbänkler ausgestiegen sind, schäle ich mich aus dem Auto, meine Mutter tut dasselbe mithilfe meines Bruders, dann wandern die Drei zur Toilette. Ich bleibe allein am Auto und strecke mich zurück in meine ursprüngliche Größe. Die Luft riecht nach aufgewühlter Erde.

Ich genieße den Aufenthalt in dieser Zwischenwelt, in der niemand etwas von mir verlangt, ich nicht einmal ankommen muss. Urlaub, Ferien, Kindheit. Eigentlich sollte ich nur zum Rasten auf die Autobahn fahren.

An den geöffneten Laderaumtüren eines tschechischen Sattelschleppers stehen drei Fernfahrer mit ihren Getränken. Zweimal Kaffee, ein Bier. Die Pausenzeit haben sie genau bemessen. Ausgekostete Minuten. Lkw-Fahrer kleiden sich immer für die Jahreszeit zu kühl, kurze Hosen, barfuß in Sandalen. *Auto doprava,* auf den beiden Lkw daneben lese ich dieselbe Aufschrift, ihr Chef heißt Josef. Es ist Mittag, auf der leeren Ladefläche haben sie Heimat aufgebaut, ein Brotkorb, Plastikschüsseln mit Salaten, kaltes Lastwagenbuffet, handgeschnippelt von den Ehefrauen, vielleicht noch im Morgengrauen. Schon wieder drei Leben. Die Männer reden durcheinander, gestikulieren, der fremde Klang ihrer Stimmen hallt durch den leeren Laderaum. Mögen sich eigentlich Polen und Tschechen? Der Mann mit dem Bier nippt an seiner Flasche und benutzt dann doch ein Wort, das ich kenne: *Märcedes.* Autos! Träume? Fernfahrerleben ist wie das Leben auf hoher See. Ihr Gaskocher leuchtet im Laderaum, auf blauer Flamme brutzeln sie etwas in einem Henkelmann. Fehlt nur noch der Benzinkanister. Ein Geländewagen fährt vor und versperrt mir den Blick.

»Haste mal Feuer?«, fragt mich plötzlich ein langhaariges Rucksackwesen.

»Nichtraucher!«, sage ich und zucke mit den Schultern.

»Weißt du, ich mag lieber Leute, die Leben retten, als die, die Leben zerstören«, murmelt er und schleicht davon.

Am anderen Ende des Parkplatzes läuft mein Bruder he-

41

rum, dieser Marionettengang, jetzt rudert er mit den Armen, betätigt sich sportlich. Stefan ist stolz auf seine Muskeln. Wenn du ihn bittest, dir beim Heben eines Blumenkübels zu helfen, schleppt er ihn dir gleich dreimal ums Haus. Nur damit alles klar ist.

Wir sind keine dreißig Minuten gefahren, als unser Fahrzeug zum Stehen kommt, Stau, der Innenraum des Beetles heizt sich auf. Ich betrachte die Rückseite meines Bruders, meines Vaters, vertreibe mir die Zeit mit einem Hinterkopfvergleich, zwei verschiedene Formen von Haarausfall, einmal mit, einmal ohne Schweiß, Ohrwinkel, Ohrläppchen, Ohrbehaarung, alles unterschiedlich. Und von wem hat mein Bruder diesen Stiernacken? In den anderen Autos werden die Smartphones ausgepackt. Erst Staumeldungen, dann Kartenlegen und sinnlose Positions-SMS. Ein Mann im VW-Bora fingert zugleich am Handy und an einer Zigarettenschachtel herum. Wer fährt schon Bora? Mein Bruder gähnt ununterbrochen. Und bläht. Er tut es gern.

»Du verfaulst doch bei lebendigem Leib«, sage ich.

Mein Bruder nickt.

Irgendwann rollen wir langsam wieder an. Alle blinken rechts, man sieht die Ursache des Staus, ein zertrümmerter Opel an der Leitplanke, Polizisten gestikulieren. Ergebnis einer SMS. Der Bora fährt inzwischen vor uns und gibt Vollgas. Mein Bruder spurtet hinterher, nicht aus verletzter Ehre, er muss schon wieder. Aber vorher müssen wir noch an Liegnitz vorbei, an der Ausfahrt bei Mikołajovice fährt er ab und sucht sich einen Busch. Ein Wegweiser zeigt zu einem Benediktinerkloster, aber wir fahren zurück auf die Autobahn. Und Breslau ist nicht mehr weit.

Dies ist eine Angelegenheit unserer alten Familie, in dieser Form längst ein historisches Gebilde. Wir sind wieder Söhne, die mit Mutter und Vater verreisen, obwohl sie schon lange Oma und Opa heißen. Meine Eltern können nicht traurig oder mutlos sein, glaubte ich als Kind, sie waren die Erwachsenen und damit unverletzlich. Jetzt sitzen sie neben mir und tun mir leid. Ich sehe ihre Schmerzköfferchen, auch die alten, die längst auf dem Dachboden verstaubt sind. Für meinen Bruder und mich ist es eine Fahrt in ein fremdes Land, für meine Eltern aber in ein fremd gewordenes Land. So vieles ist irgendwo in der Zeit verlorengegangen.

»Stefan, hast du auch eine wärmere Jacke mit?«, fragt meine Mutter.

»Brauche ich nicht«, sagt mein Bruder.

Nadja

Ich hatte nur meine Badehose an und war barfuß. Wir sind in den Hof gefahren und haben das Tor verriegelt. Eine Geschichte meines Vaters, diese belegt Platz Eins in seiner Damals-Liste. Im Auto vor mir sitzt er als ein Mann, der sein ganzes Leben kennt, damals ist er ein Junge, der sich freut, nach der ersten Flucht auf dem Pferdewagen endlich wieder zu Hause zu sein, mit seiner Familie. Und Nadja. Er genießt es, dass der 10. Mai 1945 ein heißer Frühlingstag ist, ein Nachmittag, an dem er eigentlich mit den Jungen aus dem Dorf am Bach gespielt hätte oder mit ihnen kopfüber ins Staubecken gesprungen wäre.

»Alle redeten über die Meldung, dass Hitler nicht mehr lebt. Bis zum letzten Moment für Deutschland kämpfend gefallen, sollen sie im Radio gesagt haben. Wir haben schon lange nichts mehr geglaubt, aber das hatten alle gehört. Natürlich waren wir froh, nur keiner wusste, was dann kommt. Es dauerte keine halbe Stunde, da ging das Hoftor auf, und ein russischer Lkw fuhr neben unseren Flüchtewagen. Soldaten sind mit ihren Maschinenpistolen abgesprungen und haben rumgebrüllt, alles durchgewühlt. Auf einmal wurden die hektisch, in einem Bündel lag ein Foto, der Rudolf in Uniform, Reichsarbeitsdienst mit Hakenkreuzmütze. Einer

44

hat geschrien: Hitler kaputt! Germania kaputt! Hat seine Waffe durchgeladen. Zum Glück war unser Ukrainermädel dabei. Wir sind liebe Leute, Nadja hat übersetzt, sie sollen uns in Ruhe lassen. Deshalb haben sie uns nur in den Keller gesperrt. *Du geben Uri,* haben sie noch gesagt. Irgendwann wurde es ganz still. Nach einer Stunde haben wir uns wieder rausgetraut. Zum Glück war unser Wagen noch da, auf den hatten wir mit Latten und Dachpappe einen Aufbau gezimmert. Und ein Sack Kartoffeln, damit konnten sie nichts anfangen.«

Am Vormittag des nächsten Tages steht mein Vater mit seiner Mutter im Hof. Vom Pferdestall aus beobachten sie die Straße. Wie immer hält mein Vater die Hände in den Hosentaschen, in einer Hand versteckt er seinen Glücksstein, lässt den Daumen über die glatte Oberfläche fahren, ein Kiesel, den er im Bach gefunden hat. Nur wenn er sich unbeobachtet fühlt, zieht er ihn hervor und betrachtet sein Muster, kreisförmige Schichten, grau, weiß, schwarz, wie ein Auge, in der Mitte das Schwarz. Ihr letztes Pferd, ein Rappen, ist an der Scheunenwand angebunden.

»Das hatten wir schon als Fohlen. Die Mutterstute und noch zwei Pferde hatte uns zweiundvierzig die Wehrmacht weggenommen, als Artilleriepferde.«

Plötzlich wird das Tor aufgestoßen, eine Gruppe russischer Soldaten stürmt in den Hof, die Worte der fremden Sprache klingen bedrohlich. Energisch gehen sie auf den Rappen zu.

Meine Großmutter begreift sofort. »Das könnt ihr nicht

machen!« Sie greift die Zügel, zieht das Pferd an sich heran, bis sie den warmen Tierkörper an ihrer Schulter spürt.

»Niemals!«, schreit sie die Männer an, »den hier nicht.« Wütend versucht ein Soldat ihr die Zügel zu entreißen, ein anderer bindet das Pferd los, es kommt zu einem Gerangel.

Der kleine Junge wird bleich, zieht seine Mutter am Rock. »Gib das Pferd her, gib das her«, fleht er.

Mit einem Handgriff zieht der Soldat seine Pistole, entsichert und drückt sie seiner Mutter auf die Brust. Das Gesicht des Mannes vor ihrem Gesicht. Sie bleibt reglos, schaut an den Augen des Soldaten vorbei, das Leder der Zügel fest in der Hand. Für einen Atemzug wird es still, ganz still. In diesem Moment stürzt Nadja aus dem Haus, ihre russischen Worte hallen über den Hof. Glühende Worte. Aufgeregt diskutieren die Männer mit ihr. Nadja versucht zu lächeln. Endlich steckt der Soldat die Waffe wieder ein. Er stößt wilde Flüche aus, reißt die Zügel an sich und führt das Pferd vom Hof. Mein Vater steht unbewegt neben seiner Mutter und Nadja. Glück und Unglück. Und wieder ein Abschied. Später werden sich diese Geschehnisse wie eine Schicht über alles legen, was auch zu seiner Kindheit gehörte, Staudämme im Bach, versteckte Orte am Waldrand und der Geruch von Malzkaffee.

»Das habe ich nicht mehr weggekriegt«, sagt mein Vater, »der hätte die Muttl erschossen, ich stand daneben.« Jetzt

46

ist seine Stimme in Tränen erstickt. »Der hätte sie erschossen. Wirklich!«

»Ich weiß«, sage ich.

Mein Vater rutscht auf dem Autositz hin und her. »Die Muttl, sie hat mich auf die Welt gebracht, und diese Welt war mein Dorf.« Plötzlich lächelt er. »Eine Woche später war der Rappen wieder da, ist den Russen ausgebüchst.«

»Wie lange war eigentlich Nadja noch da?«, frage ich meinen Vater.

»Noch lange, ihr haben wir mehrfach unser Leben zu verdanken. Die gehörte längst zur Familie. Noch vor dem Russlandfeldzug hatten sie die Nazis verschleppt und uns zugeteilt. Die ersten zwei Wochen hat sie nur geweint. Die hatte so neugierige Augen, wenn sie mal nicht traurig war.«

Jetzt weint auch mein Vater. Die Tränen des Mädchens sind in der Gegenwart angekommen.

»Zum Glück hat sich meine Schwester um sie gekümmert, die war ja gleich alt, haben sich gegenseitig Zöpfe geflochten. Meine Mutter hat sie wie eine Tochter behandelt, auch mal in den Arm genommen. Durfte unser Nachbar nicht sehen, der war ein richtiger Nazi, hat seine Ukrainermädel auf dem Spreuboden schlafen lassen, auch im Winter.«

Und ohne Unterbrechung frage ich mich, ob diese Reise Folgen haben wird. Eine reine Enttäuschung wäre noch die geringste Gefahr. Hoffnung auf nichts, keinerlei Versprechen. Mehr denke ich nicht, ein Lastwagen zieht auf unsere Spur, mein Bruder muss hart bremsen, mein Hinterkopf schlägt unter die Heckscheibe, endlich bin ich wieder klar.

47

In jedem Leben kommt der Zeitpunkt, an dem der Kellner die Rechnung bringt. Auf ihr ist nichts ausgespart. Manche nennen es auch Krise. Meine Eltern haben sich nie darum gekümmert, immer weitergemacht, ein Nobelpreis musste es nicht sein. Und endlich trauen sie sich in das Land, vor dem sie sich gehütet haben. Ihre Erinnerungen sind mit ihnen alt geworden und alles, was sie mit Respekt auf Abstand hielten. Immerhin wurde ihnen das Abstandhalten zu einer vertrauten Größe, auch wenn es eine Hilfskonstruktion war. Aber jetzt sitzen sie in diesem Auto und mir ist nicht einmal klar, ob sie die Reise mit Widerstand unternehmen. Vielleicht wollen sie meinem Bruder und mir einen Gefallen tun. Oder uns ihre Orte zeigen, damit sie nicht in das Vergessen fallen, damit von ihrer Heimat etwas übrigbleibt, von ihrem ganzen gesammelten Leben. Vielleicht frage ich sie. Oder besser nicht! Wahrscheinlich haben sie vieles mit ihren Erinnerungen angestellt, haben sie zurechtgeschoben, versteckt oder ihnen passende Bedeutungen zugeteilt, dabei nicht immer das Eindeutige gesucht. Nur ihre Orte ließen sie unberührt, weil sie sich nicht mehr verwandeln konnten.

Mein Vater dreht sich zu mir um. »Irgendwann ist der Krieg und das alles wieder vorbei«, hat die Muttl oft gesagt.

Die Dachreling klingt wie eine Panflöte, und mein Rücken tut weh, ich strecke mich, soweit es geht. Früher fuhr mein Bruder richtige Autos. Ich schaue ihn an, er spitzt den Mund, scheint etwas zu pfeifen. Die Fahrbahn in der Baustelle wird schmal, zwei Meter, ich hoffe, er hält die Spur, zum Glück fährt er rechts. Und immer denselben müden Ausdruck im Gesicht. Oh, jetzt schmunzelt er und beschleunigt, ein Mitsubishi-Mädchen versucht uns zu überholen, er gibt Gas, schikaniert sie ein bisschen, doch sie schafft es und schert vor uns ein, dann müssen alle stark bremsen, ein russischer Lkw, grau vom Staub der Taiga, hält die ganze Kolonne auf.

Meine Gedanken schneide ich in immer kleinere Teile, ein Parkhaus in Salzburg, mein Fahrrad, dann rollt es mit mir, das Bild von Katja auf dem Schiff, ein Teller Spaghetti und wieder ihr Bild, mein Bett in einer Kaserne, die graue Wolldecke darauf.

»Ich kann auch gern mal fahren«, schlage ich vor, allein schon, weil es mich von dieser Rückbank befreien würde, und überlege, wie ich ein Loch in das Seitenblech säge oder mir den Dachhimmel aufbiege.

»Ach«, sagt mein Bruder.

Mein Vater ist eingeschlafen.

»Der Papi hat das alles nicht verarbeitet«, sagt meine Mutter leise zu mir, »deshalb muss er nachts auch immer so oft raus.« Sie beobachtet meinen Vater. »Einmal hat er sich zu einer Schlesienfahrt angemeldet. Zum Glück ist er krank geworden. Der wollte ganz allein nach Polen, so ein Quatsch!«

Und immer, wenn er von zu Hause spricht, werden ihm die Augen feucht, immer in Gefahr, in seinen eigenen Abgrund zu stürzen. Seine Melancholie ist ein feiner Sprühnebel, sie kommt plötzlich, aber lässt sich schwer wieder entfernen.

49

Meine Mutter ist anders, sie beschreibt ihre Vergangenheit ruhig und sachlich, klare Worte mit Distanz, obwohl es ihr nicht besser geht. Das Verbergen alter Schmerzen, sie hat Übung darin. »Kurz vor Kriegsende sind in unserem Ort die jungen Frauen an Typhus gestorben. Ständig haben wir den klapprigen Leichenkarren gehört. So alle zwischen achtzehn und fünfundzwanzig, nur meine Schwester nicht.«

Doch wenn meine Eltern in ihrem Heimatchor die alten Lieder aus Schlesien sangen, sah ich, dass auch bei meiner Mutter Gefühle in Bewegung gerieten. Auch wenn nicht jeder seine Noten traf, man spürte, dass alles echt war, keine künstliche Sehnsucht, kein gespielter Schmerz. Bei manchen Liedern dachte ich, sie schreien nach ihrer Heimat. Und wenn sie sich während der Pausen in schlesischer Mundart unterhielten, schien es für einen Moment, als wäre alles beim Alten. Aber das war es nicht, nie wieder. Ihre Heimat war für sie zu einem gemeinsamen Problem geworden, tiefe Verbundenheit und endloser Verlust, ein Problem, das man besingen, aber nicht lösen konnte.

Im Autoradio singt *Boney M.* einen Beitrag zur Geschichte Russlands. *Ra Ra, Rasputin, russias greatest love-machine.* Und *lover of the russian queen* war er auch noch. Mein Bruder singt mit. Ich habe das Gefühl, die Siebzigerjahre waren seine beste Zeit.

Alles noch der Krieg

Breslau. Gullideckel, Bordsteinkanten, die Apfelsinen in den Auslagen eines Gemüsehändlers, Melonen, Erdbeeren, davor Kinderwagenschieberinnen, alles normal, denke ich. Diese Straßen kommen mir nicht fremd vor, nur ihre Namen. Die Häuser prunkvoll glänzend oder in Verfall. Hier brauche ich keine Vitamintabletten, kein Johanniskraut, ein vertrauter Nachmittag in der Gegenwart. Wir erreichen unser Hotel in einer engen Straße der Altstadt, ein Luxusreisebus hat sich zwischen historischen Fassaden verkeilt. Die verzweifelten Rangiermanöver des Fahrers werden durch ein heftig knutschendes Pärchen gestört, das unbeirrt im Wege steht.

An der Rezeption behauptet mein Vater, zwei Zimmer würden für uns alle völlig ausreichen. »Früher habt ihr ja auch in einem Zimmer geschlafen.«

»Früher ist vorbei«, sage ich.

»Früher lebte noch der Kaiser«, sagt mein Bruder.

»Und Stefan schnarcht«, sage ich.

Obwohl ich durch ihn mein Rezept gegen Schnarcher entwickelt habe. Einmal beherzt mit der Faust gegen den Schrank hauen! Noch während der Schnarcher grübelt, weshalb er plötzlich aufgewacht ist, selbst die Zeit nutzen und schnell einschlafen.

»Lass sie doch«, sagt meine Mutter.

Mein Zimmer liegt an der Hauptstraße, ist geräumig und hat zwei hohe Fenster. Von draußen höre ich das Geräusch spielender Kinder, etwas für meine Liste, es klingt überall gleich, dieselbe Partitur, dieses Gemisch aus kleinen Schreien und Wortfetzen, ein Stakkato, das eher mit Bellen und Quaken zu tun hat als mit Sprache.

Wir werden diese Reise wie eine Expedition angehen. Bergsteiger machen es nicht anders. Zuerst die mentale, dann die technische Vorbereitung. Und niemals zu schnell zum Gipfel kommen, das ist wichtig. Man braucht ein Basislager. Für uns ist das Breslau, unser Ausgangspunkt für den Vorstoß in südliche Richtung, in die Dörfer meiner Eltern. Breslau liegt abseits, hier fühlen sie sich sicher. Erstmal. Distanz ist ihr Thema, räumlich und als Distanz zu ihren Erlebnissen. Meine Eltern wollen in ihren Dörfern nur einmal mit den Füßen dort stehen, wo sie bei der Vertreibung auf die Pferdewagen gestiegen sind. Es geht nicht um die Dauer des Besuchs. Nur schnell ins kalte Wasser und wieder weg. Und alles an einem einzigen Tag.

Am frühen Abend gehen wir hinunter zum Hotelrestaurant, meine Mutter voran, alle humpeln, jeder auf seine Weise. Auf dem Flur im Erdgeschoss hören wir Musik, das Lied kennen wir, *Wenn bei Capri die rote Sonne im Meer versinkt,* mitten in Polen. An der geöffneten Tür zum Saal bleiben wir stehen. Tanztee. Ein Sänger mit Gitarre, einer an der Heim-

52

orgel und ein Schlagzeuger, bei dem sich nur die Hände bewegen. Vielleicht hat man sie vor Jahrzehnten hier vergessen und einfach weiterspielen lassen. Dazu tanzt ein älteres Paar mitten im Raum. Und auf einem Tisch bei der Kapelle steht ein angeschnittener Käsekuchen. Musik, Backwaren, Wehmut, alles im Paket.

Das Restaurant ist mit reichlich Holz vertäfelt, aus der Küche hört man laute Stimmen. Ein Kellner im schwarzen Anzug eilt herbei, wir werden platziert. Auf seiner Brust glänzt ein Messingschild, sein Name ist – mangels Selbstlauten – nicht lesbar. Aufrecht führt er uns zu einem Fensterplatz.

»Hier haben Sie einen Ausblick.« Er holt uns die Karten und verschwindet.

»Ob die Radler alkoholfrei haben?«, fragt mein Vater.

»Das Bolchenwasser trink alleine, ich nehme Bier«, sagt meine Mutter.

»Ich trinke Polen-Pils und nachher einen Wodka«, meint mein Bruder und reibt sich die Hände. »Nennt man Integration.«

Teigtaschen, Klöße, Schweinebauch, all das Deftige der polnischen und schlesischen Küche vereint auf einer Speisekarte, oder man nimmt eine Forelle, wenn man sie aussprechen kann, pstrag mit einer Sichel unter dem a. Eine nicht bestimmbare Erwartung liegt in der Luft.

»Wollt ihr nicht das Schlesische Himmelreich nehmen?«, frage ich meine Eltern, »das klingt so feierlich.«

»Nee, das haben wir früher auch nicht gegessen«, sagt mein Vater, »das gabs eher in der Breslauer Gegend.«

53

Meine Mutter verzieht ihr Gesicht. »Ich mochte das noch nie, das ist Kochfleisch mit Backobst«, erklärt sie, »dazu noch süße Mehlschwitze.«

»Ekelhaft«, sage ich.

»Ich nehme das«, sagt mein Bruder, »ich tue es für Schlesien.«

Der Oberkellner kommt quer durch die Tischreihen, er wirft seine Mähne nach hinten und strahlt uns an.

»Ich heiße Victor.«

Meine Eltern bestellen *bigos,* das kennen sie. Ich brauche unbedingt die *pierogi,* nehme sie mit Käsefüllung. Victor reibt sich die Hände, als er das Essen erklärt.

»Woher können Sie so gut Deutsch?«, fragt meine Mutter.

»Habe in Deutschland gearbeitet, und wir hatten Deutsch in der Schule. Es hat klare Regeln, wenn du die lernst, kannst du sprechen.«

»Alle Achtung«, sage ich.

»Wir sind Schlesier«, sagt meine Mutter und beschreibt ihm die Lage der Geburtsorte.

Er fahre oft nach Deutschland, auf Konzerttour, wenn es die Zeit erlaubt, erzählt uns Victor. »Eigentlich bin ich Geiger in einem Streichquartett. Wissen Sie, wir Polen haben eine tiefe Seele, die Musik passt zu uns. Aber ich bin gern Kellner.«

Deutsche und Polen haben vieles gemeinsam, eines ganz unbestritten, es ist ein Stück Land, sozusagen eine Schnittmenge, auch im Leid. Jenes Stück, das früher Deutschland war und heute Polen ist. Meine Eltern sagen Schlesien. Dieses Wort ist für sie mehr als eine geografische Bezeichnung, es ist ein Begriff, der für sie erst Kindheit und sonnige Kornfelder bedeutete, dann Krieg, Tod, Angst, ihre Vertreibung. Allein schon deshalb sind Polen und Deutsche verwandt. Gemeinsames Seelenland.

»Erlauben Sie mir, ihre Handtasche aufzuheben?«, fragt Victor schüchtern. »Reichtum geht sonst weg. Vielleicht Aberglauben, aber sicher ist sicher.«

»Natürlich«, sagt meine Mutter.

Es dauert nicht lange bis Victor mit einem Servierwagen heranrollt, die Teller unter silbernen Kuppeln. Meine Mutter platziert ihre Arme erwartungsfroh auf dem Tisch.

»Voilà!«, sagt Victor und schwingt jeden Teller auf seinen Platz.

Wir starren in das Schlesische Himmelreich. Unter einer glasigen Schicht liegt etwas Gelbes und etwas Dunkles auf dünnen Fleischscheiben.

»Das ist geräucherter Schweinebauch«, erklärt Victor, »wird in Wasser mit Obst gekocht.«

Wir lächeln.

In der Küche fällt Geschirr herunter, eine tiefe Stimme brüllt mehrfach *kurwa*.

Wir lächeln noch einmal.

Mein Vater verzichtet wie immer auf Kaubewegungen, bringt mit Sauerkraut die Masse zum Rutschen.

»Der isst, als ob die Russen kommen«, lacht mein Bruder und nimmt einen kräftigen Schluck Pilsener.

55

»So lange wie du mit deinem Essen herum gratschst, habe ich das dreimal verdaut«, schimpft mein Vater.

»Ist alles noch der Krieg«, denke ich laut.

»Ach«, sagt meine Mutter, »ist nicht alles immer nur der Krieg.«

Mein Bruder quetscht Senf über das Himmelreich und verteilt ihn gründlich. »Ich habs versucht«, verteidigt er sich, »aber ich muss das aufmotzen.«

Ich will nicht, dass sich meine Eltern falsche Hoffnungen machen. Heimat ist nicht nur ein Stück Land. Meine Mutter kaut langsamer als üblich und schiebt ihr Essen sinnlos auf dem Teller hin und her. Sie türmt das verstreute Kraut als Häuflein auf und streicht es wieder glatt. Erst wenn sie ihre Heimatorte gesehen haben, denke ich, können wir uns in Ruhe durch die schlesische Küche graben. Mein Bruder wischt sich Fett vom Mund und bestellt mit einer Geste ein weiteres Bier.

Immer wenn Victor eine Kurve an unserem Tisch zieht, loben wir das Essen.

»Vorzüglich!«, und »*dziękuję bardzo!*«

»Ich liebe Kraut«, sagt mein Bruder.

»Dann kannst du nicht alles drauflassen«, mein Vater zeigt auf seinen Teller.

»Ich bin satt«, verteidigt er sich.

»Komm Alfons, wir teilen uns das«, sagt meine Mutter.

»Kließla, Flesch und Tunke«, sagt mein Vater und übersetzt es sofort. Wie immer.

Später beim Abräumen kommen wir mit Victor ins Gespräch.

»Wir haben drei Kinder«, erzählt er.

»Drei ist eine schöne Zahl«, sage ich, »wir wollten immer drei Kinder.«

»Wir nicht«, er lacht, »unsere Maria ist trotzdem gekommen, acht Monate alt, ist manchmal anstrengend.«

Wir erzählen ihm von unserem polnischen Freund, der in Breslau wohnt, aber in Deutschland arbeitet. Edward will uns die Stadt zeigen, es ist seine Heimat.

»Und wann fahren Sie in Ihre Dörfer?«, fragt Victor meine Eltern.

»Alles der Reihe nach, morgen sehen wir uns erstmal Breslau an«, sagt meine Mutter. »Übermorgen wollen wir los, sind abends wieder zurück.«

Victor runzelt die Stirn. »Aufgeregt?«

»Ich nicht, er vielleicht ein bisschen«, meine Mutter sieht meinen Vater an, »aber du hast keinen Grund. Wir schauen uns alles nur kurz an.«

»Wo liegt Ihre Heimat?«, will Victor wissen und kratzt dabei Gänsefüßchen in die Luft. »Hier, oder in Deutschland?«

»Ach Victor«, sagt meine Mutter, »das ist so eine Frage, die stellen Sie wohl öfter?«

Er nickt.

»Na ja, ich will nicht dauernd von der Heimat reden«, überlegt sie, »hier liegt meine Kindheit, und die ist vorbei.«

Klingt nach Zitat, denke ich, während mein Vater mit den

Tränen kämpft. »Manche sagen *alte* Heimat, aber für mich gibt es nur *eine* Heimat, meinen Geburtsort, *alt* bin ich selber, mein Leben lang habe ich Heimweh ...«, mehr kann er nicht sagen. Er schiebt seine Brille nach oben und wischt sich die Augen.

»Jeder Krieg zerstört doch auch die Zeit danach«, sagt Victor, »aber Verzeihen ist der einzige Weg. Man braucht seinen Frieden.«

»Manchmal fällt mir alles auf den Kopf.«

»Alfons!«, sagt meine Mutter.

Victor schaut ernst. »Ich verstehe, wir Polen haben auch viel mitgemacht. Man muss die Wahrheit sehen.«

»Deutsche haben Polen viel Leid zugefügt«, sage ich, »vieles ist hier noch lebendiger als bei uns.«

»Glauben Sie mir, ich kenne den ganzen Hass«, sagt Victor, »aber nicht zu hassen, ist das bessere Gefühl.«

Meine Mutter überlegt. »Von Oppeln ab, Gleiwitz, Kattowitz, waren Polen und Deutsche immer vermischt. Ganz normal. Schwierig wurde es erst, als Dumme ihre Feinde brauchten.«

Jetzt sitzt mein Vater völlig zusammengesunken auf seinem Stuhl.

»In unserem Nachbarhaus wohnt auch ein polnischer Geiger«, lenke ich ab. »Der stammt aus Oppeln, also Opole, arbeitet bei VW.«

»Wissen Sie, man verdient hier nicht so viel, aber ich liebe Wrocław«, sagt Victor, »es gibt sowieso viele Möglichkeiten, glücklich oder unglücklich zu sein.«

58

»Oder Sie kommen als Priester zu uns«, lacht meine Mutter.

»Ich denke drüber nach.« Victor stapelt sich die Teller auf den Arm. »Ja, der Glaube gehört bei uns noch zum Leben«, freut er sich. »Und für morgen viel Spaß!«

»Nein«, sagt meine Mutter, als er in der Küchentür verschwindet, »kein Spaß, das hier muss sein.« Sie faltet ihre Serviette und streicht die Kanten glatt. »Manchmal reichts mir auch.«

Am Abend leiht mir mein Bruder sein Auto. Es dauert keine zwanzig Minuten, bis ich die Stadt verlassen habe, ich fahre unter Hochspannungsleitungen hindurch und über den Rand der Vorstadt in die Landschaft. Ich stelle den Wagen ab. Alles entfernt sich, Orte, Gesichter, Gespräche. Kirchtürme zeigen mir die Position. Während ich langsam einen Weg entlanggehe, zwischen Reifenspuren eines Traktors, V-förmig, wie der Zug der Vögel, klemmt sich die glutrote Sonne an den Horizont, hinten der Wald, ich zwischen den Feldern. Flugzeuge haben Wolkenstreifen auf das Blau gezeichnet, an einer Stelle steigt Rauch auf, der sich ganz oben bereits mit den Streifen verbunden hat und so tut, als gehöre er zu den echten Wolken, unscharfe Formen, aber versöhnliches Licht. Es liegt ein reichlicher Vorrat an Weite in einem solchen Himmel. Und Abendsonne hat mehr als jede andere Sonne. Und dieser Unterschied zwischen früher und später Abendsonne.

Wenn jemand in die Wolken schaut, stimmt etwas nicht

mit ihm, habe ich gelesen. Verdacht auf Querdenken oder Irrsinn, vielleicht sogar ein Taugenichts. Oder Philosoph? Auf jeden Fall eine strafbare Handlung. Für einen Moment versinke ich in Gedanken, male mir Gespinste auf den Weg. Am Waldrand liegen Baumstämme, sauber gestapelt, ihre Schnittflächen leuchten hervor, verströmen Holzgeruch, der mich in eine herrliche Aufregung versetzt. Ich drehe mich um, schaue mir auf die Füße, die immer weiter gehen, meine rötliche Welt, ich könnte immer weiter gehen. Es ist still. Übermorgen also wollen meine Eltern das Verlorene besichtigen. Die Schranke am Feldweg sieht aus wie ein Kanonenrohr. Ich rede mit mir selbst, und meine Stimme beruhigt mich.

Als ich wieder aufschaue, ist der Sonnenuntergang vorbei. Am Ende geht es immer ganz schnell. Das nächste Mal muss ich besser aufpassen. Dafür hat die Sonne gleißende Wolkenkanten zurückgelassen, und die Wolkenstreifen leuchten auch noch ganz ordentlich, unten rötlich, oben blau, dazwischen dieses leichte Grün, das mich hier an Pfefferminz erinnert. Warum eigentlich? Ich muss lächeln. Aus den Feldern strömt feuchte Luft, manchmal noch mit der Tageswärme, die sich rasch verbraucht. Bald sitze ich wieder im Auto und sortiere Eiskratzer aus dem Fußraum in die Türablage. Auf der Rückfahrt stelle ich das Radio an, die Musik passt genau, ein polnisches Lied, ich verstehe nichts, aber es klingt wie Leonard Cohen, *when the sun pulls down like honey*. In der Stadt ziehen die Rücklichter ihre Linien durch die Straßen, und ich presse mich in den Sitz. Die Windschutzscheibe ist jetzt Kinoleinwand. Es gibt eine

Wehmut, die nicht finster und schwer ist. Im Hotel sehne ich mich zurück auf das Feld.

Mein Hotelzimmer besitzt eine große, leere Wand, jetzt denke ich mir meine Fragen auf diese Fläche. Mitten zwischen die Blüten, die jemand mit einer Farbwalze aufgerollt hat. Was bleibt nach der Lebenszeit der Täter und Opfer? Tragen die Nachgeborenen der Opfer ein Teil Opfer in sich, weil ihre Eltern sie prägten? Und dürfen die Nachgeborenen der Täter eigentlich als Täter bezeichnet werden, obwohl die Verbrechen vor ihrer Lebenszeit passierten? Auch das Wort Tätergeneration trägt eine ungerechte Verurteilung in sich. Ich habe keine Schuld. Mit dieser Überzeugung fahre ich in die Heimat meiner Eltern. Ich will die Menschen sehen und ihr ganz normales Leben. Versöhnung hat längst stattgefunden. Und findet immer wieder statt, trotz Hass und Leid und Unrecht. An jedem ganz normalen Tag.

Ich liege auf dem Bett und schaue auf einen entsorgten Fernseher mit einer Bildröhre von einem Meter Tiefe. Mehrere Fernsteuerungen, irgendwelche Decoder, doch alles nützt nichts ohne Antenne. Dafür steckt ein verbogenes Stück Draht in der Buchse, das zwar nur ein polnisches Werbeprogramm, dafür aber mehrere interessante Bildstörungen heranholt. Immerhin kann ich zwischen Streifen oder Schneegestöber wählen und werde müde. Plötzlich klopft etwas an die Tür.

»Offen!«, rufe ich.

Mein Bruder tritt ein, in jeder Hand zwei Bierflaschen zwi-

61

schen die Finger geklemmt, ein geübter Griff, den sonst nur Kioskgänger beherrschen. Mit einem unscheinbaren Zögern schließt er die Tür. Ich weiß, dass er Türen gern ein Stück offenlässt, er mag keine geschlossenen Räume.

»Wie wärs?«, fragt er und stellt seine Mitbringsel auf das Tischchen am Fenster.

»Ich bin dabei«, sage ich und rücke die Sessel zurecht.

Er zieht einen Öffner hervor und lässt das Bier zischen.

»An alles gedacht!«, voller Freude baut er die Flaschen vor mir auf.

»Ich schaffe aber nur eine«, sage ich.

Genüsslich lässt mein Bruder seinen Körper in den Sessel fallen und rutscht in Position. Wir stoßen an und beraten das Geburtstagsgeschenk für unseren Vater.

»Ein Schlesienbuch wäre gut«, schlägt mein Bruder vor.

»Wie viele Schlesienbücher hast du eigentlich schon verschenkt?«

»Kann man nie genug haben.«

»Ich weiß noch, als du Onkel Dieter das Set mit Bürste und Kamm geschenkt hast. Der hatte überhaupt keine Haare.«

»Vielleicht keine Haare, aber wieder Hoffnung.«

Abwechselnd nehmen wir unsere Schlückchen und beschließen, erst in das Dorf unseres Vaters zu fahren. Mein Bruder schaut unruhig im Zimmer umher und trinkt seine Flasche leer.

»Dann hätten wir das schon mal hinter uns«, sagt er.

»Du kippst ganz schön was weg!«

»Solange die Leberwerte stimmen!«, mein Bruder grinst und zeigt seine Zähne.

Ich weiß nicht, warum ich gerade jetzt an Herrn Breuer denke, unseren damaligen Nachbarn und an seinen letzten Schneidezahn, der vom Unterkiefer schräg in den Himmel ragte. Aber das Schlimmste war nicht, dass er schwarz war, sondern dass sich von diesem einzelnen Zahn meistens ein Faden zur Oberlippe zog. Fünfzig Pfennig, wenn ihr nicht vor meinem Haus spielt, hat er uns angekrächzt.

»Du siehst angespannt aus«, sage ich.

»Na und!« Mein Bruder stellt die leere Flasche neben den Sessel und öffnet sich ein weiteres Bier. »Tja, die Leichtigkeit des Seins«, meint er, »leicht und sein gibts nicht zusammen.«

»Und ich dachte, du bist immer locker.«

Er setzt die Flasche an und nimmt einen kräftigen Schluck.

Ich überlege einen Moment, bin aber zu schläfrig für Philosophie. Eigentlich ist er es, der tief in das Leben taucht, und ich sehe die Welt gern vom Rand aus. Wieder sitzen wir schweigend da. Ich betrachte den Lichtkreis der Lampe unter der Decke. Später erklärt mir mein Bruder, dass man hier in Schlesien nicht alles gut finden muss, was man sieht.

»Und ich denke dauernd so einen Mist«, sagt er.

»Was denn?«

»Ich denke, bei einer Wiedergeburt möchte ich auf keinen Fall eine Kanalratte sein!«

»Das ist wirklich Mist.«

»Ich haue mich besser mal hin.«

»Gute Nacht«, sage ich.

»Nacht!«, murmelt er schon auf dem Flur.

Ich räume die Bierflaschen weg, gieße einen Rest ins Waschbecken und spüle nach, lasse mir das kalte Wasser über die Handgelenke laufen. Ich, im Spiegel. Braune Haare. Und noch immer kein graues Haar. Vielleicht sähe ich mit mehr Haaren besser aus, wie ein Schlagersänger. Bin ich aber nicht.

Morgen schauen wir uns Breslau an, für mich keine Rückkehr, auch wenn es sich so anfühlt. Ich bin hier, weil ich etwas entdecken will. Dann liege ich auf dem Bett und höre meine eigene Stimme. In das Dunkel meines Zimmers blendet ein Auto seine Scheinwerfer und projiziert mir Äste und Blätter an die Tapete. Das Bild steht einen Moment, dann wandert es über die Decke ins Nichts. Ich warte auf ein weiteres Auto, will das Lichtspiel noch einmal beobachten, starre die Wand an, bis sie anfängt zu plaudern. Es ist Winter, ich gehe auf einem Weg durch den Wald. Hohe Grashalme ragen aus dem Schnee. Eine Lichtung. Unter jedem meiner Schritte knirscht es. Es ist kalt, doch ich spüre die Kälte nicht. Dann knie ich im Schnee, mische Eiskristalle und Glasscherben, auch Spiegelscherben, zu einem Haufen, mit meinen bloßen Händen. Schmerzlos. Die Finger lassen sich nur mühsam bewegen. Ich sehe diesen Händen zu.

64

Vielleicht ein Trompeter

An diesem Tag scheint die Sonne besonders hell, schlesisches Licht, in ihren Strahlen macht sich herumirrender Hotelstaub wichtig. Nur der Arm unter meinem Kopfkissen lässt sich nicht so leicht finden, mit der linken Hand ertaste ich das kalte Stück Fleisch, in das jetzt quälend Leben einzieht. Ich drehe mich auf den Bauch, nach einer Weile stehe ich auf, ziehe einen safrangelben Vorhang zur Seite und öffne die hohen Fensterflügel. In der kühlen Morgenluft atme ich in das Zentrum von Breslau hinein, das Licht sieht nach Vergnügen aus, nach unnützen, aber schönen Taten. Was wohl niemand bemerkt, denn überall laufen Frauen und Männer ihren Pflichten entgegen, meistens von links nach rechts, die Gesichter bleich und zerknittert, ihr Ausdruck angespannt, im besten Fall neutral. Ich denke an Zugvögel. Ein zahnloser Alter humpelt in halbem Tempo hinterher. Menschen gehen durch Straßen, schweigende Wesen, die etwas mit sich tragen oder besser schleppen. Ich frage mich, wie viele unerfüllte Träume allein in dieser einen Straße herumlaufen. Vielleicht ein Trompeter, eine Opernsängerin oder ein Mathematikgenie. Es ist doch überall gleich. Ich denke sie mir auf eine Bühne, aufbrausender Applaus und dramatische Verbeugungen, das Publikum springt auf, dann sehe ich sie statt-

65

dessen in eine Fabrik gehen, wo sie mit geübten Griffen, irgendwelche kleinen oder großen Teile, die sie in keiner Weise interessieren, zusammenschrauben müssen. Zwischendurch klappen sie in einem Pausenraum unter Neonlicht ihre Plastikbehälter auf, um belegte Brote zu essen, vielleicht mit einer sauren Gurke als kleine Freude. Und solange sie kauen, dürfen sie ihre eigenen Vorstellungen spazieren führen, bis das Pausenzeichen ertönt.

Ich schließe das Fenster, die drei leeren Bierflaschen stehen in der Zimmerecke, auf dem Tischchen Papierverpackungen von polnischem Kuchen.

Auf jeden Fall schmeckt beim Frühstück die Erdbeermarmelade zusammen mit meiner Erwartung geradezu nach Glückseligkeit. Als wir das Hotel verlassen fehlt nur noch das Glockengeläut. Wir gehen hintereinander, ein Balanceakt auf einer Kante. Heute Vormittag sind wir mit unserem polnischen Freund Edward verabredet. Der Pole. Der Deutsche. Glaubt eigentlich noch irgendein halbwegs denkender Mensch daran, dass es so etwas gibt? Natürlich besitzt jedes Land etwas Typisches, natürlich seine eigene Geschichte, immer etwas, das auf die Menschen abgefärbt hat. Aber niemand muss behaupten, man hätte es nach dem Überqueren unserer Nachbargrenzen mit Außerirdischen zu tun. Und ein Montagmorgen sieht in Breslau auch nicht anders aus als bei uns, stelle ich fest und rechne diese Tatsache zu den übrigen Konstanten, die ich bereits notiert habe. Die Erdbeermarmeladebrötchen gehören auch in meine Liste.

Es gibt Straßen und Plätze, die bei Tag und Nacht immer etwas mehr sind als einfach nur Straßen und Plätze. Breslau hat viele davon. *Kurzy targ,* der Hühnermarkt, ist so ein Ort, eine kleine Straße, auf der wir ins Zentrum schlendern. Ich möchte meinen Blick nicht auf das Steiß-Tattoo zwingen lassen, das eine Frau vor uns durch die Gasse schaukelt. Diese zerknitterte durchgefärbte Haut. Wir steuern das Hauptportal der St.-Maria-Magdalena-Kirche an, sehen an den Türmen empor, denen seit dem Krieg die Helme fehlen. Verwundete Backsteingotik, die Ziegel ungeschönt, auf ihren Flächen lässt sich alles lesen, Armut, Kriege, manchmal Wohlstand, Sturm und Sonnenschein. Die alten Damen in der geöffneten Kirchentür haben von allem etwas gesehen, sie lächeln aus ihren Blümchenblusen. Ich stelle mir vor, dass die Kirche ihre Besucher ein- und ausatmet und dabei reinigt. Tatsächlich sehen die Heraustretenden anders aus als die Eintretenden, entspannter, vielleicht sogar geläutert. Oder ich bilde es mir ein. Orgelmusik dringt aus dem Kirchraum, ein ganzer Schwall in allen Farben. Vielleicht wird doch noch alles gut.

Ich rufe Edward an. »Arbeit macht immer ein bisschen gesund«, sagt er.

Er wohnt in einem Hochhaus, von dem er seit einigen Jahren auf ein Stadion schaut. Mit der Fußball-Europameisterschaft wurde Europa an Breslau erinnert, hat er uns erzählt. Seitdem führen eine mehrspurige Straße und eine Bahnlinie an seinem Haus vorbei, sein Weg mit dem Hund.

Die Wohnung ist sein Eigentum, drei Zimmer, fünfundsechzig Quadratmeter, alles selbst renoviert, natürlich. Gerade musste er die Küchenfliesen herausmeißeln, einschließlich Fußboden. Ein bisschen zu dunkel, hatte seine Frau gesagt. Manchmal sitzt Edward auf seinem Balkon und beobachtet den Sonnenuntergang. Mit seinem Smartphone hat er alle Varianten fotografiert, mit Wolkenstreifen oder dramatischen Formen oder pur. Dann hört er nicht die Autos, auch nicht die Straßenbahnen, die stadtauswärts fahren. Breslau ist eine Großstadt, sie wächst und entwickelt sich. In die Aussicht zum Zentrum haben sie ihm ein Hochhaus gestellt. Zum Glück steht es nur vormittags im Licht, die rote Sonne am Abend blieb frei, sogar im Winter, wenn sie ihren kleinen Bogen zieht.

Ich weiß nicht, wovon Edward träumt, doch ich weiß, dass er ein empfindsamer Mensch ist und den Durchbruch ins Glück noch nicht geschafft hat. Träume sind überall gleich. Vielleicht geht es wieder um einen Mercedes und die Blicke, die man damit einfangen kann, also um Filmbilder aus dem eigenen Leben, so wie man es sich vorstellt. In der Regel lebt jeder Mensch länger als seine Träume, ist eine von Edwards Erfahrungen. Es kommt der Tag, an dem du die Freude verlierst. Dann sitzt du in einem VW-Bus und fährst nach Deutschland auf irgendeine Baustelle.

Eigentlich ist er Kapitän der staatlichen Binnenschifffahrt, das heißt, er war es, bis Polen die Handelsflotte verkaufte. Erstmal lackierte er Breslauer Straßenbahnen, blau-weiß, an den Fenstern den Pinsel immer ganz ruhig halten, Abklebeband gab es nicht. Es folgten Gelegenheitsarbeiten, dann holte ihn ein Freund auf eine Baustelle nach Deutschland.

Auch ein Schlesier. Edward lernte schnell. Streichen, Tapezieren, Mauern, Fliesenlegen, schließlich nahm er sich ein Zimmer. Seitdem pendelt er nach Deutschland, ist Ein-Mann-Unternehmer, jemand, der seine Auftraggeber auch mal zum Arzt begleitet. Du lebst wie ein Kapitän auf großer Fahrt, sage ich ihm manchmal, das freut ihn und eigentlich stimmt es auch.

Natürlich haben wir uns am *Rynek* verabredet, das ist die Zentrale von Breslau, das Herz.

»Halb elf!«

»Ja, besprochen«, bestätigt Edward.

Mein Finger gleitet über den Stadtplan, es gibt genug zu sehen, überall Kirchen. Polen ist sehr katholisch, meine Eltern auch. Mein Hauptproblem ist die Beichte, weshalb meine erste Beichte auch meine letzte blieb, jetzt liegt sie irgendwo in meiner Kindheit herum.

Ich war ein guter Junge, war mir keiner Sünde bewusst, keine Schuldgefühle, es ging mir gut. So beschloss ich, vor meiner ersten Beichte irgendetwas zu begehen, das ich beichten konnte, etwas Harmloses natürlich, sicherheitshalber. Kurz vor dem Termin zerschlug ich in einer Ecke des Gartens einen Blumentopf. Das war nicht einfach, denn er wollte nicht zerspringen. Ich tat es absichtlich, sonst wäre es keine Sünde gewesen, Versehen sind nicht strafbar. Und weil ich ein guter Junge war, suchte ich einen billigen Topf aus. Ich schrieb meine fünf Sünden auf einen Merkzettel, so viele sollten es mindestens sein, hatte unsere Religionslehrerin Fräulein Dierks erklärt, und lernte sie auswendig. Kleine Lügen

69

in allen Variationen, mal den Bruder geärgert und dann mein Trumpf: der Blumentopf! Absichtlich zerschlagen! Der Kaplan runzelte die Stirn, alles lief wie geplant, und der Topf kam gut an, ohne ihn hätte ich unglaubhaft gewirkt. Erst später wurde mir bewusst, dass der Blumentopf die einzige wirkliche Sünde war, hinterlistig eingefädelt. Ich hatte den Priester betrogen. Das war Sahne für meine nächste Beichte. Doch es kam nicht mehr dazu.

Durch die Straße am Marktplatz tönt ein Akkordeon, verbreitet die schweren Klänge der östlichen Seele. Ein einziger Musiker reicht, um eine ganze Fußgängerzone traurig zu machen. Der Mann sitzt auf dem Pflaster, ein Straßenschild im Rücken, die Haare mit breitem Kamm nach hinten gestrichen und als Pomadekappe verklebt. Vielleicht ist er noch nicht alt, denke ich, aber vom Leben angeschlagen, sein Instrument lastet auf den Oberschenkeln. »O sole mio«, doch es klingt nicht, als ob er von der Sonne singt. Er spielt, als wolle er nicht stören oder als musiziere er für sich selbst. Dann schließt er die Augen, spielt »My way«, dann »Tränen lügen nicht«. Nach Michael Holm kommt der »Pate«. Als ich ihm einen Euro in die Tasche lege, lächelt er und ist plötzlich ein junger Mann.

»Schönen Tag«, wünscht er mir auf Deutsch, seine Zähne leuchten wie aus einer besseren Zeit.

Später sehe ich ihn noch einmal bei einem Bettler, der auffordernd einen Pappbecher schwenkt. Dieser arbeitet ohne Akkordeon.

»Höllooh, Bittääh«, sagt er für die deutsche Kundschaft und sieht aus wie sein Bruder.

»Als hier noch Schlesien war, hieß der Marktplatz Ring,« erzählt mein Vater. »Eigentlich ein riesiger Platz, nur in der Mitte steht das Rathaus mit ein paar Häusern, da geht man drum herum, also ein eckiger Ring.«

»Das ist was Schlesisches«, sagt meine Mutter. »In Neisse war das auch so.«

»Schlesien ist eckig?«, fragt mein Bruder, als wir den Platz betreten.

»Ach!«, sagt mein Vater.

Wir bleiben stehen und sehen uns die prachtvoll renovierten Gebäude an. Es sind keine toten Kulissen, der Ort lebt. Wie nach einem verborgenen Plan laufen die Menschen durcheinander, manche hektisch, das gezielte Gehen, die meisten in gemütlichem Schritt, das willkürliche Gehen. Dann sitzen sie als Kaffeetrinker auf einem der unzähligen Stühle unter bunten Schirmen in den Cafés, schlürfen und schauen. Daneben die Eisesser, die in ihren Bechern stochern oder ihr Eis schaben, konzentriert den Weg ihres Löffels durch die schmelzende Masse beobachten, dabei versuchen, bestimmte Geschmacksrichtungen zu erwischen und immer einen kleinen Anteil Sahne vom Rand. Sie schaben und blinzeln in die Sonne.

Moderne Welt, kein Ostblock mehr, kein Geruch von modriger Heimaterde. Bei uns zu Hause kenne ich nur Polen, die den ganzen Tag arbeiten, auch nach Feierabend und am Wochenende.

71

Vor uns bildet sich eine Menschenmasse, ein Mann im Gauklerkostüm jongliert mit brennenden Fackeln, eine davon schmeißt er weit über sich und fängt sie gerade noch auf. »Jonglage!«, ruft er immer wieder. Zwischendurch richtet er mit einer Hand immer wieder die Spitze seiner Ledermütze auf, die ihm jedes Mal vor die Augen fällt. Die Leute lachen, Tauben fliegen auf. Ein schnarrender CD-Player mit mittelalterlicher Musik schafft die Atmosphäre. Als Hintergrund hat er den gotischen Giebel des Rathauses mit der Sonnenuhr gewählt, polnische Zeit.

»Halt deine Tasche fest, Regina!«, sagt mein Vater und schaut in alle Richtungen.

»Ich hab sowieso nichts Teures dabei!«, sagt meine Mutter und schaut zur Sonnenuhr, dann auf ihre Armbanduhr. »Ist noch über eine halbe Stunde«, stellt sie fest, »und meine Uhr ist auch noch da.«

Ein japanisches Pärchen kreuzt unseren Weg, er fotografiert nach vorn, bahnt sich den Weg mit der Linse, sie auf hohen Hacken einige Schritte hinterher, dreht sich dabei, schießt mit ihrem rosa Plüschhandy in alle Richtungen. Irgendwo im fernen Osten werden sie mit riesigen 3D-Druckern eine schlesische Altstadt nachbauen. Das Pärchen neben ihnen fotografiert nicht. Er hält eine Dose Energizer trinkbereit, sie eine Flasche Cola. Da ist Fotografieren gesünder, denke ich.

Im Weitergehen sehe ich in der Seitenstraße eine Konditorei und über dem Schaufenster goldene Buchstaben, *cukiernia*.

72

»Moment, da muss ich rein!«

»Meinetwegen«, sagt mein Bruder, »aber lass dir nicht wieder jeden Keks erklären.«

Konditoreien sind Orte, die mit voller Ernsthaftigkeit eine schöne Form der Vergänglichkeit vertreten. Hier suchst du nicht den Sinn des Lebens, die schnell vergehenden Backwerke erheben sich über alle Zweifel. Kunstwerke, du schmeckst sie, kaust sie oder lässt sie zergehen, dann vernichtest du sie mit Genuss.

Die Ladentür öffnet sich mit dem Klang unzähliger Glöckchen. Ich sehe meine Zeit als Messdiener, der Priester hebt den Kelch, das ist mein Einsatz, ich klingele, dann die Hostie, ich klingele wieder, die goldenen Glöckchen machen mich wichtig, für einen Moment. Links die Torten, rechts Pralinen, ich trete vor einen übervollen Tresen, das ist das Himmelreich, gekühlt hinter Glas, und die Luft riecht nach Weihnachten, mitten im Sommer. Die Verkäuferin mit dunkelbrauner Turmfrisur schaut mich auffordernd an. Also erstmal Baumkuchen.

»Moment«, sage ich und suche das Wort im Wörterbuch. Fehlanzeige. Baum heißt *drzewa*. Ich quäle mir das Wort heraus. Alle Achtung, sie weiß, was ich meine und deutet auf verpackte Baumkuchen im Regal. Ich nicke, zeige auf die zartbitteren Exemplare. »*Czekolada*«, sage ich und »*pralinka*«, das trifft hier auf alles zu. Auch die Kekse lächeln mich als Kunstwerke an, Schokoladenschrift, Zuckerglasuren, farbig oder schlicht. Ich erledige den Einkauf mit dem Zeigefinger. Die Verkäuferin räumt alles auf den Tresen und lächelt. Ich lächle zurück, verstehe nicht, was sie sagt, stammle Sinnlo-

73

ses und beende meine Komposition mit jener Bewegung, die der Dirigent am Ende eines Stückes macht.

»*Dziękuję!*«

Backwaren, vor allem Pralinen, ich bin davon überzeugt, können nie böse sein, nur friedlich. Und unschuldig.

»*Do widzenia*«, die Glöckchen klingeln mich aus dem Laden.

»Wann willst Du das alles essen?«, fragt mein Bruder.

»Lass mal«, sage ich.

Der Gaukler vom Marktplatz verteilt inzwischen seine Visitenkarten, hinter ihm entdecken wir Edward auf den Rathausstufen. Als wir ihn umarmen wollen, wehrt er ab und tritt einen Schritt nach vorn.

»Nicht an Tür umarmen«, beschwört er uns, »ist nicht gut!«

Sein Gesicht sieht schmaler aus, wir schütteln die Hände.

»Hallo ganze Familie!«, freut er sich und gibt meiner Mutter einen Handkuss mit Verbeugung. »Immer pinktlich«, sagt er.

»Und?«, frage ich, »Küche kaputt gehauen?«

Er lacht. »Musste sein, wenn die Frau will.«

»Ist wohl so«, sage ich.

»Ja, aber ist nicht normal.« Edward schüttelt den Kopf. »War schwere Arbeit, aber geht Stick für Stick.«

»Hat deine Frau schon das nächste Projekt?«

»Nein, hat geschimpft, war so viel Staub überall. *Małgosia*, hab ich gesagt, Baustelle ohne Dreck gibts nicht.«

74

Edward ist froh, dass er schon morgen nach Deutschland muss. Um vier Uhr, noch im Dunkeln, fährt er los.

»Danke, dass du Zeit hast«, sagt meine Mutter.

»Gern, was soll ich bieten? Reicht nicht mal ganzes Jahr.«

Das Bild der Gebäude auf dem Marktplatz kann man sich nicht merken, weil jedes das Schönste sein will. Hier folgte nach der Zerstörung nicht das Ende der Geschichte, sondern die perfekte Auferstehung. Flämischer Stil, Wiener Barock, das Gefühl von einem Raum, der auf Schritt und Tritt sein Gesicht verändert. Die Häuser schwimmen in den Blicken der Besucher um die Wette, die hohe Giebellandschaft zeichnet einen Scherenschnitt vor den tiefblauen Himmel. Edward muss es nachgelesen haben, er erzählt, dass der Platz genau 212 mal 175 Meter misst und dass Breslau nach Krakau den größten Marktplatz Polens besitzt. Ich überlege, ob die Gebäude nicht zu bunt und sauber aussehen, für eine Filmkulisse vermutlich zu perfekt.

»Rote Armee hat hier gekämpft, war alles kaputt, die schönen Häuser. Aber sie haben alles wieder aufgebaut, haben das mit Liebe gemacht. Nur die ersten Jahre haben sie nichts gebaut, die Kommunisten dachten, Deutsche holen sich das Land zurück.« Edward lächelt stolz und singt: »Wer will fleißige Handwerker sehn, der muss riber nach Polen gehn.«

Er dreht sich und zeigt mit der Geste eines Reiseführers auf das Geburtshaus von Norbert Elias. »Philosoph, ist hier geboren, musste ins Exil wegen Nazis, war jüdische Familie. Kaufleute.«

75

Neben mir sagt jemand »Cola mit Puderzucker oder Zimt«, und eine Frau sieht aus wie Liz Taylor. Sie spricht Deutsch, redet von ihrem Großvater, irgendetwas über Reichtum. Viel Deutsch lebt unter den Touristen.

»Marienkäferchen«, ruft eine tätowierte Polin ihren Freund. Dann wird der Käfer abgeküsst.

Edward hat es übersetzt. »Gibt keine Namen in Polen«, sagt er, »gibt nur Spitznamen.«

Ich wünsche mir, dass er glücklich ist, und immer wieder, dass alle Menschen glücklich sind, weil ich diese unsichtbare Brille trage, die mir das Elend sichtbar macht, überall den Absturz, den Verfall.

»Ein Pause wär nicht schlecht«, sagt meine Mutter an einem Straßencafé. Edwards Gesicht leuchtet auf, sofort holt er Stühle zusammen.

»Geht nicht, gibts nicht«, sagt er. Wir hocken uns um einen Ecktisch in der prallen Sonne.

»Was heißt eigentlich *Katzentisch* auf Polnisch?«, frage ich und erkläre Edward, was es bedeutet.

»Geht so nicht«, sagt er. »Kannst du höchstens *ciemna wneka* sagen, heißt dunkle Ecke, aber ist zu viel Sonne hier.«

»Wie wärs mit Torte?«, frage ich in die Runde.

»Da hast du mittags wieder keinen Hunger«, schimpft mein Vater.

»Egal, Torte muss sein«, sage ich. »Finger hoch, wer was will!«

Mein Bruder und Edward heben den Arm, und ich winke

76

eine der Kellnerinnen heran, die scheinbar orientierungslos durch die Gäste irren.

»Ist noch ganz frische Kellnerin«, erklärt Edward und übernimmt die Bestellung.

Wenig später werden Kaffee und Herrentorte mit einem solchen Schwung vor uns abgesetzt, dass sie fast von der Tischplatte rutschen. Und wieder steckt die Gabel seitlich in jedem Stück, was mich schon in Deutschland aufregt, brutal in die Flanke gerammt und genau dort, wo es jedem Kuchen ganz besonders wehtut.

»*Smacznego!*«, sagt Edward und schiebt sich genüsslich seinen Kuchen zurecht.

»Heißt das, schmatz nicht so?«, fragt ihn mein Bruder.

»Nein!«, lacht er, »heißt Guten Appetit!«

Wir spalten mit unseren Gabeln Teile von der Herrentorte ab, ich zuerst die Spitze, Edward den Rücken mit der Schokoglasur. Ich kenne keinen einzigen Menschen, der nicht mit der Spitze anfängt.

»Schmeckt gut«, lobt er.

Nicht weit von uns sitzt ein alter Mann ohne Zähne, eher ein seltener Anblick hier im Zentrum. Er beugt sich nach vorn und schlürft einen Tee, dann rutscht ihm seine Brille in die Tasse. Vermutlich ein Schauspieler im Ruhestand, 120 Jahre alt, keine Zähne, keine Rolle, den der Wirt als Kontrastmittel zwischen die Gäste setzt. Du fühlst dich plötzlich gut und belohnst dein Jugendgefühl mit einem Genuss, der den Umsatz erhöht. Man weiß es nicht.

77

Natürlich gibt es Menschen, die wirklich jung sind und gesund und schön, die drei Gutgelaunten, die gerade kichernd an uns vorüberziehen. Ob sie wirklich glücklich sind, kann ich natürlich nicht sagen. Zwei Polinnen mit Umhängetaschen, zweimal die mit den Streifen, in den Haaren ihres Begleiters spiegelt eine Pilotenbrille. Jetzt achte ich auf Marken und werde überall fündig.

»Sind viele Deutsche in Breslau geblieben?«, fragt mein Vater.

Edward schüttelt den Kopf. »Nein, mussten alle raus, sind eher in Oppeln. Trotzdem gibt hier deutschen Weihnachtsmarkt. Ist richtig gut.«

Edward schwärmt, dass es in Breslau so viele Baumärkte gibt und sticht in seine Torte.

»Na zdrowie«, sage ich, als wir gleichzeitig an unseren Tassen nippen.

»Gibt jetzt alles hier, neue Geschäfte, Hochhäuser, schöne Hotels.« Edward stellt die Tasse ab und dreht den Henkel in Position.

»Wo liegt eigentlich das Ende der Vergangenheit?«, will ich von ihm wissen.

»Prost!«, sagt er, »wir leben doch jetzt.«

Noch einmal greift er zur Tasse. »Die Kommunisten haben alles von hier nach Warschau geschleppt, sogar Ziegel, haben ihre Hauptstadt schön gemacht, aber Vergangenheit ist vorbei, jetzt ist Breslau dran. Kommt viel Luxus, kannst du alles kaufen, auch am Sonntag.«

»Ich denke, ihr seid so katholisch!«, sage ich.

»Kein Problem! Katholiken in Polen kommen sonntags zur Kirche, aber Geschäfte laufen auch. Und in der Woche ist ja Arbeit.«

Etwas später gehen wir alle zur Toilette, nacheinander, mein Bruder ist als Letzter dran. Beim Aufstehen stößt er an den Arm meines Vaters, dessen restlicher Kaffee sich auf die Hose ergießt. Mein Vater ist sprachlos.

»Nicht so schlimm«, beschwichtigt ihn meine Mutter. »Ich habe Fleckensalz mit.«

Das sind Dinge, die ihn völlig aus dem Gleichgewicht bringen.

»Kein Papier da!«, beschwert sich mein Bruder, als er zurückkommt. »Außerdem habe ich die Spülung zerstört.«

»Um Himmels willen!«, flüstert meine Mutter.

»War bestimmt schon kaputt«, sagt Edward, »ist nicht alles Gold, was glänzt.«

»Lasst uns trotzdem abhauen«, sagt mein Bruder.

Nacheinander umarmen wir Edward, meine Mutter bekommt ihren Handkuss.

»Und morgen fahr vorsichtig!«, sagt sie.

»In Polen geht nicht«, sagt Edward, »ist sonst Weichei, aber in Deutschland geht gemitlich.«

Bevor er hinter der Rathausecke verschwindet, winkt er uns zu. Ich weiß, dass er sich fröhlicher gibt, als er sich fühlt.

»Was machen wir nun?«, fragt mein Bruder.

79

»Ein Museum?«, frage ich.

Mein Bruder gähnt. »Der Tempel der Musen, oder wie die Viecher heißen, kann mir gestohlen bleiben.«

»Mittagsschlaf!«, sagt mein Vater.

Das ist meine Zeit. Ich gehe. Das Aufleuchten immer neuer Bilder hinter jeder Straßenecke, prüfen, ob das Gesehene der Erwartung entspricht oder zur völligen Überraschung wird, dann das Unerwartete betrachten, vielleicht sogar bewundern. Ich gehe schnell. In der langen Straße ist ein Grundstück unbebaut. Trümmerreste, Zahnlücken im Lächeln der aufpolierten Stadt. Nur der Sockel des zerstörten Hauses steht noch, einschließlich der Kellerfenster, eines davon geöffnet, zersprungenes Glas, verzierte Eisengitter davor, aus dem Kellerboden wachsen Birken.

Im Weitergehen macht sich meine Hüfte bemerkbar. Die ganze Nacht habe ich versucht den Schmerzpunkt am Knochen zwischen zwei Metallfedern einzuordnen. Hotelmatratzen sind Bretter oder durchgelegen. Auch so eine Sache, in der sich Deutschland und Polen nicht unterscheiden. Oder ist es Hüftgelenksarthrose? Ich schaue auf die Straßenbahn, die dicht vor meinen Augen fährt, habe für einen Moment das Gefühl, selbst zu fahren, schwanke zur Seite, ein fester Blick auf den Asphalt rettet mich. Menschen an der Haltestelle sehen übrigens auch überall gleich traurig aus. Erstmal verschwinde ich in der Seitenstraße, wo Bäume den Straßenraum überdachen, zu dunkel, dann nach links, ich wechsle die Straßenseite, weil dort die Sonne scheint, mein Kopf richtet sich nach oben, Fassaden, Gardinen, ein Gleitflieger über der Stadt, der Rest meines Körpers läuft beinahe gegen einen Hydranten. Eine Fensterfrau beobachtet mich von oben. Sie lächelt.

Schuld lässt sich nicht vererben, denke ich. Je grausamer die Vergangenheit, umso länger lebt sie weiter, das ist klar. Doch für mich bleibt Schuld etwas Persönliches, ein Verhalten, die Summe einzelner Taten oder Unterlassungen. Und es gibt Schuldbeteiligungen in allen Formen, einfache Fehler oder schwere Vergehen. Aber Schuld ist kein Gedankengebäude.

Durch einen Torbogen betrete ich eine Parkanlage, der Rosengeruch als Rahmen für den Eingang, überall stehen Bäume mit seltsamem Wuchs, davor hat man Schilder mit Pflanzennamen in den Boden gesteckt, botanische Raritäten, ein Busch sieht nach Magnolie aus. Die Villen am Park haben ihre besten Jahre längst hinter sich. Alles Orte, denke ich, so speziell und vom Leben getränkt, die schon da waren, als es mich noch nicht gab, die sich höher gestellt haben als die Zeit und alles, was passiert ist. Ich reihe mich in den Strom der Menschen, die meisten haben ihren Blick nach innen gerichtet. Plötzlich ein streitendes Paar. Sie geht einige Meter voraus, er schließt auf, sie gestikuliert, dreht sich mehrfach um, schaut immer wieder herausfordernd nach vorn. Sie vergrößert den Abstand. Jetzt überquere ich eine Brücke, jemand hat einen Ginkgo-Baum in den Vorgarten gepflanzt. Wenn ich zu Hause bin, nehme ich mir vor, das Wort *Schuld* mal im Wörterbuch nachzuschlagen, irgendwie ist mir die Bedeutung unklar geworden.

81

Im Schaufenster einer Buchbinder-Werkstatt ist eine alte Buchpresse ausgestellt, voller Staub, ich lege den Kopf an die Scheibe, sehe lange Tische, mit aufgetürmten Büchern, im Halbdunkel steht jemand. Übrigens sollte ich mal meine Hüfte entlasten, habe aber keine Lust, mich zu diesen Gesichtern zu setzen, die nach unten schauen, als würde auf dem Pflaster etwas passieren, aber es passiert nichts. Wieder fällt mir ein Speermüllhaufen auf, Kunstledersessel, hellblau gestrichene Stühle und Hocker.

Ein deutsches Pärchen geht an mir vorbei. »Strumpfhosen in kleinen Größen gibts hier auch nicht«, sagt sie. »Ich schenke nur, was ich selber möchte«, sagt der Mann. »Der Tee und die Karte, das muss reichen.«

Ich bleibe stehen, ich stelle mich in diese Stadt und schließe die Augen, ziehe die Luft in mich hinein, mein Brustkorb leistet etwas Widerstand, dann atme ich frei. Das Geräusch der einströmenden Luft und das immer zu schnelle Ausatmen. Als ich die Augen öffne, befinde ich mich nicht mehr in Schlesien oder Polen, ich fühle mich wohl, unter einem abendlichen Himmel. Die wenigen Wolken sind noch vom Licht erfüllt, Lichtspeicher, sie bewegen sich kaum. Und in den Straßen wird es dunkel. Heute werden wir spät essen, im Hotelrestaurant, wie immer an dem runden Tisch neben der Schwingtür zur Küche. Der Geigenspieler wird uns die Karten bringen, lächeln und wieder nach unserem Befinden fragen. Ich werde mir einen schwarzen Tee bestellen, muss wieder wacher werden, manchmal kann ich vor Müdigkeit kaum schlafen.

Griff zum Festhalten

»Rührei. Mit ordentlich Speck«, sagt mein Bruder, er lädt sich den Teller voll.

Meine Eltern stehen ungewöhnlich ratlos am Frühstücksbuffet, ihre Blicke wandern über die Auslagen.

»Alles klar?«, frage ich.

»Natürlich!«, sagt meine Mutter. Normalerweise hätte sie sich längst etwas Lachs aufgetan, das hat man ja sonst nicht.

Meinem Vater merkt man die Aufregung durch Schimpfen an, diesmal ist es das Brot. »Das ist noch von Ostern!«

»Und aus dem Osten«, ergänzt mein Bruder.

»Alfons ist müde«, sagt meine Mutter, »musste nachts eine Mücke jagen.«

»Das Biest hatte schon getrunken, war ein roter Fleck.«

»Gerade heute«, denke ich laut.

Wir fahren auf der Autobahn bis auf die Höhe von Grottkau und dann über die Landstraße nach Neisse. Ich beobachte alles ganz genau, sortiere meine Eindrücke aber nicht nach Größe und Wichtigkeit, sondern sammle und lege ab, jedes Detail kann bemerkenswert sein oder seine Bedeutung nachträglich bekommen. In diesem Moment bin ich hier.

83

Wer in Schließfächern nach vergessenen Pfandmünzen sucht, weiß, was er finden will, auch wenn es unwahrscheinlich ist. Auf dieser Reise versuche ich etwas zu finden, für das ich nur vage Bezeichnungen besitze, obwohl ich einen Fund für wahrscheinlich halte. Vielleicht aber löst die Reise das Vermutete auf. Alles ist möglich, auch der Abgrund. Niemand läuft ungestraft ins Dunkel von gestern. Egal, vielleicht finde ich auch nur eine gute Bäckerei. Ein liebenswürdiger Keks würde mir als Ergebnis der Reise genügen. Mit diesem geringen Anspruch müsste es gelingen, sage ich mir.

Ich kenne die alten Schwarz-Weiß-Aufnahmen von Neisse. Natürlich ist nichts wie vor der Katastrophe, aber unter den zerstörten und wieder aufgebauten Städten gehört Neisse zu jenen, die keine Auferstehung erleben durften, eher zu einer gebauten Erinnerung wurden. Eine neue Stadt, umetikettiert, die polnischen Straßennamen, der Wegweiser am Marktplatz nach Kłodzko links, geradeaus nach Opole, nicht mehr Glatz oder Oppeln. Und in allen Straßen liegt der Geschmack von Zeit, manchmal so intensiv, dass es anfängt, mich zu stören, auch wenn im Zentrum Neubauten das Bild bestimmen, manchmal ein paar schlichte Giebel zum Gedenken an das Versunkene. Doch sie erwecken nicht das alte Bild, sie dokumentieren die Zerstörung. Es fällt nicht schwer, sich die Trümmerflächen vorzustellen, auf denen sie entstanden, zersprungener Zierrat im Staub, Steinhaufen, die zu einer anderen Stadt gehörten.

Vor dem Krieg schmückten Bürgerhäuser den Marktplatz, ein stolzes Rechteck. Der Ring. Giebel und Giebelchen, jede Form als eine Lebensspur. Und in ihrer Mitte die Hauptdarsteller. Ganz unbestritten die Ratswaage und das Rathaus mit seinem spitzen Turm. Wir stehen mitten in der Gegenwart, eine Grünfläche an der Straße, dort, wo sich früher Häuser drängelten. Mir erscheint die Anwesenheit dieser Unbekannten noch nicht ausgelöscht, wie Stimmen, die man in Gedanken hört, das Sich-Aufdrängen von allem, was nicht mehr da ist. Als wolle sich die Vergangenheit nicht geschlagen geben, als habe sie nach einem unvollständigen Abschied verweigert zu gehen und einfach nicht aufgehört zu sein, entgegen aller Vernunft die Regel missachtet. Auch wenn es sich um eine ganze Stadt handelt.

Eine junge Frau neben uns versucht zu verhindern, dass ihr Sohn auf eine Mauer klettert. *Uwaga!* ruft sie in den Morgen und redet auf ihn ein.

Ihr Polnisch klingt anders als in Breslau, vielleicht ein Dialekt, denke ich. Mein Opa, natürlich im Hanomag, auf dieser Straße, die Pflasterung schüttelt seinen Körper durch, er hält das Lenkrad fest, konzentriert sich auf kleine Richtungskorrekturen, auch in der Geradeausfahrt, produziert schwarz-weiße Filmbilder. Als ich in einen Hundehaufen trete, verschwinden die Bilder, ich versuche, die hellbraune Masse an der Bordsteinkante zu entsorgen. Polnischer Hundedreck stinkt wie deutscher Hundedreck, stelle ich fest.

Mein Vater schaut nachdenklich auf den Giebel der Ratswaage. »Neisse war eine schöne Stadt.«

85

Der Giebel wurde wiederhergestellt, doch an den leeren Nischen erkennt man, wo Figuren standen. Am Himmel darüber haben die Flugzeuge ihre Kondensstreifen im rechten Winkel übereinandergelegt.

»Schlesisches Rom haben sie damals gesagt, Neisse war Bischofssitz«, weiß meine Mutter und schaut sich ratlos um.

Zumindest hat die Stadt ihren eigenen Tod überlebt. Vom Rathausturm steht ein Abbild, ein vereinfachter Neubau, aber die Silhouette ist wieder da. Ohne Wahrzeichen ging es nicht. Wo das Typische fehlt, verliert sich ein Ort und alles, was Menschen Heimat nennen. Irgendwo braucht jeder den Griff zum Festhalten. Eine alte Frau mit prall gefüllten Einkaufstaschen eilt über den Platz. Ich stelle mir vor, dass sie die Last der Vergangenheit trägt, ihre schweren Taschen passen gut ins Bild.

In der Seitenstraße finde ich eine kleine Bäckerei, Pflaumenkuchen mit Wespen, Mohnkuchen, Birne-Helene-Torte. Das zweite Schaufenster ist ohne Backwaren als Gedenkraum gestaltet. Gliederkaktus neben einer riesigen Goldmedaille aus Plastik, für besondere Verdienste am Backofen. Edward sagt immer, den besten Kuchen backen die Polen zu Hause. Trotzdem trete ich ein, das Angebot ist auf das Wesentliche beschränkt, aber es riecht nach Backstube, keine Filiale, der Originalduft, ein Keks muss mit.

Ich kann nicht warten, noch im Laden beiße ich in diesen Keks. Er ist mürbe und zart, wenn es eine Frucht wäre, wäre sie perfekt gereift und auf den Punkt gepflückt, mit intensiven Aromen von Butter, die erst im Nachklang über die

86

Zunge streichen und sich immer runder und milder werdend verflüchtigen, während sich der Teig auflöst und die Zuckerkruste am Rand noch einen Moment verbleibt.

Es ist ungerecht, dass es bei Backwaren für diese Kunst keinen Namen gibt, wie beim Wein, bei dem sie sich Sommelier oder Sommelière nennen. Diese Spezialisten, die ständig Aromen schmecken, von Beeren und Herbstfeuer oder von Mandeln und Birkenholz oder Nuancen von Lakritz und dunklem Leder oder was ihnen sonst in den Sinn kommt und ohnehin niemand nachvollziehen kann, obwohl trotzdem alle andächtig lauschen, aufmunternd nicken und den Kenner weiterspinnen lassen, weil sie schon blau sind von den letzten zwölf Probiergläschen Mosel oder Chardonnay.

Draußen hat mein Vater auf mich gewartet. »Wir haben die Geschütze richtig laut gehört und davor die Luftangriffe. Sprengbomben pfeifen, und Brandbomben klingen wie flatterndes Blech. Tagelang haben die Russen Neisse belagert, alles zerschossen, dann auf einmal sind sie rein in die Stadt.«

Mein Vater geht ein Stück voraus und dreht sich dann zu uns um. »Wisst ihr eigentlich, wie tote Menschen riechen?«

Meine Mutter ist empört. »Ist jetzt gut Alfons, die Kinder müssen nicht alles wissen.«

»Doch, es wird zu wenig gesprochen und irgendwann sind wir weg.«

»Das kann ja noch heiter werden«, sagt mein Bruder.

»Die sind doch gleich weiter in eure Richtung gezogen«, frage ich meinen Vater.

»Nicht sofort. Anfang Mai fünfundvierzig haben wir in der Nähe Explosionen gehört. Aber das waren nicht die Russen. Beim Staubecken hat das Sprengkommando der Wehrmacht eine achthundert Meter lange Brücke gesprengt, da mussten die Russen durch die Flutmulde. Erst kamen die Gerüchte, dann die Front. Für uns wurde es brenzlig, früh um fünf sind wir los.« Mein Vater schaut auf seine Füße. »Vierzig Kilometer sind wir mit dem Wagen hoch ins Gebirge geflüchtet, bis die Pferde schwitzten. Die waren weiß vor Schaum.«

»Aber irgendwann müssen sie euch doch überlaufen haben?«

»Ja, aber da war der Krieg gerade vorbei, hat keiner mehr geschossen. Als wir zurück nach Hause sind, kamen uns die Russen entgegen, immer Richtung Westen. Zum Glück hatten sie es eilig. Auf den Lastwagen standen die Soldaten dicht an dicht, manche hatten Panjewagen oder sind gelaufen.«

»Die haben euch nichts getan?«, fragt mein Bruder.

»Nein.«

Meine Mutter sagt nichts.

»Als wir wieder zu Hause waren, wimmelte es vor Soldaten, war alles geplündert, so fünfhundert Mann in unserem Dorf, im Haus mindestens dreißig. Die haben auf dem Boden gesessen und geraucht.« Er zögert. »Die Heidel, da wollte einer in der Scheune mal dran. Aber ich war dabei, da hat er es gelassen.«

»Alles so Sachen«, sagt meine Mutter.

88

Ich suche einen Schlusssatz. »Bis jetzt dachte ich, es hätte nur *eine* Vertreibung und Flucht gegeben, aber das war ja ein einziges Durcheinander.«

»Na ja, vor der Vertreibung sind wir zweimal geflüchtet.« Mein Vater will es mir erklären, meine Mutter geht weiter.

»März fünfundvierzig hat uns ein SS-Regiment rausgeschmissen, weil angeblich der Feind kommt. Wir sind zurück, haben den ganzen April die Felder bestellt, von einem Feld übers andere gesät, egal, wem es gehörte. Und im Mai, das war die Flucht ins Gebirge.«

Ich beobachte meine Mutter, ihren Gang. Wie auf einem Schwebebalken.

Neben uns hält ein Bus, zwei Frauen steigen aus, die eine zögerlich, die andere springt in die Welt, als ob sie ihr gehört, dann schließen sich zischend die Türen. Busfahrer beneide ich nicht um ihren Beruf, nur um das Schließen der Türen. Erst der majestätische Druck auf den Knopf, dann das unvergleichliche Geräusch, das es nur bei Bustüren gibt. Als Kind ahmte ich den Druckabfall mit dem Mund nach, wenn ich mit dem Tretroller meine Haltestellen anfuhr. Es ging mir nie um Fahrgäste, es ging um dieses Zischen, das nach Erleichterung klingt. Dann überholen uns die beiden Frauen. Sonnenglanz auf Stützstrumpfhosen.

»Hier könnte ich nicht leben«, sagt mein Bruder.

»Ich auch nicht«, sagt meine Mutter.

Mein Vater überlegt. »Das ist jetzt eine polnische Stadt.«

Polen. Ich habe dieses Land noch nie unverhüllt gesehen,

89

also ohne Fantasie. Eine Art Italien, habe ich mir ausgemalt, morbider Charme mit barocken Schlössern und Kirchen, viel hohe Kultur, unverwechselbare Orte. Ich sehe unsere Länder miteinander verbunden, hätte man diese Verbindung nur friedlich gelassen. Bestimmt gab es genug Menschen ohne Hass. Jetzt ist Polen für mich auch das angegriffene, das von Deutschland verletzte Land. Es ist der Gipfel der Gewalt, wenn zu Zerstörungen und Mord die Vorstellung kommt, ein Land auslöschen zu wollen, die ganze Geschichte, Polens Kultur. Nur verständlich, wenn am Ende dieser Vergangenheit gar kein Ende entsteht, sondern sich die dunklen Spuren weiterziehen. Nein, ob wir eine gemeinsame Geschichte haben, müssen wir uns wirklich nicht fragen.

An der Hauptstraße steht ein öffentliches Urinalhäuschen. Erst ist mein Vater an der Reihe, dann schlüpfe ich durch die schmale Tür, steige auf ein Trittgitter und verriegele. Der enge Raum glänzt in kakaobraunem Kunststoff, ich stehe mitten in der Kloschüssel. Von jeder Stelle des Raumes kann Flüssigkeit abgeleitet werden, alles in ein Loch unter meinen Füßen. Als ich fertig bin, drücke ich den Spülknopf und fürchte, dass Kabine und Benutzer gemeinsam gereinigt werden.

Draußen grinst mich mein Bruder an. »Du pinkelst dir was zurecht.«

»Und du bist drei Zentimeter kleiner als ich.« Dann gehen wir weiter.

»Freust du dich eigentlich?«, frage ich meinen Vater, als wir am Parkplatz ankommen.

Er schaut auf die Uhr. »Na ja.«

90

Und wieder wühle ich mich durchs Türloch und parke mich rückwärts unter der Heckscheibe ein. Freiheitsentzug. Ich versenke mich in die Polster meiner unwürdigen Ecke.

Eine Weile fahren wir schweigend, mein Vater schaut nach rechts aus dem Fenster. Auf den Hügeln liegt das Land wie aufgeklappt, Feld, Wald, Wiesen, Wald, Feld. Ich weiß, wo seine Gedanken sind, er summt sein Lied, von der Heimat, die in weiter Ferne liegt. Zu Hause sitzt er manchmal am Klavier und spielt die Melodie mit zwei Fingern, immer wieder, den Blick tief nach innen und seine Lippen zusammengekniffen, einschließlich einer Träne auf der Wange. Alles verständlich, denke ich, ein paar Noten eines Liedes, ein aufleuchtendes Erinnerungsbild, ich wäre der Letzte, der nicht versteht, dass einen so etwas zum Heulen bringt.

»So sah es bei uns in Schwammelwitz aus. Vor dem Dorf gab es einen Hügel und oben war der Wald. Ihr werdet es erleben«, mein Vater überlegt. »Hinter dem Wald ging es rüber nach Sudetendeutschland. Auf der anderen Seite war das Staubecken. Als Kinder sind wir da Schwimmen gegangen. War nicht ungefährlich.«

»Wir sind doch bald da«, sagt meine Mutter.

Ich hoffe, dass mein Vater Bilder wiederfindet. Vielleicht ist es auch gut, wenn er Veränderungen sieht, dann weiß er, dass alles vorbei ist. Auch das Leid von gestern.

91

Wodka mit Grasgeschmack

Abenteuerlustige Banden lösen in ihren Ferien Kriminalfälle, beobachten verdächtige Gestalten oder nur Silhouetten, nachts über sumpfigen Wiesen in Dunkelheit und Dunst oder dem Gewirr von Buschwerk, Schatten, geheimnisvolle Laute oder Lichter in Schlossruinen. Es ist genau diese Stimmung aus Kinderbuchzeiten. Wir stehen auf einem Seitenstreifen am Auto, unsere Schlesienkarte liegt ausgebreitet auf der Motorhaube. Von Neisse aus sind es nur zwanzig Kilometer zum Dorf meines Vaters.

»Bei Ottmachau gab es früher keinen zweiten Stausee«, sagt mein Vater und dreht die Karte einmal im Kreis, »da lag Schloss Kupferhammer.«

»Glumpenauer Stausee«, lese ich. »Das Gebiet haben sie nach dem Krieg geflutet.« Mit den Fingern zeige ich auf kleine Kreuze und die Namen der untergegangenen Orte.

»Die haben ihre Heimat gleich doppelt verloren«, sagt mein Vater und hat Mühe weiterzusprechen. »Mir ist wichtig, dass es mein Dorf irgendwo gibt.«

Aus einem Fabrikschornstein quillt weißer Rauch, ein dickbauchiger Flaschengeist, der uns seine Arme entgegenstreckt. Der Wegweiser führt uns in Richtung Paczków, aber soweit müssen wir nicht. Am Stausee entlang fahren wir über

Ottmachau, auch so ein vertrauter Name, rechts Felder, die sich in Wellen über das Land legen, links das flirrende Wasser. Ich bin nur ein Besucher, sage ich mir, durch mein Seitenfenster betrachte ich dieses Land wie eine Ausstellung, in der alles vorkommen darf, auch Grasbüschel und Mülltonnen.

»Wollen wir nicht vor Schwammelwitz nochmal halten?«, fragt meine Mutter. Vielleicht hat sie das Gesicht meines Vaters gesehen.

»Gute Idee«, sage ich.

Mein Bruder biegt in Ścibórz ab, der brüchige Asphalt schlängelt sich in weiten Kurven voran, an der Straße stehen Apfelbäume, knorrige Gestalten mit brüchiger Rinde. In langer Reihe haben sie sich zu unserer Begrüßung aufgestellt. Wir halten an einer Feldeinfahrt. Nur einen kleinen Moment.

»Es jagt uns doch keiner«, sagt meine Mutter, als wir aussteigen.

Am Auto trete ich auf einen Ast, es kracht, wir schrecken hoch. Wer ein Leben lang auf eine Reise gewartet hat, sollte nicht einfach um eine Kurve fahren und plötzlich ankommen. Mein Bruder lehnt sich an die Fahrertür, meine Eltern stehen vor mir und schauen gebannt in nur eine Richtung. Plötzlich gehen sie einen Schritt nach vorn, als wollten sie losgehen. Auf einem Steg an der Kante stehen, abspringen oder nachgeben und ins Wasser fallen. Mageres Kraut an ihren Füßen. Sie betrachten das Dorf aus der Entfernung, sicherheitshalber.

»St. Hedwig«, sagt mein Vater, »unsere Kirche hieß St. Hedwig.«

Ob gerade etwas in ihnen geheilt wird oder zerstört? Ich schaue und versuche nicht zu denken. Auf der gesamten Reise habe ich schon zu viel gedacht und in allen Ecken gewühlt. Wenn mein Vater jetzt sein Lied singt, *Hohe Tannen*, seine Stimme wie immer dabei umkippt, würde ich weinen, *... liegt die Heimat auch in weiter Ferne, doch Du Rübezahl hütest sie gut ...*, oder noch schlimmer, wenn er es summt. Aber er bleibt still, wir sind alle sehr gefasst. Er zeigt in Richtung Kirchturm und sagt leise etwas zu meinem Bruder. Ein weich gezeichnetes Bild, kaum vorstellbar, dass genau dieser Kirchturm seit dem Tag der Vertreibung an demselben Ort gestanden hat, seit den letzten Blicken über die Schulter, falls dafür überhaupt Zeit war. An jedem Tag hat er seine Spitze in die katholische Luft gestreckt, im Winter mit Schnee, Weihnachtsgottesdienste, Kerzen, die Gemeinde singt aus vollem Hals *Es ist ein Ros entsprungen*, im Sommer flirrte seine Silhouette in der Sonnenglut, *Großer Gott wir loben dich*, und das Himmelblau wurde zu einer warmen Farbe, Menschen standen vor ihm, die es nun nicht mehr gibt. Es ist still, man hört den Wind im Gras, ein Auto zischt vorbei.

Mein Vater schaut auf die kleinen Löcher im Gras neben der Straße. »Dieses Jahr ist ein Mäusejahr.«

»Wollen wir weiter?«, frage ich meine Eltern, »oder traut ihr Euch nicht?«

»Doch, doch«, meine Mutter lacht. Sie ist immer so mutig.

Der Wind bewegt das Verkehrsschild hinter uns, schlägt es an den Pfosten. Unregelmäßig läutet es in unser Zögern.

94

Aufmunternd dagegen wirkt die Kuh auf der leeren Milchtüte, die neben uns im Gras liegt, mleko, sie trägt eine gelbe Schürze und breitet freundlich ihre Arme aus.

»Oder wollt ihr noch Fallobst sammeln?«, fragt mein Bruder.

Man hätte an diesem Punkt umdrehen können, die Reise abbrechen, den taktischen Rückzug vorbereiten. Einmal die Vergangenheit vorsichtig aus der Tiefe ziehen und schnell wieder zurücklegen, wie einen heißen Löffel. Man hätte das Dorf gesehen und sich das Detail erspart. Man wäre wirklich hier gewesen, zurückgekommen, hätte die Kirche angeschaut, aber in jener Entfernung, in der neue Bilder die alten Erinnerungen nicht stören. Alles dürfte so bleiben, wie es in der Vorstellung leben konnte, wehmütig, friedlich, manches fröhlich, so vieles schmerzhaft, aber unangetastet. Einfach umdrehen! Nur so eine Idee.

»Kommt weiter!«, sagt mein Bruder und öffnet die Autotür.

Meine Eltern schauen sich hektisch an.

Auch mir geht alles zu schnell, am liebsten wäre ich das letzte Stück zu Fuß gegangen. Oder besser einfach geblieben, nur dastehen und hier sein, aber ich sage nichts und steige ein.

Mein Bruder gibt Gas, unsere Reifen graben sich in die Erde, das Ortsschild kommt immer näher.

Im Suchen und Wühlen erscheint die Vergangenheit völlig unsortiert, das Gesicht des Großvaters, wenn er lächelt, vielleicht eine bestimmte Falte oder ein Schinkenbrot, das man vor einem halben Jahrhundert gegessen hat, Ammerländer Schinken, mikroskopisch klein geschnitten. Köstlich, aber ohne Bedeutung. Und es bleibt ein Geheimnis, warum ein solches Detail im Meer der Erinnerungsbilder seine prominente Stellung bewahren konnte. Weil es schön war? Oder weil der eigene Fallensteller wieder seine Harmlosigkeiten auslegt, die erst verheißungsvoll erscheinen und sich dann in Spinnen verwandeln, die das Vergangene noch im Nachhinein umfärben und zerstören, ein für alle Mal. Es gibt viele Gründe, die Vergangenheit dort zu lassen, wo sie hingehört. Und übrigens haben wir beschlossen, auf dieser Reise keine Fotos zu machen.

»Ihr schafft das, ja?«, frage ich.

»Ist doch alles vorbei«, sagt meine Mutter.

»Ja«, sagt mein Vater, »aber es ist dieser Schmerz, der mir nicht aus dem Kopf geht.«

Meine Mutter legt ihre Hand auf seine Schulter. »Man hat immer Sehnsucht nach der Heimat, aber wir dürfen uns nicht zermartern.«

»Mein ganzes Leben war anstrengend«, sagt er. In seinen Augen, Trauer, Angst. Tiefsee.

Das letzte Stück, eine Allee, der Wind hat die Bäume in Richtung Feld verbogen. Hierhin also wollte meine Oma laufen, wenn sie in ihren letzten Wochen im Pflegeheim nachts die Reisetasche packte.

Mein Bruder parkt am Ortseingang unter einer alten

Linde. Ein Vogelschwarm zwitschert hoch in den Ästen. Vielleicht kacken sie ihm den gelben Lack voll, stelle ich mir vor, als wir aussteigen, und schäme mich sofort für derart primitive Wünsche, in so einem Moment. Ich setze meine Füße auf Heimatboden, hier neben der Straße ist er staubig, denke an die erste Mondlandung.

Während wir losgehen, prüft mein Vater, ob die Türen verschlossen sind, auch das drehbare VW-Zeichen am Kofferraum schiebt er in die Ausgangsstellung zurück.

»Stolper nicht über die Wurzeln!«, sagt meine Mutter zu ihm.

Die Richtung ist klar, so oft ist mein Vater diese Strecke gelaufen, im Sommer mit kurzen Hosen, im Winter mit kalten Füßen, er weiß, wo wir sind. An der Straße begleiten hölzerne Strommasten unseren Weg. Die Leitung hängt an einem Halteseil wie mit Wäscheklammern befestigt und zieht sich durch die Kronen der ersten Bäume von Schwammelwitz. *Trzeboszowice* steht auf dem Ortsschild, das erste Symbol für das Ausgelöschte.

Mein Vater starrt den Namen an. »Das kann doch keiner aussprechen!«

Nach ein paar Metern bleiben wir an einem Gedenkstein stehen. Er hat die Form einer winzigen Kapelle mit Ziegeldach, in einer Wandnische das Bild eines knienden Heiligen, darunter eine polnische Inschrift, nirgendwo Moos.

»Der Heilige Rochus«, erklärt mein Vater, »ist gut für Katastrophen, Seuchen und so was. Einmal im Jahr sind wir

97

von der Kirche aus hierher gezogen, mit Allerheiligstem und allem Drum und Dran.«

»Hat gut zu tun gehabt, der Heilige«, sagt mein Bruder.

»Hier steht *Rochu*«, sage ich, krame mein Wörterbuch hervor und schaue mir den Text an: *święty Rochu módl się za nami.*

Die deutschen Worte hat man längst entfernt. Der Heilige durfte bleiben, wurde eingebürgert, erhaben über jeden Zweifel strahlt er in frischen Farbtönen. Es sind unecht wirkende Farben, die ich aus Andenkenläden kenne. Davor auf einem Sockel ein sauber gebundener Rosenstrauch. Die Figur lebt.

»*Święty* muss *heilig* heißen, die letzten Worte bedeuten *für uns*«, entziffere ich.

»Komm, die Sprache kannst du nicht lernen«, sagt mein Bruder.

Meine Mutter nickt. »Lass uns mal weitergehen.«

»Heiliger Rochus, bitte für uns«, übersetze ich. Und ich meine es wirklich.

Endlich gehen wir über die Dorfstraße jenes Ortes, dessen Name ich in meinem Leben unzählige Male gehört habe: Schwammelwitz! Es lässt sich nicht vermeiden, spätestens jetzt wird das Vergangene bis aufs Hemd ausgezogen, jetzt tritt die Zeit lebendig auf, so dass wir uns in Acht nehmen müssen. Aber, ich muss es mir sagen, es ist nicht meine Zeit. Meine Eltern gehen vor mir, in diesem Moment tun sie mir besonders leid. Man sagt, die Beschäftigung mit der Vergangenheit wäre hilfreich, um sie zu überwinden. Aber stimmt das auch bei meinem Vater?

Er zeigt hinüber zum Ortsrand. »Nach Kriegsende hat die Rote Armee hier 5000 Pferde zusammengezogen. Die Russen haben größere Kinder aus den Häusern geholt und gezwungen, die Pferde zu überführen. Dreimal musste die Heidel mit, sind auch Kinder verschwunden. Verendete Pferde mussten sie in den Splittergräben am Ort einbuddeln, diese schweren Kadaver. Ganze Tage habe ich mich im Heu versteckt, aber sie haben auch die Scheunen abgesucht, mit Mistgabeln ins Heu gestochen. Einmal standen sie plötzlich im Haus, ich bin sofort aus dem Toilettenfenster gesprungen, mitten in die Scherben, habe mir den ganzen Fuß zerschnitten. Aber die haben mich nicht gekriegt.«

Er sagt es, dreht sich zur Seite und wieder zurück. »Die Narben haben mir ein Leben lang nicht wehgetan, jetzt merke ich sie wieder.«

Unser Weg ist leicht zu finden, eine Asphaltstraße, nur manchmal leicht geschwungen, wenige Abzweigungen, Schwammelwitz ist ein Reihendorf, fränkische Bauweise, durch den Ort fließt ein Bach. Wenn mein Vater hier durch das Gras lief, hat er Spuren hinterlassen, die nicht weniger vergänglich waren als die Spuren seiner Lebensjahre in diesem Dorf. Alles verschwunden, versunken, verwischt.

»Das ist der Krebsbach«, erzählt mein Vater. »Als Kinder haben wir Staudämme gebaut, oft war Hochwasser, das kam aus dem Gebirge.«

99

»Ist das Auto zu?«, fragt meine Mutter.

»Ja, ja!«, sagt mein Bruder.

Wir gehen langsam, aber nicht nebeneinander, eigentlich geht jeder von uns allein. Mir wird klar, dass mein Vater gerade einen anderen Ort sieht als ich. Nichts wirkt auf mich malerisch, es gibt nichts zum Schwärmen. Ich sehe unseren Trupp in der Spiegelung einer Schaufensterscheibe, der Laden ist verlassen. Ein Geräusch am Himmel wird hörbar, es klingt immer lauter, dann bedrohlich, ein Hubschrauber fliegt in geringer Höhe über den Ort und weiter in die freie Landschaft. Denkt mein Vater an den Tiefflieger, der ihn beschossen hat, als er mit seinem Fahrrad über die Felder fuhr? Er konnte sich nicht vorstellen, dass er der Feind sein sollte. Erst danach brachte ihm seine Mutter bei, wie man sich verhalten muss, nicht weglaufen, Deckung suchen, liegenbleiben, mindestens eine halbe Stunde, die kommen zurück. Tatsächlich wendete das Flugzeug nur für ihn, der Pilot versuchte mit Bordwaffen in das Rohr unter einer kleinen Brücke zu treffen, in das er sich geflüchtet hatte. Es sind diese Erlebnisse, die sich als Traumfutter durch sein Leben schleichen und selbst am Tag als Schatten tanzen.

In alle Richtungen drehen sich unsere Köpfe, manchmal bleibt mein Vater stehen, zeigt auf Häuser und nennt die Bewohner. Bei vielen Gebäuden hat Feuchtigkeit den Putz über den Sockelsteinen abplatzen lassen und rotes Ziegelmauerwerk freigelegt. Auch die Kirche ist noch da, dieselben staubigen Straßen, neu ist nur das Gefühl von Fremdheit. Er ist konzentriert, nicht aufgeregt. Jedenfalls sieht es so aus. Seine glücklichen Kinderjahre spielen hier, aber auch der ganze Rest. Die Beerdigung seines Vaters, als er drei Jahre alt war. Alles wegen eines Splitters aus dem Ersten Weltkrieg. Es war nicht alles gut, nur weil er ein Kind und dies seine Heimat war und das frisch gemähte Gras manchmal nach Waldmeister roch.

Unsere Stimmung wird zunehmend trüber, aber ich habe beschlossen, mich nicht treffen zu lassen. Diesmal nicht. Diese Traurigkeit, die sofort an mir festklebt, stattdessen will ich mich feierlich fühlen, vielleicht sogar erhaben. Trotzdem ist das Standhalten kein gutes Gefühl, auch wenn ich mir heimlich trostreiche Worte zuflüstere oder zubrummele, damit sie am Ende nicht noch mein Bruder hört. Ich habe keine Angst im dunklen Wald!

Mein Vater geht schneller und entfernt sich von uns. Dann bleibt er plötzlich stehen und bückt sich. Erst zieht er seine Schuhe aus, dann die Socken. Wir bleiben stehen.

»Was soll das denn?«, mein Bruder sieht besorgt aus, »der tritt sich noch was in den Fuß.«

»Das ist doch gar nicht *dein* Text«, sage ich.

»Lasst ihn!«, sagt meine Mutter.

»Das hat er doch noch nie gemacht«, flüstert mir mein Bruder zu.

»Er war auch noch nie hier«, flüstere ich zurück.

Mein Vater geht langsam weiter, seine Schuhe in der Hand. Er geht und weint, über die Erinnerung und die Ferne, die sich darin versteckt. Oder ist es ein Lachen? Wenn er das alles überlebt, wird er hundert, denke ich. Die Weiden an der Straße rauschen. Auch ohne Sturm. Allmählich holen wir ihn ein. Er presst seine Augenlider zusammen und lässt die Tränen abfließen. Diese menschlichen Details in so einem Moment, du kannst die Kamera draufhalten, und es ist etwas für die Kurzfilmtage.

»Wir sind immer barfuß rumgelaufen, sogar auf Stoppelfeldern, oder nach einem Gewitter sind wir in den Matsch.« Er stellt seine Schuhe auf den Boden. »Irgendwo im Ort haben wir gespielt, alle, egal ob wir uns mochten. Nach Feld hat es gerochen, erst wenn es kühl wurde, sind wir nach Hause. In der Küche stand schon ein Teller Butterschnitten. >Erst Hände waschen!<, hat die Muttl gesagt. Aber ab Sommer vierundvierzig war der Krieg immer anwesend. Bei Neumond kamen die Bomber.«

Mein Vater bückt sich und schnürt seine Schuhe. Am Straßenrand blüht Kamille. »Bis vor 20 Jahren habe ich oft von zu Hause geträumt, immer das Dorf, der Waldrand. Jetzt träume ich immer irgendwas, wo ich verfolgt werde. Regina hat mich letztens geweckt, weil ich an den Schrank neben dem Bett getrommelt habe.«

»Wenn es nur das Trommeln wäre«, sagt sie.

»Wieso?«

»Du hast mit den Beinen gestrampelt und geschrien, dass es die Nachbarn hören.«

»Wahrscheinlich bin ich weggelaufen«, sagt mein Vater. »Manchmal haben sie die Leute verprügelt, meist wenn irgendwo ein Saufgelage war, da kam das ganze Leid hoch.«

Er sieht Szenen, die ich nur aus Büchern kenne.

»Ins Krankenhaus konnten die Verprügelten nicht, manche sind dann gestorben.«

»Und ich dachte immer, ihr seid irgendwie froh gewesen, weil ihr nach Kriegsende noch zu Hause bleiben konntet«, sage ich.

»Froh?«, er schaut mich an. »Das war wie Gefangenschaft oder Zwangsarbeit. Wir haben nicht mehr in unseren Betten geschlafen, konnten nicht mehr in unsere Zimmer. Wir hatten einen Raum voller Stroh, da haben wir gelegen.« Mit der flachen Hand wischt er Tränen ab. »Und Angst hatte ich immer.«

Ein Junge, der so vieles ansehen muss, der sich abends in den Schlaf weint, der Bedrohung und Ohnmacht empfindet, die ihm zu einem Gefühl werden, das er nie mehr los wird und in seine Seele einschließt. Nach der Vertreibung wird man ihm erklären, dass er schwere Schuld auf sich geladen habe, alle Deutschen hätten gemeinsam diese Schuld und dass sie auch die kommenden Generationen beträfe. Er wird das alles nicht verstehen.

»Weißt du eigentlich, wer da überall gewohnt hat?«, frage ich und zeige auf ein Gehöft, die Scheunenfenster sind mit rohen Brettern vernagelt. Das Gartentor steht offen.

»Hier hat die Schubert, Trude gewohnt«, sagt er. »Die ist hier geblieben, lebt nicht mehr. Als der Rudolf hier war, hat er sie nicht wiedererkannt, so ein altes Mütterchen mit Kopftuch, ohne Zähne.«

Vor dem nächsten Haus riecht es nach gebratenen Zwiebeln.

»Das war der Hof vom abgehackten Nussbaum-Krause.«
Die Geschichte von einem Mann, der seinen Hausbaum absägte, um den Namenszusatz loszuwerden und dabei zum abgehackten Nussbaum-Krause wurde, kennen wir. Mit allen Häusern hat mein Vater etwas zu tun, ständig drängen sich Vergleiche auf, damals und heute, es ist immer auch ein Abschmelzen von Vorstellungen. Vielleicht liegt in einem der Häuser noch eine alte Mohnmühle im Schrank. Eine, die alles überstanden hat und noch immer Mohn quetscht. Keine Kriegsfolgen, einfach nur schlesischer Mohn.

Es ist die Zielgerade, das Elternhaus meines Vaters kommt immer näher und doch verlangsamen wir unsere Schritte, werden vorsichtig, hoffentlich ist diese Reise nicht nur ein Abgesang, die letzte Strophe vom Lied. Wichtig ist schon mal, dass alles noch steht, auf uns gewartet hat. Ich freue und fürchte mich, meinen Vater sehe ich nicht an. Jetzt stehen wir vor dem Haus. Alles ist kleiner und überschaubar. Und verändert. Aber ich erkenne wieder, was ich sehe, die ganze Ansicht, die Scheune hinten auf dem Hof steht noch, es fehlt die Kastanie am Eingang, die ihre Krone über das Dach streckte bis über die Giebelspitze, eine Geste, als hielte ein guter Freund die Hand über das Haus. Im Zaun fehlt hier und da ein Stück, aber die zwei wuchtigen Ziegelpfosten am Hoftor sind noch da, die oberen Abschlüsse wie eine Pyramide gestapelt, der rechte Pfosten von den Wurzeln der Kastanie angehoben.

Als Schüler habe ich das Haus von einem Foto abgemalt und das Bild meinem Vater zu Weihnachten geschenkt. Zuvor hatte er mir alles beschrieben, selbst die weiß gestrichenen Ziegelfugen, die ich sorgfältig mit Deckweiß und einem dafür beschnittenen Pinsel zeichnete. Genau diese Fugen sehe ich jetzt, vierzig Jahre später, denke zum hundertsten Mal das Wort *unwirklich*. Dieses Wiedererkannte, das Finden von Details, aber nicht das Finden von Zeit. Wir bleiben stehen. Dann weinen wir. Erst beherrscht, dann heftiger. Meine Augen sehen etwas, das es nicht gibt, erst ganz klar, dann verschwimmt alles. Jetzt haben wir alle denselben Schmerz und dieselbe Freude. Und dieselbe Mischung in unseren Tränen. Ich hole tief Luft. Meine Eltern nehmen sich in den Arm, dann komme ich dazu, danach mein Bruder, ein Familienknäuel. So stehen wir vor dem Tor. Plötzlich löst sich mein Vater und betritt entschlossen den Hof, kein fremdes Land, wir folgen. Er hat eine schwache und eine starke Seite, in diesem Moment ist er stark.

Im Vorbeigehen berühre ich den Torpfosten, die Fugen und Ziegel, die im Sonnenlicht warm geworden sind. Diese Details, denke ich, diese fürchterlich unveränderten Details, die mit der Zeit ihr Spiel treiben, sich immer erst verstecken, manchmal für eine Ewigkeit, und dann in den Vordergrund drängen, stark und unverletzlich. Mein Vater als Kind, mein Vater als alter Mann. Und diese Ziegel erlauben sich frech, dort noch immer zu liegen. Dann reichen wir uns Taschentücher, meine Mutter hat einen Vorrat in ihrer Handtasche. Erst jetzt rieche ich die Luft. Schlesische Luft.

105

»Dort habe ich im Kinderwagen geschlafen«, mein Vater zeigt auf ein kleines Rasenstück. »Unser Spitz hat daruntergelegen und aufgepasst. Als die Nachbarin in den Wagen gucken wollte, ist der auf sie los und hat sie ins Bein gebissen. Da kam niemand einfach so auf den Hof.«

Doch dann musste er Dinge erleben, die jeden Pessimisten bestätigen, Untergangsfantasien verwandelten sich in Alltagsgeschehen, Leid traf schlimmer ein, als vorsichtig gedacht. Ich denke an das Mädchen aus der Ukraine, an dieser Stelle verhandelte sie mit den Soldaten. Nadja.

»Es riecht hier wie früher«, sagt er und zeigt auf die Scheune. »Hier habe ich Kühe gemolken, aus dem Stroh haben wir Burgen gebaut, als ob das Stroh nur für uns Kinder da gewesen wäre. Dort an den Ringen waren die Pferde angebunden, die beiden Rappen und zwei Füchse.« Er freut sich. Heute ist er Rückkehrer, Heimkehrer. Oder Gast?

An der Scheune vorbei schaue ich auf ein Getreidefeld, dahinter ein kleiner Wald, die Luft riecht nach Schrebergarten. Dann stehen wir unentschlossen vor der Haustür, die Stützen des Vordachs sind blutrot gestrichen, darüber eine Satellitenschüssel.

»Sollten wir nicht an der Tür klingeln?«, frage ich. »Wir können doch nicht einfach hier rumlaufen.«

»Mach das«, sagt mein Bruder, »oder hat noch jemand den Schlüssel.«

Das Klingelschild ist mit weißem Gewebeband überklebt, darauf der Name Tomaszewski. Was wollen wir eigentlich? Vielleicht hätte man das vorher klären sollen. Wer weiß, wie

106

viele Deutsche hier durch die Gegend irren und lästig wirken oder bedrohlich. Und ich merke, dass drei Personen hinter mir einen Schritt zurücktreten. Gut! Ich drücke auf den Knopf und lege meine polnischen Worte zurecht. Erklären kann ich unseren Besuch mit diesem Wortschatz ohnehin nicht. Von innen höre ich Schritte, dann das Geräusch eines Schlüssels, langsam öffnet sich die Tür.

Eine ältere Frau mit Kittelschürze erscheint und sieht uns fragend an.

»*Dzień dobry!*«, rufe ich ihr entgegen und gleich hinterher, »*Przepraszam!*«, was *Entschuldigung* heißt, falls sie die Worte verstanden hat.

Sie nickt, überlegt einen Moment, dann ändert sich ihr Gesichtsausdruck. »Guten Tag!«, sagt sie und lächelt.

»Sie können Deutsch?«

»Habe in Deutschland gearbeitet.«

»Das sind meine Eltern, das ist mein Bruder.« Ich nenne unseren Namen.

»Ich bin hier aufgewachsen«, mein Vater macht einen Schritt nach vorn, »in diesem Haus!«

»Magdalena Tomaszewski.«

Sie weist mit einer Geste in den Flur. »Bitteschön!«, als hätte sie auf uns gewartet.

»Entschuldigen Sie, dass wir einfach vor der Tür stehen«, sagt meine Mutter.

Zögernd betreten wir das Haus, Wanderer kurz vor dem Gipfelkreuz.

»*Dobrze!* Hab noch bisschen Zeit!«, sagt Frau Tomas-

107

zewski, ihr rundes Gesicht lächelt uns an. »Kommt ja sonst keiner.«

»Sechsundvierzig mussten wir weg«, erzählt mein Vater und schaut sich im Flur um. Der Terrazzoboden, die Treppe nach oben, die Stufen ausgetreten, es waren die Füße seiner Familie, die das Holz geschliffen haben, seine Treppe, alles Heimat. Es riecht nach Spiegelei.

Und überall Schatten, sonst treten sie nur einzeln auf, und überraschend, hier haben sie sich versammelt. Seine Schatten.

»Wir haben noch ein Jahr bei den Polen gearbeitet. Zwei Familien, haben sich den Hof geteilt, waren gute Leute. Bruno Tausch hieß einer, stammte aus Galizien, den anderen Namen habe ich vergessen.« Mein Vater konzentriert sich. »Konnte keiner glauben, dass wir plötzlich in Polen sind. Ende Mai fünfundvierzig waren die schon gekommen, hatten beide schwangere Frauen.«

»Meine Eltern!« Frau Tomaszewski lächelt. »Mussten alle aus Galizien weg, haben nur ihr Leben gerettet. Meine ältere Schwester ist damals geboren. Aber kommen Sie in die Stube.« Sie geht voran. »Ist uns allen viel Unrecht geschehen, damals.«

Mein Vater nickt.

Auf dem Weg gelingt mir ein Blick in die Küche, ein großer Raum, blaues Neonlicht, Holzstühle um einen Tisch, darauf offene Marmeladengläser, Milchtüten, Geschirr, dann den ganzen Flur entlang, man könnte Tretroller fahren, durch eine leicht geöffnete Tür sieht man das Fußende eines Bet-

108

tes. Ich gehe vorsichtig, wie auf einer Eisdecke. Es fällt mir schwer, Luft zu holen.

»Vergessen ist schlimme Krankheit«, sagt Frau Tomaszewski, »nach Vergessen kommt alles wieder.«

Niemals habe ich versucht, mir das Innere dieses Hauses vorzustellen, wollte es schemenhaft lassen wie ein Schattenriss, ein unbestimmter Hohlkörper. Seit heute weiß ich, dass Frau Tomaszewski tiefe Rottöne liebt. Ich beobachte, ohne hinzuschauen, aber sehe alles, und das genaue Bild stört mich. Im Wohnzimmer werden wir auf ein üppiges Ecksofa gebeten, einige Dielen unter dem Teppichboden knarren. Der Teppichboden ist rasengrün. Es ist dunkel. In der Ecke der große Kachelofen, in den sie damals Wertsachen eingemauert hatten, daneben liegt ein Staubsauger. In diesem Zimmer saß mein Vater als Kind auf seinem Sofa, derselbe Raum. Mit meiner Müdigkeit nun ein ausgedachter Ort, gleich einem Traum aus irgendeinem Fieber oder einer samtigen Verwirrung.

Frau Tomaszewski zieht einen Vorhang auf und dreht das Radio im Schrank leise.

»Musik ist mein Lebensmittel«, sagt sie.

Und mein Vater erzählt von der Zeit, als sie im Radio Bomberverbände angesagt haben. »Angriff auf Niederdonau, die kamen direkt über uns drüber, Unmengen von Flugzeugen immer Richtung Osten, dieses Dröhnen ging mir in den Magen.«

Als Junge erkennt er die Flugzeugtypen an ihren Umrissen und dem Geräusch, so wie er die Bäume an ihren Blättern und der Rinde erkennt.

109

»Wir wollen wirklich nicht stören«, sagt meine Mutter.

»Ist in Ordnung, kommt nicht so oft jemand. Muss erst in einer Stunde zur Arbeit. Trinken Sie Likör?«

Zögernd stimmen wir zu.

»Morgens roch es hier immer nach Gerstenkaffee«, sagt mein Vater.

»Seele vergisst nie«, Frau Tomaszewski holt aus einer Vitrine geschliffene Gläschen und eine Flasche.

Ihr Lippenstift glänzt, sie hat die Furchen ihrer Lippen überlackiert, sprödes Holz eines Gartenzauns, frisch gestrichen, denke ich, und verbiete mir sofort diesen Vergleich, sie ist so nett zu uns.

»War nicht einfach für meine Eltern, die wollten ja gar nicht hierher, wurden auch vertrieben, in Viehwaggons ohne Essen und Trinken, wussten überhaupt nicht wohin«, sagt sie und schenkt ein. »Mutter hat erzählt, als sie kamen, waren die Betten noch warm. Der Hausschlüssel lag auf der Gemeinde. Wie Fremde haben sie sich gefühlt, war immer Heimweh.« Sorgfältig verschließt sie die Flasche. »Später haben sie sich ein bisschen an alles gewöhnt, hatten immer Angst, haben immer gedacht, müssen wieder raus.« Sie hebt ihr Gläschen, feierlich, wie ein Priester, der seiner Gemeinde den Kelch entgegenstreckt.

»*Na zdrowie!*«

»*Na zdrowie!*«, wiederholen mein Bruder und ich.

»Zum Wohle!«, sagen meine Eltern.

Wir trinken und merken, der Likör ist ein handfester Wodka mit Grasgeschmack.

110

»Meine Eltern haben mir Spielsachen von den Deutschen gegeben, haben sie in einem Kinderzimmer gefunden. Verstanden habe ich das nicht.« Frau Tomaszewski nimmt noch einen kräftigen Schluck.

»Nachts konnte meine Mutter oft nicht schlafen, hat Pullover gestrickt und Socken, musste immer denken an Galizien, an den Krieg, bis zuletzt geweint hat sie, die Deutschen kommen wieder, hat gesagt, mein Gefühl ist wie offene Tür.« Sie schaut nach unten. »Vor drei Jahren ist sie gestorben, wollte aber nicht hier in den Himmel, nur in Himmel von zu Hause.«

Während ich auf die farbigen Punkte des Vorhangs starre und die Streifen und Linien, erzählt Frau Tomaszewski von ihrem Mann, der trotz seines Alters im Ausland auf Montage ist. Mir wäre das Muster zu wild!

»Seine Knochen machen nicht mehr mit, aber in Polen verdient man nicht viel.«

Persönliche Geschichten, es gibt so viele davon, aber sie überdauern nicht ihre Zeit. In ihnen gibt es keine Gewinner, keine glorreichen Helden, sondern nur Opfer und zwar auf allen Seiten. Menschen, die gelitten haben und versuchten, das Beste aus ihrem Narbengeflecht und ihren Möglichkeiten zu machen, um die schlimmste Zeit irgendwie zu überstehen. Im Nachhinein lässt sich nicht mehr sagen, welche von ihnen scheiterten und welche von ihnen doch noch Helden wurden, einfach weil sie ihr Schicksal meisterten, zu heimlichen, unentdeckten Helden, für die niemand eine Hymne spielt. Diese Menschen sehe ich hier überall, Edward gehört

111

dazu und sicher die Familie im Elternhaus meines Vaters, natürlich auch meine Eltern, keine Frage.

»Haben Sie Kinder?«, fragt meine Mutter.

»Einen Jungen, ein Mädchen. Sind schon aus dem Haus. Meine Tochter hat einen Deutschen geheiratet, lebt in Hamburg.« Sie zögert einen Moment. »Wissen Sie was? Wir waren nicht begeistert.« Sie nimmt einen Schluck, und wir tun es ihr nach. »Aber junge Leute sehen das anders, leben heute in einer anderen Welt. Der Krieg und das alles spielt keine Rolle mehr. Meine Mutter hat gesagt, Deutsche und Polen müssen erinnern, damit das nicht wieder passiert.«

»Lebt ihr Sohn in Polen?«, fragt meine Mutter.

»Ja, in Wrocław. Marek ist an allem interessiert, hat sich ein Teleskop gekauft, wegen der ganzen Sterne. Gut, wenn nicht alle weggehen.«

Wir nehmen den nächsten Schluck, Frau Tomaszewski lächelt, die Gläser sind schwer wie Blei.

»Was soll ich sagen. Leben ist Warten, ob was Besonderes kommt. Und wenn etwas passiert, ist es auch bald vorbei, und du musst wieder warten. Immer warten.« Wieder entsteht eine Pause, in der wir mit unseren Blicken in dem riesigen Sofa sitzen.

Zum Glück unterbricht meine Mutter die Stille. »Wirklich nett, dass Sie uns hereingelassen haben. Wir hätten uns anmelden müssen«, sie versucht fröhlich zu wirken, »aber wir wollten alles nur kurz ansehen.«

»Sie sehen nicht wie Einbrecher aus«, lacht Frau Tomaszewski.

Wir alle lachen. Mein Vater kommt ins Erzählen, ich höre nicht zu. Der Holztisch mit der dunklen Glasplatte, darauf unsere Gläschen und der Wodka. Die Glasplatte spiegelt, wir sitzen an einem tiefen See, die Gläschen, Segelboote, der Wodka, ein Schiff, ein Ausflugsdampfer, mein Vater erklärt ausführlich, dass der Ort fast eintausend Einwohner hatte und dass Schwammelwitz ein Pilzdorf war.

»Das war typisch, es gab doch diesen Spruch«, er strahlt. »Wo de dicka Pilze wachsa, mit dan langa Stiela. Ja, ja, haben sie im Westen gesagt, in euerm Schlesien warn die Pilze dicker.«

Meine Mutter stößt ihn an und rutscht auf die vorderste Kante des Sofas. »Wir müssen wieder los! Frau Tomaszewski hat noch zu tun.«

Schnell präge ich mir ein, was ich sehe. Der Schrank, der Kamin, die Türen und der Tisch vor mir, selbst der Staubsauger, alles ist Teil einer Geschichte oder gleich vieler Geschichten, die sich zu einem Zeitbrei verwischt haben und verbunden sind mit den Menschen, die jetzt in diesem Zimmer sitzen.

»Die Champignons haben wir schön in der Pfanne gebraten«, sagt mein Vater.

Für diesen Tag haben wir uns Brote mitgenommen, überwiegend Bierwurst.

Nacheinander stehen wir auf, La-Ola-Welle, Frau Tomaszewski geht zum Wohnzimmerschrank, es ist ihr Zuhause-Schrank, und zieht aus der Tiefe des Barockmöbels eine rote Pappschachtel hervor. Sie ist das Kind von Vertriebenen, ge-

113

nau wie ich. Sie lächelt und ich schäme mich, als sie meiner Mutter etwas Süßes überreicht. Das Gastgeschenk wäre eigentlich unsere Aufgabe gewesen. An der Verpackung erkenne ich sofort die Gelantineklötze mit dunklem Schokoladenüberzug, die uns Edward traditionell mitbringt. *Ptasie Mleczko,* irgendetwas mit Milch. Noch etwas verstehe ich, *gwarancja smaku* soll natürlich heißen, sie schmecken garantiert. Geschmacksrichtung Erdbeere, *truskawka,* das Wort habe ich von dieser Verpackung gelernt. Und zwei Gemeinsamkeiten zwischen Deutschland und Polen: die Liebe zu Süßigkeiten und dass Bilder *auf* der Verpackung immer schöner aussehen als die Schokolade *in* der Verpackung. Wir stehen im Hausflur neben der Treppe, die nach oben führt und verabschieden uns. Wie viele Abschiede dieser Ort schon gesehen hat? Einfaches Gehen und das Gehen für immer. Frau Tomaszewski öffnet die Haustür und lächelt.

»*Do następnego razu!*«, sagt sie, »und Gott beschitze Sie.«

»Gott schütze Ihre ganze Familie«, sagt meine Mutter.

»Herzlichen Dank«, ich gebe ihr die Hand, »und entschuldigen Sie den Überfall.«

Überfall! Ich bin ein Idiot. In der Tür fängt mein Vater an zu weinen, er schaut nach unten und dreht an seinem Ehering. Ich nehme ihn in den Arm. Frau Tomaszewski legt kurz ihre Hand auf seine Schulter, jetzt werden auch ihre Augen feucht. Schmerzen von damals, aber die Tränen frisch und von heute. Wie vor siebzig Jahren schließt sich die Tür zu seinem Elternhaus. Aber es ist keine Heimattür mehr, nur eine Holztür mit rotem Lack. Er ist zu Besuch und nicht zu Hause. Oder andersherum? Wir gehen schweigend vom Hof, eine zögerliche Prozession, die vom unregelmäßigen Atmen meines Vaters begleitet wird, dann sein Seufzen, es ist unmöglich, für diese Momente Begriffe zu finden. Wieder fallen mir die weißen Ziegelfugen am Hoftor auf. Und ich schaue nach oben. Schlesischer Sommerhimmel, Vertriebenenhimmel, jetzt polnischer Sommerhimmel. Ich glaube daran: Es gibt keine Nationalitäten! Es gibt nur Menschen und einen Himmel über diesen Menschen.

Auf der Dorfstraße tritt ein grauhaariger Mann aus dem Haus gegenüber. Er grüßt und geht langsam weiter. Als sich unsere Wege kreuzen, spricht er uns an. In perfektem Deutsch erzählt er, dass er diese Bilder kennt, Menschen, die kommen und weinen. »Viele sind ganz still, aber es gibt auch die anderen«, sagt er, »die lassen sich nichts anmerken, die reden und lachen. Aber ihre Ruhe finden sie alle nicht.«

Mein Vater überlegt, als wir zurück zum Auto gehen. »Bei der Scheune hatte ich mein Taschenmesser vergraben und Kirschkerne, damit ich es wiederfinde. Aber ich will das nicht suchen.«

»Willst du noch auf den Friedhof?«, frage ich ihn, als wir an der roten Backsteinkirche vorbeikommen.

»Ich weiß nicht.« Er bleibt stehen und schaut in Richtung Kirchturm. »Mein Vater liegt hier, Joseph, der Stein ist ja schon weg.«

Diesen Großvater kenne ich nicht. Über dreißig Jahre vor

115

meiner Geburt starb er an den Folgen einer Kriegsverletzung. Ein Granatensplitter, den er in seinem Körper vom Schlachtfeld mit nach Hause brachte. Vielleicht hätte ich Opa oder sogar Opi zu ihm gesagt, je nachdem. Wenn die eine Granate woanders explodiert wäre. Ist sie aber nicht. Nur deshalb bin ich als Sohn eines Menschen aufgewachsen, der schon als Kind keinen Vater mehr hatte, ein Hinterbliebener. Dieses Gefühl ist meinem Vater immer geblieben, Opfer zu sein, Leidtragender. Und man merkt ihm diesen Schmerz an, dem längst die klare Ursache fehlt, der sich aber gerade deshalb nicht löschen lässt.

Wir bleiben an der Friedhofsmauer stehen, das Metalltor ist verrostet. Ich weiß, es würde quietschen, alle Friedhofstore machen dieses Geräusch. Wir sind eine kleine unentschlossene Gruppe, mein Bruder wühlt mit seinen Schuhspitzen im Staub.

»Willst du um fremde Steine kriechen?«, fragt er.

Meine Mutter nickt. »Du findest doch nichts mehr«, sagt sie leise. »Lass uns einfach wieder fahren.«

Gleich neben der Kirche steht das alte Schulhaus.

»Auch aus den Nachbardörfern mussten alle nach Schwammelwitz, es gab drei Klassenzimmer.« Mit ausgestrecktem Arm zeichnet mein Vater Einteilungen in die Luft. »Mädchen und Jungen natürlich getrennt. Und im Winter haben wir gefroren wie die Schneider. Fünfundvierzig wurde die Schule Lazarett, da war das Schuljahr zu Ende. Auch ohne Zeugnis.«

Dann heben sich seine Augenbrauen und graben tiefe Falten in die Stirn. »Ein Lehrer, Wittek hieß der, durfte nach

116

dem Krieg noch unterrichten, weil er kein Nazi war. Sechsundvierzig haben sie ihn trotzdem totgeschlagen, mit seiner Frau. Die Leichen haben sie vor der Schule auf die Straße geschmissen. Lagen noch lange da, hat sich keiner drangetraut.«

Eine alte Frau am Fenster hat uns beobachtet, hinter ihr sehe ich die Kugel einer Deckenlampe, ich grüße zu ihr hoch, sie verschwindet hinter der Gardine.

»Vielleicht sind auf dem Kriegerdenkmal noch Namen zu sehen«, sage ich.

»Nein«, sagt mein Vater, »die haben sie gleich rausgemeißelt.«

»Stand da jemand von Euch drauf?«

»Ja, Onkel Karl, ein einfacher Soldat, Kanonenfutter in Frankreich.«

Der Stein passt zum Krieg, er preist den Tod und lässt von einem Menschen nur den Namen übrig, oder eine glattgemeißelte Fläche, reichlich wenig für einen Heldentod. Sinnlosigkeitsdenkmal. Scheiß Krieg.

»Wollen wir ein bisschen Erde mitnehmen?«, frage ich, »muss ja nicht vom Friedhof sein.«

»Typisch!«, sagt mein Bruder.

»Aber das machen viele.«

Mein Vater überlegt. »Muss nicht sein.«

»Wir haben auch keine Tüte dabei«, sagt meine Mutter. »Und was willst du mit dem Häufchen Dreck? Da ist die Heimat nicht drin.«

117

»Doch! Muss aber trotzdem nicht sein.«

Einen Moment stehen wir wortlos nebeneinander, dann bückt sich mein Bruder, hebt einen kleinen Stein auf und drückt ihn meinem Vater in die Hand. »Hier, das reicht.«

»Danke!«, sagt er und lässt ihn in der Hosentasche verschwinden.

Jetzt sind beide heimatlos, mein Vater und der Stein.

Schon fast am Auto versuche ich langsamer zu gehen, die anderen unmerklich aufzuhalten. Wieder möchte ich mir in Ruhe vorstellen, wo ich gerade bin, möchte stehen bleiben, weil ich nur noch das Unwirkliche sehe, in jedem einzelnen Anblick, in allem, was schon da war, bevor die Zeit verging und die vielen Leben. Aber es geht nicht um mich, es geht um meine Eltern, die ich lebendig im Auto haben möchte. Manchmal sieht das Gesicht meines Vaters aus, als ob er in eine Zitrone beißt. Nur einmal bleibt er stehen.

»Und hier hat der Oberlehrer gewohnt«, er zeigt auf ein graues Gebäude. »Der hat uns mal mit dem Kompass zur Schule gescheucht, alle mit Klamotten durch den Bach.«

Mein Vater zögert. Vor einem Haus hält ein Lieferwagen, zwei Männer steigen aus, verschwinden in der Einfahrt, der Wagen fährt weiter. Dann ist es wieder still.

»Der hat den Georg, meinen Halbbruder, mit dem Rohrstock so geschlagen, dass er gestorben ist. Rückenmarksentzündung. Aber passiert ist dem Schweinehund nichts, weil er ein Nazi war, da musste man die Klappe halten.«

118

Ich sehe mir den Ort ganz genau an, will mir alles einprägen. Die Biberschwanzziegel auf den Dächern, rote Ziegel als Rahmung der Stallfenster, auf den Mauerpfosten davor sind sie zu kleinen Pyramiden geschichtet, wie am Hoftor meines Vaters, das gemalte Bild zum Geburtstag, weiße Fugen, Deckweiß. Alles kommt mir so wichtig vor. Und man weiß nie, was im Nachhinein noch wichtig wird, diese Nachverwichtigungen, wenn jemand einer Frau in den Mantel hilft und später erfährt, dass sie irgendwann zur Nobelpreisträgerin wurde und der Mantelhelfer für den Rest seines Lebens erzählen darf, dass er einem Nobelpreis den Mantel gereicht hat. Alles ist wichtig!

Und wahrscheinlich liege ich heute Nacht wieder wach und verdrehe diese Bilder in alle Richtungen, ein Junge barfuß in der Baumkrone, Grashalme im Mund, denkt sich sein Leben aus, einfache Konstruktionspläne. Oder die hohen Weiden an der Dorfstraße, die Linde, unter der unser Auto steht, die damals schon ihre Blätter in die Sonne streckte. In einem Garten hat jemand eine griechische Göttin aufgestellt, der Gips strahlt im Sonnenschein, die Figur lächelt geheimnisvoll in Richtung einer Wäschespinne mit Arbeitsoverall und Spitzen-BH.

»Diesen Lehrer haben nach dem Krieg die Russen geschnappt«, sagt mein Vater, als wir fast am Auto sind. »Haben ihn in die Kohlengruben geschickt. Da ist keiner zurückgekommen.«

Er geht weiter, der Rest der Familie hinterher.

119

Vielleicht wäre es eine Erleichterung, wenn dicke Regentropfen fielen, überlege ich und versuche, nicht auf die gelben Blumen am Gehweg zu treten.

»Die haben aber nicht nur Nazis bestraft«, sagt er und dreht sich zu uns um. »Es konnte jeden treffen. Viele hatten ja unter den Nazis gelitten, die dachten, sie werden befreit.« Dann verfinstert sich sein Gesicht. »Aber was im März fünfundvierzig in Neisse passiert ist«, mein Vater kämpft mit den Tränen, »nie wieder wollte ich ...«

»Alfons!«, sagt meine Mutter.

Er weint hemmungslos, greift sein Taschentuch und wendet sich ab. Diese Wellen werden sich niemals beruhigen. Ich hatte mir vorgenommen, so vieles zu fragen, immer wenn der Ort es verlangt. Natürlich weiß mein Vater mehr, als er jemals erzählen wird.

Mein Bruder geht ein Stück abseits und pfeift. Der Moment für meine geheime Aktion ist gekommen, unauffällig setze ich mich in einen Seitenweg ab, ein Trampelpfad zwischen hohen Büschen. Keine Zeit für eine Pflanzenauswahl, mein Blick fällt auf einen Haselnussstrauch, ich hocke mich vor ein Astende und knote den dunklen Schnürsenkel meines Vaters fest. Du bleibst hier! Mein Vater hätte mit Sicherheit einen seiner besonderen Knoten gebunden, ich beherrsche nur die primitive Variante und ziehe das Ende noch einmal durch. Und nochmal. Sicherheitshalber. Als ich mich entferne, um mein Werk zu betrachten, hat sich die kleine Zugabe inmitten der Blätter und Äste schon eingelebt.

120

»Ich komme«, rufe ich in Richtung der anderen und beeile mich.

»Und? Ordentlich gepinkelt?«, fragt mein Bruder.

»Alles bestens!«, sage ich.

Mein Bruder runzelt die Stirn. »Du musst deine Blase mal untersuchen lassen!«

Wir steigen ein und nehmen uns die erste Lage Erdbeerstückchen von Frau Tomaszewski vor. Mit den Lippen zerknacke ich die Schokolade über dem elastischen Inhalt. *Od 1851* steht auf der Packung, deutsche Wurzeln, polnische Verpackung. *Truskawka!* Mein Vater betet leise vor sich hin. Von hinten schaue ich mir seinen Kopf an, für mich ist er gerade das Kind von damals, auf seinem Brillenglas getrocknete Tränen. Er hat viel weniger geweint, als ich befürchtet hatte.

Goldene Türme! Schlagsahne!

Wie vermessen von uns zu denken, die Zeit könne sich überreden lassen oder überwältigen und eine Rückkehr erlauben. Aber es ist so angenehm, sich über diese ganze Vergänglichkeit hinwegzutäuschen, auch wenn der Rausch immer so schnell verfliegt und sich danach alles noch viel deutlicher aufdrängt.

Ich wollte sehen, wie alte Türen zufallen und es für meine Eltern eine Erleichterung gibt. Ich hatte mir ausgemalt, dass unsere Reise eine Versöhnung mit der Vergangenheit wird, dass irgendwelche Räume mit dunklen Inhalten geschlossen werden.

Ich wollte hören, wie sie auf der Rückfahrt tief durchatmen, fazitartige Sätze sagen, sich dabei lächelnd ansehen. So hatte ich es mir vorgestellt, Ursachen außer Kraft setzen, auslöschen, und ich darf der Beobachter sein. Stattdessen sitze ich mit meinen Eltern in diesem VW-Beetle und muss zusehen, wie Wunden aufbrechen, sich Gefühle verwirren, auch bei den Menschen, mit denen wir hier sprechen. Wenn man genau hinsieht, erkennt man überall die Krusten von Erschütterung und Angst. Ein fürchterlicher Krieg und überall noch Opfer.

122

Immer tiefer landeinwärts, unser Weg zum Dorf meiner Mutter führt uns über holprige Straßen, ich bin ein Wackeldackel unter der Heckscheibe, kreuz und quer durch Orte, die schon damals abseits lagen, immer wieder ist ein Feld der Horizont, Ratnowice, damals Rathmannsdorf, Laubwälder auf Anhöhen, oder Biskupów, Bischofswalde, die Holztür der Dorfkirche steht offen, auf einer Steintafel, Anno 1791. Pflaumenbäume. Die ganze Autobesatzung als Wackeldackel. An unserer Strecke liegt die tschechische Grenze immer nur wenige Kilometer entfernt.

»Meine Schwester ist rüber zum Kino gefahren«, sagt mein Vater. »Kurz vor Jauernig gabs eine Nussbaumallee, das roch immer so gut, wenn im Frühjahr das Grüne rauskam.«

Jetzt befinden wir uns zwischen den beiden Dörfern, das abgrundtiefe Eintauchen in die Heimat, nur meine Eltern verwenden diesen Begriff, obwohl auch ich eine Heimat habe, aber ich benenne sie nicht. Zwischen diesen Dörfern sehe ich alle Menschen, wie sie waren, hier können sie mir nicht altern, hier darf ich durcheinanderkommen mit der Zeit. Eigentlich müsste es zwischen diesen Dörfern noch einmal Nacht werden, oder es müsste ein Regengebiet durchziehen, als Voraussetzung zum Übertritt in die nächste Welt, die Welt meiner Mutter. Ihre Zeit.

Es ist gut, dass wir fahren, uns bewegen.

Sagen wir mal Auferstehung. In Neuwalde will ich meinem Opa noch einmal begegnen. Hier trat er am Sonntag aus dem Haus, im gut sitzenden Anzug, mit Weste, alles ordentlich geknöpft und abgebürstet, zum Kirchgang mit der ganzen Familie. Vielleicht gibt es von diesem Anzug noch ein Stück Stoff, irgendwo, ein Lappen in einem Hintergebäude.

Meine Mutter nahm er an die Hand, sie war stolz auf ihren Vater, er galt etwas im Ort. Diese ungebrochene Aufmerksamkeit, die er für sie hatte. Er war Bäckermeister, Besitzer eines kleinen Kaufhauses, in dem es alles gab, einschließlich Kolonialwaren, außerdem Bürgermeister und Feuerwehrhauptmann, mehr ging nicht. Jeder grüßte ihn besonders freundlich, wenn er in seiner Uniform über die Dorfstraße zum Spritzenhaus ging.

Als er Bezirksbrandmeister wurde, weigerte er sich in die Partei einzutreten. Die Nazis verhafteten ihn und brachten ihn nach Neisse. Ein Feuer kann man nicht mit politischen Fahnen löschen, hat er im Verhör gesagt, sondern nur mit Wasser und Schaum. Nach ein paar Tagen Gefängnis durfte er gehen und verließ seine geliebte Feuerwehr. Später nahmen sie ihm noch seinen Hanomag, weil er den Pfarrer zu einem Krankenbesuch gefahren hatte. Heute bin ich froh, dass mein Opa kein Täter war, auch wenn später viele behaupteten, das wart ihr alle nicht! Aber es gibt keine Tätervölker, nirgends auf der Welt.

»Gab es viele Nazis in Eurem Ort?«, frage ich meine Mutter.

»In Neuwalde nicht, aber die wenigen haben uns gereicht, Angstmachen war ihr Prinzip, bei jeder Gelegenheit fingen sie an, Fragen zu stellen. Auch bei Kindern. Dämliche Fragen! Ob man dem Führer bis in den Tod folgen würde oder ob man zu den Parasiten gehöre, wie die Juden. Da musste man sich rauswinden, wir haben gelogen und uns selbst dabei zugehört. Dreimal musste der Papa vor das Oberlandesgericht in Breslau. Einmal hatte er angeblich Goebbels beleidigt. Die hinkende Lüge geht durchs Land, sollte er gesagt haben. Oder er war angeklagt, Feindsender gehört zu haben. In der Backstube hatte er wirklich ein Radio, aber als der Zeuge ihn beim Schwarzhören beobachtet haben wollte, war sein Radio nachweislich zur Reparatur.« Meine Mutter strahlt über das ganze Gesicht. »Hat wieder sein Schutzengel geholfen, der musste oft ran.«

»Das wusste ich nicht«, sage ich schon wieder.

»Und die Christa hat zum Führergeburtstag immer ein Hitlerbild ins Schaufenster dekoriert und mit Blumen geschmückt. Nur nicht auffallen, sie haben überall kontrolliert. Also, schwarz Radio gehört hat der Papa natürlich trotzdem. Mit dem Pfarrer ist er auf den Dachboden vom Pfarrhaus gestiegen, und im Garten haben sie den Schäferhund rausgelassen. Auf einem russischen Sender wurden die Namen von gefangenen Deutschen durchgesagt, und tatsächlich haben sie irgendwann den Namen meines Bruders gehört. Da gab es wegen Leo wieder Hoffnung.«

Alles hat mein Opa überlebt. Und im Juni 1946 wird er mit seiner Familie weggeschafft, steht mit anderen Verzweifelten in einem Güterwaggon, einen aus Stoffresten genähten Mantel über dem Arm, und versucht durch die Ritzen ins Licht zu schauen. Vertreibung. Kein Unterschied mehr zu einem Viehtransport, aber das eigene Leben gerettet.

»Warum haben sie Opa eigentlich nicht eingezogen?«, frage ich.

»Er hatte die einzige Bäckerei weit und breit. Mit dem Geschäft haben wir im Krieg die ganze Gegend versorgt. Heimatfront haben sie das genannt.«

Das Elternhaus meiner Mutter kenne ich von einem einzigen Foto. Ein Wohnhaus mit Schaufenstern im Erdgeschoss, zwei riesige Kastanien davor. Hier lebt mein Opa für mich noch heute. Auf dem Bild sitzt er natürlich im Hanomag, majestätisch, es war das erste Kraftfahrzeug im Ort. Ich sehe ihn gestochen scharf, lese die Schriftzüge Kolonialwaren, Persil, Maggi. Im Schaufenster erkennt man Gläser und Töpfe. Einkochzeit. Im Hof die Backstube. Mein Opa war stolz auf seinen Dampfbackofen. Tante Anna steht vor dem Haus, die warmherzige Kinderfrau, daneben lehnt ein kleines Mädchen, meine Mutter, den Kopf an ihrer Kittelschürze, am Eingang der Rest der Familie. Meine Mutter kam als Nachzüglerin zur Welt, ihre beiden älteren Geschwister nahmen sich vor, sie bei passender Gelegenheit im Brunnentrog zu ertränken. Dann wäre ihr wichtigstes Problem gelöst, die Erbteilung, es gab nur zwei Häuser. Ich beobachte meine Eltern ganz genau, beide schauen starr geradeaus, dann schüttelt die Straße unsere Köpfe zu einem Siebzigerjahretanz, nur die langen Haare fehlen.

»Von deinem Dorf habe ich keine Vorstellung«, sage ich zu ihr. »Aber ich kenne das Hausfoto, mit Opa im Auto.«

»Da stand eine Bank, auf der ich im Sommer immer

126

Makkaroni gegessen habe, oder die Anna hat mir Erdbeeren mit Milch rausgebracht.«

»Könnte ich jetzt auch gebrauchen«, sagt mein Bruder.

»Als fünfundvierzig die Russen kamen, haben die Deutschen beide Kastanien gefällt und am Ort eine Panzersperre gebaut. Ich fand das schrecklich.«

»Kann ich noch ein Wurstbrot?«, fragt mein Bruder.

Ich denke abgenutzte Worte. Schön. Herrlich. Wunderbar. Die hügelige Landschaft mit den leuchtenden Feldern, alle Gelbtöne, die dunklen Wälder, die sich in vielen Größen und Formen über die Anhöhen strecken, dazwischen die Konturen der Dörfer, Alleen als Linien aus Punkten in die Weite gezeichnet. Im leichten Dunst der Ferne wird alles zu einem Bild, vielleicht nur eine Folie, von hinten angestrahlt, in blassem Licht. Und die ziehenden Wolkenschatten als materiallose Flecken, die ab und an auch unseren Weg verdunkeln. Zu allem Überfluss tummeln sich noch ein paar Rehe auf dem abgemähten Kornfeld direkt neben der Straße, fehlt nur noch die Musik und natürlich der langsame Kameraschwenk.

»Aus der Entfernung sieht sich alles noch sehr ähnlich«, sagt mein Vater.

»Höchstens der Wald da hinten«, meine Mutter nickt, »ist ein bisschen nähergekommen.«

»Und die Hügel sehen nach Windows 2000 aus«, sagt mein Bruder, »hatte ich als Desktop-Bild.«

Der Hintergrund hat sich am wenigsten verändert, nur in den Dörfern sieht man das vergangene Leben, davon sind sie durchtränkt, manchmal unerträglich. Eine Heimat wird nur übermächtig, wenn man sie verliert. Hohe Tannen. Zu normalen Gedanken bin ich hier nicht fähig.

»Ich werde bei uns zu Hause nicht reingehen«, sagt meine Mutter plötzlich. Wir fahren durch Polski Świętów, sie schaut sich um. »Da hinten ist schon die Bahnlinie nach Neisse.«

»Was?«, fragt mein Bruder über die Schulter. »Du willst nicht reingehen?«

»Guck nach vorne!«, weist ihn mein Vater zurecht.

Meine Mutter antwortet mit Schweigen.

»Du musst ja nicht an der Tür klingeln«, sage ich, »aber wir können doch kurz auf den Hof gehen.«

»Ich sehe es mir doch an«, meine Mutter spitzt ihren Mund, »aber nicht jede verwucherte Ecke. Und dann reicht es auch.«

»Ärgerst du dich, weil Schlesien anders aussieht?«, frage ich sie.

»Nein, verändert sich alles, die Uhr läuft nicht rückwärts.«

»In Schwammelwitz haben wir doch auch geklingelt«, fängt mein Bruder nochmal an.

»Ich habe geklingelt«, sage ich.

»Und du bist ein Arschloch«, grummelt er.

»Du auch«, sage ich, »lass sie, ist nicht deine Heimat.«

Er reckt sein stoppeliges Kinn nach vorn. »Aber verstehen kann ich das nicht.«

Die Straße ist inzwischen nur noch ein asphaltierter Weg mit Schlaglöchern, eine Abkürzung. Am Feldrand liegt ein Fahrrad, mitten im Getreide tummelt sich ein kleiner Junge. Roggen, vermute ich. Von Neuwalde erkenne ich aus der Entfernung nur eine Linie hoher Bäume, Scheunendächer und einen Kirchturm ohne Haube. Noch unscharf.

»St. Hedwig«, sagt meine Mutter, »die Kirchen hießen hier alle so.« Dann lacht sie unvermittelt und aus vollem Hals. »Das war auch so ein Gag mit der Kirche, die sollte eigentlich in Arnoldsdorf gebaut werden, aber der Architekt hatte die Pläne vertauscht, gemerkt haben sie es erst, als alles fertig war.«

Sie ist ein Mensch, der ehrlich lachen kann. Sie kann es ungezügelt und ohne Beherrschung. Über die Angst hinweg, über alles, Krieg, Vertreibung, über den Neuanfang zwischen Trümmern, über Krankheiten und sämtliche Probleme, selbst auf dieser Reise. Mein Vater sieht anders aus, ständig den Schrecken im Gesicht, vorbeugend hält er sich am Griff über der Beifahrertür fest.

Die Straße wird staubiger und meine Mutter unruhig, als wir den Ortsrand erreichen. »Noch bevor die Rote Armee kam, hat die SS die Kirche angezündet, mit reichlich Benzin. Und die Russen haben im März fünfundvierzig noch den Pfarrer erschossen und das Kloster in Brand gesteckt.«

Eine Frau schiebt ihr Fahrrad vor uns über die Straße, einfach so, als würde nicht gerade ein Entdeckerfahrzeug aus einer anderen Welt und einer anderen Zeit zwischen die ersten Häuser fahren.

»Na ja, die Kirche haben die Nazis aus Rache angezündet, wegen der Geschichte mit den Klosterschwestern.«

»Ihr wart wohl zu gläubig?«, frage ich.

»Das auch, aber die Schwestern haben dem Dorf geholfen, sogar Operationen haben sie im Kloster gemacht. Deshalb wollten die Nazis sie beseitigen, die wollten uns wehtun.«

Es ist Erntezeit und ein Tag im Krieg. 1944. Über ihrem Kleid trägt meine Mutter eine Schürze, wie alle Mädchen. Die im Ort gebliebenen Bauern arbeiten auf den Feldern, schauen prüfend immer wieder nach oben. Am Himmel sehen sie nur weiße Wolken, die teilnahmslos Richtung Osten ziehen und keinen Regen bringen. In diesen letzten warmen Tagen muss das Getreide eingebracht werden, eine gute Ernte ist wichtig in Zeiten der Not. Schon lange wird jeder Tag zu einem Gemisch aus Hoffnung und Angst. Aber wenigstens hält sich die Hoffnung vorerst als ein vages Gefühl, obwohl sie längst ihre Begründung verloren hat. Vielleicht ist es auch nur das warme Sonnenlicht, das versöhnlich erscheint und aussichtsreich über der Landschaft liegt. Trugbild und angenehme Täuschung, denn natürlich gehören auch die nachts heranfliegenden Bomberverbände in diese Wirklichkeit. Es lässt sich nicht ändern und auch nicht anders denken, alles kann bestenfalls nur ein Gemisch sein.

Oft besprechen die Erwachsenen die Lage, dann klingen ihre Stimmen ernster und ihre Gesichter sehen faltiger aus als sonst. Und oft ist von den Klosterschwestern die Rede, Borromäerinnen, meine Mutter kennt das seltsame Wort. Eines ist sicher, die Nazis werden sie holen.

»Die meisten wollten im Ernstfall unsere Schwestern beschützen, aber niemand kannte den Zeitpunkt. Der Schubert Hans hatte eine Idee, der ging in meine Klasse. Vom Kirchturm aus wollte er die Chaussee nach Neisse beobachten und dann die Glocke anschlagen. Das fanden alle gut.«

In den folgenden Tagen läuft Hans schon im ersten Tageslicht zur Kirche. Die Stufen knarren, wenn er auf den Turm steigt, in seinem Rucksack Butterbrote und Wasserflasche, das letzte Stück bis zum Glockenhaus auf einer langen Leiter. Dort hockt er auf einem Balken, der eigentlich den Tauben gehört. Durch ein Schallgitter geht sein Blick viele Kilometer weit nach Norden, die Straße, die Landschaft, jedes einzelne Haus, alles klar zu sehen und doch fühlt er sich weit entfernt. Auch seine Gedanken entfernen sich, oben auf dem Turm denkt er andere Dinge als unten im Dorf.

»Später ist er Priester geworden, sogar Missionar in Japan.«

Mehrere Tage sitzt er im Turm, immer bis zum späten Abend, wenn die Orte und zuletzt die Häuser von Neuwalde langsam unsichtbar werden. Er ist stolz darauf, dass sie ihm eine Taschenlampe mitgegeben haben, eine Wehrmachtslampe, die wie ein kleiner Blechkasten aussieht und sich nur gekonnt mit einem Knopf einschalten lässt, den man gleichzeitig drehen und drücken muss. Am liebsten bedient er die kleinen Schieber, mit denen er das Licht abblendet. Erst im völligen Dunkel verlässt er seinen Posten. Dann wird die Lampe wichtig. An ihrer Rückseite besitzt sie einen Lederriemen, den er am Gürtel befestigt. Manchmal flackert das Licht, aber es reicht aus, um die nächste Stufe zu erkennen.

Er stellt sich vor, dass das samtige Schwarz im Kirchturm ein schützender Dunkelstoff ist. Er hat keine Angst.

Hans schwitzt in der Mittagshitze, weit entfernt auf der leeren Straße sieht er eine Staubwolke, darin ein Fahrzeug. Entschlossen greift er das Seil und schlägt mit ganzer Kraft die Glocke an. Sofort verbreitet sich der Schall, Frauen laufen mit ihren Kindern zum Kloster und versammeln sich vor dem Portal, die Kinder werden in das Gebäude geschickt. Nur ungern lässt meine Mutter ihre Eltern allein, doch sie fügt sich, die Angst vor dem Schlimmsten ist ihr ein bekanntes Gefühl.

In der Klosterkapelle beten die Ordensschwestern den Rosenkranz. Unter den schwarzen Kopftüchern sehen ihre Gesichter besonders bleich aus. Jetzt und in der Stunde unseres Todes, Amen. Endlich erreichen auch die Männer vom Feld das Kloster und postieren sich am Eingang. GESTAPO, denkt Hans, GESTAPO, zieht mit ganzer Kraft am Glockenseil, als könne er mit der Stärke des Klangs das Fahrzeug im letzten Moment zur Umkehr zwingen.

Vor dem Kloster wird es still, als ein schwarzer Wagen mit riesigen Kotflügeln in der Toröffnung erscheint und langsam auf die Menge zurollt. Das dumpfe Schlagen der Türen, nur zwei Männer, aber sie sind bewaffnet. Vor ihrem Fahrzeug bleiben sie stehen und öffnen die Druckknöpfe ihrer Pistolentaschen. Jeder versucht, ihren Blicken auszuweichen. Nichts passiert. Der Kampf findet ohne Bewegung statt. Sieg oder Untergang? Sekunden wie ein ganzer Tag. Zeitspiel. Einer der Männer nickt dem anderen kaum wahrnehmbar zu, dann wenden sie sich um und steigen in ihr Fahrzeug. Erst das

132

Motorengeräusch im Rückwärtsgang, der Wagen verschwindet hinter der Klostermauer, dann auf der langen Straße.

»Die haben sich nicht getraut, auf Frauen zu schießen, von denen die Männer im Krieg sind, aber jeder wusste, dass die wiederkommen«, sagt meine Mutter. »Bei den Nazis hießen wir danach das schwarze Neuwalde.«

Auch am Sonntag vor dem Gottesdienst läutet der Junge die Glocken, dann ist es ein friedlicher Klang.

Plötzlich spricht meine Mutter hektisch. »Warte mal, hier am Gasthaus müssen wir links auf die Dorfstraße, glaube ich.«

»Wirklich links?«, fragt mein Bruder.

»Ja, sieht alles so anders aus, nur noch ein Stück geradeaus.«

Das ist Neuwalde. Verfall und Beliebigkeit, höchstens der Charme vergangener Welten, in Unkraut eingewachsene Gegenstände. Ich dachte, dieser Ort läge jenseits der Wirklichkeit, anders als die vielen Dörfer, durch die wir heute gefahren sind. Goldene Türme! Schlagsahne! Aber es geht nicht um Schönheit, tröste ich mich, es geht um Vorstellungen, die in Gedanken zu Hause sind. Und außerdem bin ich nur der Begleiter.

»Da vorn«, ruft meine Mutter, »langsam!«, und hält sich am Griff über ihrem Kopf fest. Ihre Wangen leuchten knallrot. »Stopp!«, sie greift meinem Bruder an die Schulter, »hier bleibst du stehen!«

133

Genau in diesem Moment müssten eigentlich hunderte Scheinwerfer ein gleißendes Filmlicht auf das Haus und die Hauptdarsteller ergießen, aber nichts passiert. Ich schaue nach rechts, und ich schaue nach links, aber erkenne nichts Vertrautes. Nur eine schmucklose Fassade, die Rundbögen über den Fenstern sind verschwunden, damit rechteckige Öffnungen entstehen, für rechteckige Fertigfenster, das zugemauerte Schaufenster, in den Ziegeln eine kleine Luke, die zu keiner der Fenster passt, die Ladentür mit Brettern verschraubt, ihr Klingeln stelle ich mir vor. Und keine Bäume. Dabei waren es gerade die Kastanien, die ich mir eingeprägt hatte, höher als das Haus, ihre kräftigen Stämme direkt vor der Ladentür, kein Hanomag, keine Tante Anna, die in der Küche Möhren wäscht, oder Kohl schnippelt, immer mit ihrem nach Innen gekehrten Lächeln. Wir parken auf dem vermoosten Gehweg. Meine Mutter bleibt tatsächlich am Auto stehen oder besser gesagt dahinter.

Leicht möglich, dass sie überlegt, ob sich in irgendeinem Ritz zwischen den Dielen noch eine Haarnadel von ihr versteckt. Und sie erkennt den Obstbaum neben dem Haus, mit ihren Eltern hat sie ihn gepflanzt, jetzt ist er knorrig, eingewachsen, aber er trägt Äpfel. Alles fremd, vertraut, fremdvertraut. Wenigstens hat der Herbstduft sich nicht verändert.

»Und?« Mein Bruder sieht sie auffordernd an, obwohl die Frage überflüssig ist, denn eine winzige Regung in ihrem Mundwinkel hat sie bereits beantwortet.

»Ihr macht mir die Erinnerung kaputt«, meine Mutter sieht ihn mit düsterer Miene an, »ich weiß schon jetzt nicht mehr, wo ich die Bilder hinstecken soll.« Dann versucht sie zu lächeln. »Aber ich will nicht jammern, man verjammert sich nur sein ganzes Leben.«

Ich sage nichts.

»Von uns ist doch schon alles weg. Selbst unser Verleihgeschirr haben die Russen gefunden, obwohl der Papa es unter der Treppe eingemauert hatte, gutes Porzellan mit Rosenmuster, für den Wein gab es echte Römer. Aber beim Plündern wurden die Wände abgeklopft. Abends haben sie wilde Feste gefeiert.« Sie stützt sich auf das Autodach. »Alles nicht so einfach.«

Gern würde sie das Erlebte in die Ferne rücken, aber es gelingt ihr nicht, nicht an diesem Ort. Sie zieht die Nachmittagsluft tief in sich hinein, die wenigen Kindheitsjahre, das ganze aufgetürmte Leben.

Nachts heimlich über einen Zaun steigen, das Gefühl, als ich die Einfahrt betrete, neben mir mein Bruder, mein Vater, alle beide die Arme hinter dem Rücken, nur ein kurzer Blick in den Hof, ein Huhn kommt uns entgegen, dann die ganze Herde. Nur die beiden Fahrspuren sind nicht von Unkraut überwuchert, ich erkenne das alte Backhaus, schaue in ein Fenster, hinter den zerbrochenen Scheiben eine gefliese Wand, unglaublich, auf den Fliesen noch immer die Worte, Ohne Fleiß kein Preis. Der Traum schlägt in die Wirklichkeit hinein. Oder umgekehrt? Weiter vorn gestapelte Ziegel und eine Kinderschaukel. Meine Oma ruft die Kinder zum Essen, immer dieselben Worte: Assa kumma! Und die Ellenbogen nicht auf den Tisch! Und immer dasselbe Gefühl. Mein Opa scheucht die Wespen vom Pflaumenkuchen, meist kommt er verspätet, die Arbeit geht vor, klopft sich vor der Tür den Mehlstaub aus der Kleidung.

An der Rückseite des Wohnhauses liegt ein hölzerner Vorbau mit Eingang, die Dachrinne ist verbogen, in den Fenstern Rüschengardinen und Dinge aus einem fremden Leben. Von hier aus konnte man die Backstube riechen und nachts das Licht in den Fenstern sehen. Erinnern ist nicht Zurückbringen, meine Mutter steht jetzt vor dem Haus.

»Guckt mal«, sagt mein Vater und zeigt auf das offene Schuppentor, »die Schneeschieber. Wir hatten hier richtige Winter.«

In meinen Vorstellungen ist dennoch ausschließlich Hochsommer, man sitzt im Schatten, trinkt ständig Milch, dazu Geräusche von Pferdewagen. Aber jetzt hört man nichts. Bevor uns jemand ansprechen kann, gehen wir zurück zum Auto.

»Die Hühner liefen damals genauso rum.« Meine Mutter schaut an uns vorbei. »Auf der Bank hinter dem Schuppen habe ich mit dem Papa gesessen. Wir haben uns alles erzählt, über dem Feld sind die Lerchen aufgestiegen und haben wie verrückt gezwitschert. Wenn das Getreide hoch stand, war das unser Versteck, aber nach der Ernte haben wir über dem Stoppelfeld wieder den Wald gesehen.« Meine Mutter holt tief Luft. »Vergangenheit«, sagt sie zu sich selbst, »alles Vergangenheit.«

Aber soll sie die ständigen Veränderungen bedauern, ob-

136

wohl sie das Leben ausmachen, wie sie längst weiß, nur weil es sich ihr in den ersten Jahren als unwandelbar und verlässlich vorgestellt hatte? Wirklich die Letzte wäre sie, die dem stetigen Wandel Liebe entgegenbringen könnte, dennoch hat sie dieses Prinzip anerkannt und sich, nicht einmal resigniert, den mitgelieferten Einsichten gefügt.

»Hattet ihr nicht einen Flügel?«, erinnere ich mich.

Meine Mutter zeigt auf die Fensterreihe in der obersten Etage. »Ein echter Bechstein, stand in der großen Stube. Ich habe da Fahrradfahren gelernt. Weihnachten hat der Papa da immer einen riesigen Baum aufgestellt, wie ein ganzer Wald hat der gerochen.«

Mein Bruder dreht sich zu uns um. »Tja, das wäre mein Flügel gewesen.«

»Den hätte der Leo behalten«, sagt meine Mutter. »Der hat beim Spielen weiße Handschuhe getragen, er dachte, das wäre vornehm.«

»So kenne ich den gar nicht«, sage ich.

»Ostfront und Gefangenschaft, der konnte nachher zwanzig Schnitzel essen und sich mit Spucke waschen«, meine Mutter zuckt mit den Schultern. »In unserem Haus wimmelte es vor Soldaten, die haben in der Bäckerei Brot gebacken und abends ihre traurigen Lieder gesungen. In solchen Momenten taten sie mir fast schon leid, obwohl sie ihre Waffen gezogen hatten. Zum Glück haben sie nur ihr Scheibenschießen veranstaltet, mit unseren Schallplatten.«

»Hast du noch das Gefühl, zu Hause zu sein?«, frage ich sie.

137

»Ich bin doch gar nicht hier.«

Noch einen Moment stehen wir am Auto, eine alte Frau mit Kopftuch geht vorbei, rot, gelb, lila, rosa. Russische Farben, denke ich, ineinander gesteckte Holzfiguren, eine Katze läuft ihr hinterher.

»Kann ich mal vorne sitzen?«, fragt meine Mutter.

»Klar«, sagt mein Bruder. Ich bilde mir ein, dass er mitfühlend aussieht.

»Darf ich fahren?«, frage ich.

»Nein, aber du kannst ein Himbeerbonbon haben.«

Diesmal zwängt sich mein Vater zu mir auf den Rücksitz, Neuwalde ist für ihn ein fremder Ort. Für mich auch, nur meine Vorstellungen kommen mir vertraut vor.

»Ich will wieder weg. Ich gehöre hier nicht hin«, sagt meine Mutter leise zu sich, als wolle sie sich selbst überzeugen.

Die Luft steht. An meiner Seitenscheibe brummt eine Fliege, ist gerade eingestiegen, in Metallicgrün, Original aus Neuwalde, Heimatfliege. Sie darf mit.

»Da vor unserem Feld stand das Posthaus«, sagt meine Mutter und zeigt lächelnd auf ein leeres Grundstück mit Erdhügeln, »war mal ein Gutshaus, gelb gestrichen. Sieht aus wie in Wien, haben alle gesagt.«

»Ist aber kein Wien mehr zu sehen«, brummelt mein Bruder.

»Nein, im Dach war ein Flak-Posten, deshalb haben die Russen alles angezündet und über die Jahre sind die Mauern eingefallen. Das ist der Haufen da.«

Das Nachbarhaus steht noch. In einem offenen Fenster liegt ein Kissen, darauf kräftige Arme in einer Kittelschürze. Nicht anders als bei uns, die Gesichter dieser Fensterwesen haben ein ganzes Leben gesehen. Jetzt befassen sie sich mit einem überschaubaren Stück ihrer Welt, bestehen darauf, dass es etwas zu sehen gibt. Hauptberuflich. Und darüber immer ein Hauch Erwartungslosigkeit.

In diesem Moment stelle ich erschrocken fest, dass ich den zweiten Schnürsenkel vergessen habe. Ich wühle ihn aus meiner Hosentasche, noch sind wir im Dorf meiner Mutter. Unauffällig öffne ich das Ausstellfenster und lasse das hellbraune Band auf die staubige Straße gleiten. Kein würdiger Ort, denke ich, aber es geht nicht anders. Zumindest passt auch diesmal meine Zugabe farblich zur Umgebung.

Feierlich fährt mein Bruder über die menschenleere Dorfstraße zurück in Richtung Neisse. Heute sind meine Eltern nur noch Zuschauer. Und ständig Nähe und Ferne zugleich. Derselbe Weg wie damals, alles aufgereiht, wie in einer Bilanz, eine holprige Landstraße, mein Opa fährt an seinen Häusern, Grundstücken, Scheunen und Lagerhallen vorbei, stolz lächelt sein Mund unter dem kleinen Schnauzbärtchen. Die Häuser von Altewalde schließen sich ohne Unterbrechung an, eine schnurgerade Straße, vereinzelte Bäume, der Rest einer Allee. Und im Hintergrund immer der offene Horizont. Es ist gut, alles mit einem Blick zu übersehen.

Lange nach dem Krieg schrieb mein Opa sein Leben auf, immer mit der Schreibmaschine, das Wichtige mit zwei Durch-

139

schlägen. Fünfzehntausend Reichsmark im Jahr wurden zu zwanzig Mark Arbeitslosengeld pro Woche, und das Gefühl ausgestoßen zu sein bestimmte für viele Jahre seine Situation. Unsicherheit, enttäuschte Hoffnungen. *So schön, wie alles ist, unsere Heimat war doch viel schöner,* sein später Schlusssatz.

Heute weiß ich, wo mein Opa wirklich war, wenn er versonnen auf seinem Schaukelstuhl saß, mit mir auf dem Schoß, und ich sein Doppelkinn greifen wollte. Zum letzten Mal bin ich ihm in einem Traum begegnet. Ich war etwa achtzehn Jahre alt. Die klassische Abschiedsszene, er drehte sich noch einmal zu mir um, hat gelächelt und ist einfach weggegangen, mit seinem Spazierstock, so wie ich ihn kannte. Danach habe ich ihn nie wiedergesehen.

»Woher habt ihr eigentlich eure Kraft genommen?«, frage ich.

»Wir haben gar nicht nachgedacht«, sagt meine Mutter, »wir hatten einfache Ziele. Eine Sofagarnitur, eine Küchenmaschine. Die Mama hat in der Konservenfabrik gearbeitet und ich als Dienstmädchen in einer Villa. Und der Papa wollte schon immer Politiker werden. Das Lebenswerk eines Bäckers wird aufgegessen, meinte er, am Ende guckst du in den leeren Ofen. 1952 hat er erstmal einen Lebensmittelladen aufgemacht, da ging es wieder bergauf. Zur Eröffnung gab es Eierlikör und Salzstangen.«

Alle sind froh, ihn glücklicher zu sehen. An jedem Sonntagmorgen liest er die Zeitung, davor auf einem Teller ein Leberwurstbrot, immer in gleich große Stücke geschnitten. Mit

140

seiner rechten Hand angelt er ohne jeden Blick die Häppchen und lässt sie hinter der Zeitung verschwinden. Manchmal schiebt seine Tochter den Teller unbemerkt zur Seite, beide lachen, wenn seine Hand ins Leere greift.

»Für den Winter hat sich der Papa sogar eine Pelzkappe gekauft. Immer nach vorne schauen, war sein Motto. Trotzdem ist er später mit dem Kopf an eine Straßenbahn gelaufen, immer in Gedanken, aber die Kappe hat ihm das Leben gerettet. Der hat sich oft verloren gefühlt, aber nur ein einziges Mal habe ich ihn heimlich weinen sehen. Freude ist ein flüchtiges Element, hat er manchmal gesagt. Wir mussten unsere zweite Heimat erst lernen, gefühlt haben wir sie nie.«

»Habt ihr eigentlich mal geredet?«, fragt mein Bruder.

»Warum? Wir hatten doch alles miterlebt.«

Meine Mutter schaut aus dem Autofenster, aber sie ist nicht anwesend, sie ist ein Mädchen in einem dunklen Waggon. Sie hört das gleichmäßige Geräusch der Räder auf den Schienen, aber es beruhigt sie nicht. Sie versucht, ein Kinderlied zu singen, es ist ihr unmöglich. Sie versucht, ruhig zu atmen, es gelingt ihr nicht. Sie versucht, ihre eigene Hand zu streicheln, sie zittert zu stark. Alles ist unmöglich. In diesem dunklen Waggon.

Eisblumen

Warum Augen sich so schnell mit Tränen füllen? Vielleicht ein Behälter, der unter Druck steht, sich auf einen Wink hin entleert, dann sofort wieder aufpumpt für neue Einsätze in allen Stufen, Standardweinen, Schluchzen oder der Schwall, der sofort die Backe ergreift, bis zu den Lippen, wo er salzig schmeckt und im Sonderfall sogar das Kinn erreicht. Ich schrecke hoch, hinter dem Ortsausgang drängelt sich ein Fahrzeug heran, dann dröhnt ein Motor auf und jemand, der die Lage der Schlaglöcher kennt, zieht an uns vorbei, unser Tempo verachtend, ein ärgerlicher Seitenblick, so sehen Stärke und Ehre aus. Die Landschaft liegt jetzt wieder frei, rechts der Straße ein Bach, dahinter zwei kleine Hügel und immer neue Konturen unter dem hellblauen Himmel, alles bewegt. Und alles so schön, denke ich schon wieder. Meine Blicke werden zu Fotos, alle meine Blicke sind eine Fotosammlung, ich werfe die Fotos auf einen Haufen, ordnen kann ich sie nicht.

Meine Mutter schüttelt den Kopf. »Nicht mal das Wort *Vertreibung* durfte man sagen, *Umsiedlung* war der Begriff. Aber das hat den Papa wütend gemacht, bei einer *Umsiedlung* gibt es nicht Millionen Tote, das war seine Meinung.«

Und die Ereignisse hatten sein Zählwerk verstellt, alles auf Null zurückgesetzt. Auf einem vergilbten Zeitungsausschnitt zu seinem sechzigsten Geburtstag habe ich es gelesen. Nach seiner *Seßhaftmachung im Jahre 1952 hat er sich mit einem Geschäft selbständig gemacht.* Seßhaftmachung? Was soll das sein? Gelöschte Werte, gelöschte Zeit.

In ihrem Kleiderschrank bewahrten meine Großeltern zweihundert Stück Kernseife auf, eckige Blöcke mit scharfen Kanten. Seife ist im Krieg immer knapp, haben sie mir erklärt, wenn es darauf ankommt, kann man damit Wäsche waschen. Oder Wunden behandeln. Vor allem aber gaukelte ihnen die Seife Sicherheit vor, ein Gefühl, das sie für immer verloren hatten. So sind wir aufgewachsen, wir spürten, dass etwas nicht stimmt, aber hielten diese Ahnung für normal. Und übrigens gebe ich ehrlich zu, diese Reise für mich selbst zu benutzen.

»Wenn der Papa im Westen erzählt hat, was er aus der Bäckerei seines Vaters gemacht hat, haben sich die Leute über uns lustig gemacht. Ihr wart doch alle Gutsbesitzer.«

»Auf unserem Stempel stand tatsächlich *Gutsbesitzer*«, sagt mein Vater, »den hat der Rudolf später mitgebracht.«

»Ja!«, sagt meine Mutter, »aber hat uns keiner geglaubt. Du weißt doch. Wer war der erste Vertriebene?«

»Der Mond!«, mein Vater versteht sofort. »Er kommt aus dem Osten und hat einen großen Hof.« Er muss sogar lachen.

»Ihr Flüchtlinge habt euch doch schnell was aufgebaut«, sage ich.

143

»Später, aber die Anfangsjahre waren schwer. Erst als wir den Laden hatten und der Papa Ratsherr war, haben die Hiesigen mit uns geredet.« Immer weiter rückt meine Mutter auf ihrem Sitz nach vorn, soweit es der Gurt zulässt. »Nicht Flucht! Vertreibung war das!«, sagt sie energisch. »Wir sind keine Flüchtlinge. Niemand von uns ist freiwillig gegangen.«

Kein einziges Mal habe ich meine Mutter verbittert erlebt. Wenn sie täglich die Bettdecken glattstrich, sang sie ihre schlesischen Lieder, und hinter den Melodien ließ sich beim besten Willen keine Spur von Tränen entdecken. Vielleicht habe ich auch nur die Schauseite gesehen, zufriedene Leute, die in einem Landgasthaus, die immer gleiche rote Grütze bestellen, mit den immer mindestens fünf Prozent verschimmelten Früchten, und dennoch so unglaublich zufrieden sind.

»Hat Opa mal eine Verlustrechnung gemacht?«, fragt mein Bruder.

»War keine Zeit.« Meine Mutter schüttelt den Kopf. »Niemals rückwärts denken! Aber er hat immer betont, das Schlimmste ist nicht der materielle Verlust, sondern ein Gefühl. Dafür habe ich keine Worte, hat er jedes Mal erzählt und dieselben Zeilen aufgesagt.« Sie schaut unter den Autohimmel, als lese sie es ab. »*Der liebste Platz, den ich auf Erden hab, das ist die Rasenbank am Elterngrab.* Das hatte er aus einem Lied.«

In diesem Elterngrab liegen längst andere Menschen, die neue Zeit hat alles zugedeckt und verwandelt. Erde lässt sich mehrfach nutzen.

»Als das mit der Vertreibung wahrscheinlicher wurde, haben meine Eltern nüchtern reagiert«, erzählt sie, »haben Sachen zusammengepackt und Münzen ins Bettzeug eingenäht. Essbares stand auch immer bereit, Fett und so. Manche haben das aber nicht verkraftet. Der Papa hat gesagt, im Wald hängen die Bäume voll. Ich habe mir das nicht angeguckt.«

Ich glaube, meine Mutter würde jetzt gern die Reise beenden, auf direktem Weg zurück. Sie würde einen Kuchen anrühren, vielleicht hätte sie vorher gefragt, ob wir uns etwas Trockenes oder eine Torte wünschen. Mein Vater wäre auf sein Fahrrad gestiegen, um bei Edeka die Zutaten zu holen und ein halbes Heidebrot, dunkle Kruste, wie immer. Aber noch sitzen sie im Auto und müssen nach Breslau.

»Ich bin froh, dass wir nicht hiergeblieben sind«, sagt meine Mutter.

»Noch besser wäre es gewesen, wenn es diesen Krieg nicht gegeben hätte«, sage ich.

»Hat es aber«, meine Mutter wendet ihren Kopf in Richtung Landschaft, und ich sehe ihre frische Dauerwelle von hinten. »Hier wären wir nicht froh geworden.«

»Auf einmal waren wir Dreck«, sagt mein Vater, »ich war doch so gut in der Schule. Ist sowieso ein Wunder, dass wir noch senkrecht stehen. Was die meisten heute für ein Theater machen, die würden doch gleich tot umfallen.«

Wir fahren in nördlicher Richtung, ich breite die Schlesienkarte auf meinen Knien aus, meine Mutter zeigt nach rechts in das weite Land. »Dahinten liegt immer noch der Linde-

145

wieser Wald.« Sie lächelt. »Wir haben da Holz gesammelt oder sind gewandert.«

»Ihr seid gewandert?«

Meine Mutter sieht plötzlich ganz jung aus und fängt an zu weinen, ganz leise. Ich berühre ihre Schulter und will sie trösten, stattdessen streichelt sie meine Hand und ist schon wieder gefasst. Ich sehe ein Mädchen vor ihrem Elternhaus, mit Zöpfen und lustigen Grübchen.

»Ich dachte immer, Heimat ist dort, wo die Familie ist«, sagt sie nach einer Weile, »und dass man Heimat auch verlegen kann.« Sie schaut aus dem Fenster. »Stimmt nur zur Hälfte.«

Wenigstens hat sie den Ort gesehen, den sie ihr Zuhause nennt. Mein Opa wollte nie zurück, nur nach Paris wollte er. Einmal im Leben am Eiffelturm. Als er mit siebenundsiebzig Jahren krank wurde, erzählte er mir von seinem Traum. Wenn ich hier wieder rauskomme, hat er gesagt, fahren wir nach Paris und die Oma kriegt einen Nerzmantel. Dann ist er ganz schmal geworden. An seinem letzten Tag hat er noch zwei Erdbeeren gegessen. Den Pelz hat sie trotzdem bekommen.

»Immer geradeaus«, sagt meine Mutter. »Hier haben sie das ganze Lager durchgetrieben.«

»Welches Lager?«, frage ich.

»Die Ausschwitz-Leute, müssen einige Tausende gewesen sein, hat die SS durchgetrieben. Januar fünfundvierzig, es lag hoher Schnee. Als die Front näherkam, haben sie das Lager geräumt. Und frag mich nicht, was ich von der Menschheit halte.«

146

»Bei uns sind sie auch durchgekommen, wer ein bisschen schwankte, wurde verprügelt oder gleich erschossen. Die sahen grau aus, hatten meist nur Lappen an den Füßen. Und das bei minus zwanzig Grad.« Mein Vater ist wieder mit seinen Tränen beschäftigt. »Die haben sie getrieben, bis auch die Letzten tot waren.«

»Waren das Juden?«

»Meistens, aber auch gefangene Russen«, sagt er, »hatten noch ihre Militärmäntel an.«

»Bei uns waren es Juden«, sagt meine Mutter, »das erkannte man an den gelben Sternen, die Lagerkleidung sah nach Schlafanzug aus.« Sie überlegt einen Moment. »Drei Tage Halt haben sie gemacht. Viele hatten Glatze, die Köpfe sahen so klein aus, weil die Wangen eingefallen waren, wie Totenschädel. Was da an Blicken rauskam, war schlimmer als Schreie. Keiner durfte mit denen reden, die Aufseher waren immer dabei. Abends haben sie sich ein Feuer gemacht.« Meine Mutter wendet ihren Blick ab. »Als alle weg waren, lagen über hundert Tote im Dorf rum, meistens auf der Straße. Manche mit Genickschuss, haben sie erzählt.«

»Und dann?«

»Bei den Bauern arbeiteten ja gefangene Russen, die mussten die Toten mit dem Ladeschlitten zusammenfahren«, sagt meine Mutter und mein Vater weint. »Beerdigt wurden sie in einem Massengrab, vielleicht auf dem Feld. Wir haben uns ja nicht mehr rausgetraut, weil schon das Heulen der Stalinorgel zu hören war. Tag und Nacht orgelte die. Geschlafen haben wir trotzdem.«

147

Ein kleines Mädchen sitzt an ihrem Lieblingsplatz vor dem Fenster. Nicht das kleinste Geräusch. Und draußen liegt der weißeste Schnee, den es je gab, dessen Blendung bis in die Nacht hinein in ihren Augen glühen wird. Mit ihrer Nasenspitze taut sie das Eis am Rand der Scheibe. Auf den Seen und Flüssen liegen die Boote fest im Eis, stellt sie sich vor. Für eine kleine Weile sogar unbeeinflusst von all dem Schrecklichen, ein kurzer Frieden mit der Welt, die so gar nicht sein dürfte, wenn sie geliebt werden will. Und ist sie es trotzdem, muss sie anders eingeschätzt werden. Obwohl sie solche Bewertungen unterdrückt, wird ihr alles klar. Die Welt ist nicht mehr dieselbe, oder es hat sie nie gegeben, vielleicht aber gehören diese Täuschungen zum Leben, zur Erkenntnis. Vielleicht ist das die Lösung oder eine Art Gesetzmäßigkeit, in der die Nacht zum Tag gehört. Oder, oder! Alles nur Gedanken! Sie ist nicht mehr bereit, Ungutes zu denken, das sich dann noch mit sich selbst verwirrt. Sie schaut in diesen selbstverständlichen Schnee, der niemals schmelzen kann, niemals grau und traurig wird, und drückt ihre ganze Stirn an die Scheibe, bis die Kälte schmerzt. Abkühlen.

Ihre Ellenbogen stützt sie auf das Tuch, das im Winter auf der Fensterbank liegt, betrachtet das gegenüberliegende Haus, auf das immer die Sonne scheint, wenn sie die Sonne in ihrem Zimmer vermisst. Eigentlich ist es die Zeit der Bratäpfel und der Eiskristalle, dieser wundersamen Gebilde, die sie in jedem Jahr bestaunt. Aber in dieser Zeit werden Menschen zu Tode gequält. Ist das Gute eigentlich immer hilflos? Schrecklich! Sie denkt das Wort und findet es gleichzeitig zu

148

gering, geradezu mild. Ihre Finger beschreiben eine Geste des Zeigens, sie besitzt keinen Begriff für das nicht Denkbare. Heimlich beschließt sie, ab sofort nicht mehr zu weinen. Jetzt ist sie kein Kind mehr. Unschuldige Spiele kommen ihr absurd vor. Ihre Kleidung legt sie dennoch, wie an jedem Abend, ordentlich über der Stuhllehne ab.

»Das hast du noch nie erzählt«, sage ich zu meiner Mutter.

»Das muss man auch nicht. Oder doch! Auf jeden Fall war alles zu groß für mich allein.«

»Ihr habt die KZ-Häftlinge gesehen.«

»Wir haben vieles gesehen«, sagt meine Mutter leise.

»Bei uns wurden sie nicht verpflegt«, sagt mein Vater, »sie haben den Schnee vom Straßenrand gegessen. Einmal hat jemand ein Stück Brot aus dem Fenster geworfen. Das hat einer von den Nazis gesehen und sofort hochgeschossen.«

»Vielleicht wäre es gut gewesen, darüber zu reden«, sage ich.

Meine Mutter zuckt mit den Achseln. »Ich weiß nicht«, dann räuspert sie sich. Wie immer, wenn sie nichts sagen will. Es ist das Geräusch, das ich von meinem Opa kenne. Er lächelt, wenn ich an ihn denke.

»Das ist ja richtig Geschichte«, sagt mein Bruder interessiert.

»Für euch ist es Geschichte«, sagt meine Mutter, »für mich sind das Bilder, die ich nie wieder sehen will.«

Sie wendet sich ab. »Geht nicht an die Fenster, hat der

149

Papa gesagt und alle Vorhänge zugezogen. Vergiss so schnell du kannst, hat er auch gesagt. Manche von denen haben sich hingekniet und um ihr Leben gebettelt. Dann lagen sie vor unserem Haus! Versteht ihr? Ich war ein Kind und die haben einfach vor unserem Haus Leute erschossen. Wir hatten da gerade noch Verstecken gespielt, an der Kastanie war immer der Anschlag. Oder im Sommer haben wir mit den Käfern gesprochen.« Sie redet ruhig weiter. »Das waren seltsame Laute, als die in den Ort kamen, irgendwie gedämpft, erinnerte mich an die Marienwallfahrt. Dann Schreie und Schüsse, manchmal war es ganz still, und es hat geschneit, war ein besonders harter Winter.«

Meine Mutter hat Tränen in den Augen, unsere flüssigen Reisebegleiter. »Diese Schirmmützen von der SS, die habe ich immer vor mir gesehen.«

Jetzt kenne ich das Ende ihrer Kindheit.

Und was ihre Erlebnisse angeht, oder sagen wir Bilder, wenn sie später plötzlich kamen, von ganz unten und ganz hinten, konnte ihr niemand helfen, niemand konnte reden. Es gab wieder Rotwein und panierte Schnitzel. Und allmählich wurden ihr diese Bilder von ganz unten und ganz hinten zu Geschichten, die wie aus Büchern klangen. Und eigentlich konnte sie nicht mehr glauben, dass diese Geschichten ihre eigenen Erlebnisse waren und dass sie bleiben. Für immer. Ein Buch hätte sie zuschlagen können.

Wir fahren auf einer schnurgeraden Straße, Grodków, wollen auf die Autobahn nach Breslau. Um uns das Sonnenlicht, jetzt als greller Schleier, der uns blinzeln lässt und unsere Blicke nach innen zwingt, die Bahnlinie nach Neisse begleitet unseren Weg. Mein Bruder setzt seine goldene Pilotenbrille auf.

»Sechsundvierzig haben die Polen überall Massengräber gesucht.« Mein Vater starrt auf den Hinterkopf meines Bruders. »Von den Deutschen haben sie Männer zusammengeholt, die mussten mit bloßen Händen die Russen wieder ausgraben. Manche Polen wollten die Deutschen gleich in die Löcher schmeißen und zumachen, aber einer von denen hat es verhindert.«

Mein Vater sitzt zusammengesackt auf dem Rücksitz. Durchhalten, denke ich.

»Den Tischler aus unserem Ort haben sie als Handwerker nach Ausschwitz eingezogen«, erzählt meine Mutter, »aber als er das gesehen hat, ist er umgekippt, da haben sie ihn tatsächlich wieder laufen lassen.«

»Mensch«, sagt mein Bruder, »wenn man bedenkt, dass mein Geschichtslehrer noch behauptet hat, das alles hätte es nicht gegeben. So viele Jahre später.«

»Meinst du Panzer-Rudi?, frage ich.

»Klar. Die mussten zwar arbeiten, aber es wurde niemandem ein Haar gekrümmt, alle wohlgenährt und wohlgekleidet. Seine Worte.«

Meine Mutter konzentriert sich. »Für den Todesmarsch gab es genau ein Jahr später die Antwort, kam alles zurück, nur andersrum«, sagt sie zögernd. »Mitte Januar sechsundvierzig haben sie uns aus den Häusern geholt, ganz plötzlich,

151

ohne Vorwarnung. War ein sonniger Januartag, hat uns aber nichts genützt.«

Morgens wacht meine Mutter auf, das erste Tageslicht scheint durch die zugefrorenen Scheiben, Eisblumen. Es ist der 23. Januar 1946. Von der Straße hört sie Rufe und Schreie, polnische Worte, die sie nicht versteht, dann stürzt ihr Vater ins Zimmer. Seine stets beherrschten Züge wirken sorgenvoll. »Madla«, fängt er seine Worte an, dann überlegt er. Das Schreckliche muss verpackt werden, etwas milder, sie ist ein Kind. »Wir müssen raus!« Etwas Besseres fällt ihm dann doch nicht ein. Das junge Mädchen fragt nicht, sie versteht das alles ohnehin nicht und will es auch nicht. Bewaffnete Männer stehen auf der Straße, Haustüren werden aufgerissen. Sie treiben die Deutschen aus dem Ort zusammen, aus allen Richtungen, auf die lange Straße entlang, bis vor das Gasthaus.

Jeder nimmt mit, was sich in der Eile einpacken lässt, zusammengewickelte Decken, Löffel, etwas Essbares. Die Familie meiner Mutter greift ihr Notgepäck, ihre Bündel, hastig ziehen sie ihre zusammengeflickten Mäntel über, der harte Stoff tanzt um ihre Körper, als sie die Treppe herunterlaufen. Ein Blick meiner Mutter auf den laublosen Kirschbaum, schon stehen sie vor ihrem Laden, die weiße Frau von Persil, der Sarotti-Mohr, sie lächeln. Heute knirscht der Schnee unter ihren Füßen, und der stürmische Wind löst die letzten Blätter vom Sommer aus den Zweigen der Dorfstraßenbäume.

152

Überall Männer mit Gewehren, meine Mutter vermeidet es, ihnen in die Augen zu schauen. Und niemand darf reden, auch nicht, als sie mit den anderen Dorfbewohnern vor dem Gasthaus stehen, die weißen Armbinden kennzeichnen sie als Deutsche. In ihren Blicken ist alles zu lesen, sie stellen sich Fragen, deren Antworten nur vage ausfallen können. Ein junges Mädchen, das später einmal meine Mutter werden soll, ihre Schwester, ihre Eltern, und ihre Tante Anna, die sie oft schon Mama genannt hat. Fünf Personen, fünfmal Todesangst, den anderen geht es nicht besser. Kalter Wind.

Meine Mutter weint leise, ihre Nase läuft, die Flüssigkeit friert an ihrer Nasenspitze fest. Sie denkt an ihren Bruder. In Russland ist es immer kalt. In ihrer Manteltasche versteckt sie ihre Finger, sich selbst verstecken kann sie nicht.

Plötzlich springt ein Mann auf die Stufen am Eingang, ein bärtiger Mann, es wird still, sein Gesicht besitzt keinerlei Regung, nichts, was sich deuten lässt. »Tausendjähriges Reich vorbei!«, er schreit es heraus. Sein Gewehr lehnt hinter ihm an der Wand. Alle Deutschen sollen in Bahnwaggons weggefahren werden. Und er redet von Handwerkern, wer Handwerker ist, kann bleiben! Mein Opa drängt sich mit anderen Männern vor die Treppe. Ein Zollstock hat hundert Zentimeter, *metrówka*, er kennt die polnischen Worte, dann zeigt mein Opa, wie man eine Maurerkelle hält, macht kreisende Bewegungen. Er wird mit seiner Familie nach Hause geschickt.

Alle anderen müssen zur Bahnstation marschieren. Die

153

Felder kahl und kalt. An diesem Wintertag werden fast fünftausend Frauen, Kinder und überwiegend ältere Männer zusammengetrieben, in Viehwaggons verfrachtet. Der Tag vergeht und die folgende Nacht. Am nächsten Morgen zwängen sich weitere Vertriebene zwischen die Wartenden, erst nach Einbruch der Dunkelheit rollt der Transport an. Über Kamenz geht die Fahrt bis an die Oder-Neisse-Linie, sie dauert zwei Tage.

Es ist bereits dunkel, als der Zug bei strengem Frost auf einem Abstellgleis stehen bleibt. Zusammengepfercht harren die Menschen weitere acht Tage aus. Auf den hölzernen Wänden verwandelt sich der Atem der Waggoninsassen in Raureif. Anfangs gibt es noch gefrorenes Brot, das Durchfall verursacht, dann sind Nahrung und Wasser aufgebraucht. Kranke und alte Menschen sterben zuerst, dann die Säuglinge. Schwangere verlieren ihre Kinder, Blut friert am Wagenboden fest. Irgendwann setzt sich der Zug in Bewegung, doch es geht nicht Richtung Westen, sondern zurück nach Neisse, oft hält der Zug auf freier Strecke. Dunkle Tage, tiefe Nächte.

»Unsere Polen haben uns dann versteckt, von Handwerkern war keine Rede mehr. An einem Sonntag, Ende Januar, haben wir uns zum ersten Mal ins Freie getraut und sind in die Kirche gegangen. In der Messe haben wir noch andere Deutsche getroffen, manche Polen wussten wohl, was geplant war, und haben sie gleich versteckt.« Meine Mutter räuspert sich.

Mein Opa auf seinem Panther-Fahrrad, Metallicgrün wie

die Heimatfliege, ein silberner Panther als Schutzblechfigur, er fährt vor, steigt ab, immer dieses Räuspern.

»Zum Glück haben uns die Polen aus dem Nachbarhaus mit Milch versorgt, oder wir sind mit unseren Polen heimlich runter in den Keller und haben die eingemachten Kirschen vom Vorjahr gegessen. War nicht ungefährlich, sie hatten Angst, als Freund der Deutschen zu gelten.«

Am 12. Februar 1946 schleppen sich die Überlebenden aus den Waggons über die vereiste Straße vom Bahnhof zurück in ihre Orte. Allein aus dem Dorf meiner Mutter kommen über siebzig Menschen nicht mehr zurück.

Die Austreibung unserer Gemeinde im Januar 1946 erfolgte widerrechtlich, schreibt mein Opa später in seinem Lebenslauf.

Der Blick meiner Mutter verdunkelt sich. »Eigentlich waren wir froh, dass der Krieg und der ganze Spuk mit den Nazis vorbei war, schließlich hatten im ganzen Land die Glocken geläutet, dass jetzt Frieden ist, aber irgendwie war nichts vorbei.« Meine Mutter starrt geradeaus. »Sind alles so Sachen, entweder du wirst verrückt oder lässt das Nachdenken.«

»Was habt ihr denn da noch gemacht?«, frage ich, »das war doch ein ganzes Jahr.«

»Feldarbeit, Hilfsarbeiten, mit der früheren Arbeit hatten wir nichts mehr zu tun. Schlafen mussten wir im Hinterhaus und kochen konnten wir auch nicht, weil es nichts gab. Aber unsere Polen haben uns Teigtaschen gemacht oder Eintopfsuppe und Brote mit Rübensirup. Ich habe mich gewundert, woraus man alles Suppe kochen kann. Als es so kalt war, haben sie sogar die Holzzäune verfeuert, später mussten noch Schränke und Treppengeländer dran glauben.«

»Habt ihr den Polen im Laden geholfen?«

»Wir mussten alles Mögliche arbeiten und der Papa hat die Maiandachten gemacht, den Pfarrer hatten sie doch erschossen.«

»Und Opa durfte das?«

»Die Polen waren doch genauso katholisch wie wir.« Meine Mutter dreht sich zur Seite und öffnet das Ausstellfenster. »Der Papa hat oft so Sachen gemacht.«

Ein Nachmittag im Mai 1946, Neuwalde sieht im warmen Sonnenlicht geradezu friedlich aus, manchmal denkt meine Mutter, es gäbe noch etwas von der Welt, in der man Gedichte schreibt. Im Saal des Gemeindehauses versammeln sich die Deutschen zur Maiandacht. Es riecht nach kaltem Rauch. Mein Opa steht vorn an einem Tisch, jetzt mit einem Bettlaken ist es ein Altar, darauf ein Blumenstrauß, den meine Mutter am Feldrand gepflückt hat. Stolz hält sie ihr Andachtsbüchlein in der Hand, ein Geschenk zur Erstkommunion. Auf dem Einband schimmert ein Bild in Gold und Perlmutt, das Christuskind in einem Kranz aus weißen Tauben und Lilien, ... *und vergib uns unsere Schuld, wie auch wir vergeben unsern Schuldigern.* Worte, die jeder unzählige Male ausgesprochen hat, bekommen eine neue Bedeutung.

Alle falten die Hände, manche schließen ihre Augen, heute betet die Gemeinde vor der Andacht noch einen Rosenkranz. Von draußen dringen Rufe in den Saal, aber die Betenden

156

hören nicht auf, *Gegrüßet seist du Maria …*, dann wieder das *Vaterunser*, durch die Gardinen können sie auf die Straße sehen. Polnische Miliz zieht auf, es sind viele Männer, sie haben ihre Gewehre abgenommen und laufen durcheinander. Gleichzeitig steigt ein Mann durch ein Hinterfenster in das Gebäude.

»Schorsch, du musst raus hier!«, ruft er meinem Opa zu. »Die wollen dich holen.«

»Was wollen die?«

»Du kannst durchs Fenster und im Feldgraben weg.«

»Nein«, mein Opa ist plötzlich ganz ruhig, »ich laufe nicht weg.

Mitten in das Gebet stimmt er ein Lied an, *Meerstern ich dich grüße, oh Maria hilf,* nach ein paar Zeilen singen alle mit, *Maria hilf uns allen, aus unserer tiefen Not.* Immer lauter singen sie, der Klang dringt bis auf die Straße, die Bewaffneten kennen das Lied, mit polnischem Text klingt es genauso. Sie werfen ihre Gewehre über und ziehen ab. Im Saal singen sie weiter.

»Der polnische Pfarrer war freundlich zu uns, wir durften sogar in den Gottesdienst, auch wenn wir nur zuhören konnten«, erklärt meine Mutter.

Das also ist die Heimat, denke ich, an diesem Tag habe ich mehr erfahren, als in Jahrzehnten zuvor. Ereignisse, die passierten, bevor meine Eltern den Mantel des Erwachsenseins überziehen konnten. Alles Narben. Erlebnisse, die für sie eine

157

Rolle spielen, aber in einem verborgenen Sinn auch für meinen Bruder, für mich und unsere Kinder. Diese Geschichten müssen erzählt werden, wenigstens noch ein einziges Mal und genau an jenen Orten, an denen sie spielen. Wer weiß schon, wie lange alles wirkt, bis es endgültig verblasst?

Heute Abend werde ich einen Wodka darauf trinken, für mich wird das Stochern in der dunklen Masse einfacher. Ich habe vieles verstanden, ihre Angst vor Neuem, ihre Sparsamkeit, die manchmal zum Gegenteil führte, das Festhalten an Personen, die ihnen nicht gut taten, diese für mich schwer erträgliche Unterwürfigkeit vor vermeintlichen Respektspersonen, ihre Vorsicht in allen Dingen. Und wie viel Unglück sie seit damals in ihren Köpfen mitgeschleppt haben mussten, eine Masse, die ihnen jede Suche nach dem Glück als reine Anmaßung erscheinen ließ. Und wenn das Glück kam, die Unfähigkeit, es auszuhalten und anzunehmen, noch bevor es sich verflüchtigt. Warum sie die Schultern einzogen und Begrenzungen lebten. Ich muss vieles neu sortieren und verpacken. Und ich muss mich selbst absuchen. Kann eine Zeit, die ich nicht erlebt habe, mein Leben bestimmen?

Nicht die Mutter Gottes und auch sonst niemand

Wach und müde zugleich schwenkt mein Blick nach rechts und links, in Heidau gabelt sich die Straße, wir fahren in einer Kurve um den Kirchturm herum. Ein Burgturm mit Zinnen und steinerner Spitze. Mein Vater greift zu einer Banane, auf der Mittelkonsole hat sie unter der Hitze des Tages gelitten.

»Lass mal«, sagt mein Bruder, »die kannst du nicht essen, das ist Matsch.«

»Und ob ich die essen kann!«, sagt mein Vater.

Mein Bruder will sie ihm wegnehmen. »Ich schmeiße sie aus dem Fenster, das ist guter Dünger.«

»Was bei euch so wegkommt! Wir haben immer alles gegessen, bis es stinkt. Trotzdem habe ich in meinem ganzen Leben noch keine Vergiftung gehabt.«

»Die Anna stammte aus Heidau«, meine Mutter dreht ihren Kopf suchend in alle Richtungen. »Wenn die Anna nicht gewesen wär«, sagt sie, »da kann das Haus sein.«

Tanta Anna, später hatte sie es mit der Hüfte, doch ein künstliches Gelenk gab es nur in Amerika. Also quälte sie sich und lächelte dazu.

»Heidau war Hauptkampflinie.« Meine Mutter runzelt die Stirn. »War für die Russen wichtig, um Neisse einzunehmen.«

Durch die Heckscheibe glüht mir die Sonne in den Nacken. Ich ergebe mich, drücke meinen Körper in die Polster und lasse meinen Kopf mit den Schlaglöchern schaukeln. Ich werde müde. Sehr müde. Sekundenschlaf. Ich sitze neben Tante Anna am Küchenfenster, direkt neben dem Spülstein. Eine Scheibe Brot auf einem Teller. Es ist Nachmittag, die Sonne scheint uns ins Gesicht und wir beobachten die ganze Straße. Tante Anna nickt mir freundlich zu, sie sieht aus wie eine Oma, aber als Kind hatte sie Sommersprossen, nehme ich an. Die *Hörzu* liegt aufgeschlagen auf der Fensterbank, dann lösen wir das Bilderrätsel, Original und Fälschung, vergleichen die Gemälde und suchen, bis auch der letzte Fehler gefunden ist, Tante Anna hat Zeit. Später schneide ich das Original aus, klebe es auf, nicht ohne gründlich an der Uhu-Tube zu riechen. Ich hefte das Bild in einen Ordner, meine Tante-Anna-Gemäldesammlung. Als Nachtisch gibt es Gurkensalat aus billigen Kunststoffschälchen, er schmeckt unangenehm, halb Dill, halb Plastik, aber er ist saftig. Dann zieht Tante Anna die große Schublade aus dem Küchentisch, in der sich zwei Abwaschschüsseln verbergen, einmal mit Spülmittel, einmal Klarspülen. Auf der Tischplatte werden Tücher ausgelegt, darauf stapelt sie das nasse Geschirr.

Der Blinker tackert mich wach, mein Bruder biegt nach links ab und befördert meinen Kopf an die Seitenscheibe. Jetzt habe ich endgültig einen Brummschädel. Aber dafür ist die Straße bei Neisse glatt wie eine Landebahn.

»Ich bin hier überall«, sagt meine Mutter.

Wir umfahren die Stadt. Bin ich enttäuscht? Wo sind die Feuerwerksraketen? Danach feierliche Begrüßungen vielleicht mit Spielmannszug, kurze Röckchen und dicke Beine in Strumpfhosen. Oder ganz dezent, ein polnisches Streichquartett spielt Haydn oder Mozart, wir tragen unsere Sonntagskleidung. Nichts dergleichen lässt sich sehen, wir reisen durch das Land und sind insgesamt nicht gut gelaunt. Aber wir haben doch gerade die Heimat gesehen, denke ich und beschließe zu lächeln. Mit dauerhaftem Lächeln kann man eine Ausschüttung von Glückshormonen provozieren. Ich lächle gründlich, mindestens eine Minute, gebe mir Mühe, dass auch die Augen betroffen sind. Leider sieht es mein Bruder im Rückspiegel.

»Bist du Grinsekatze?« Er dreht sich zu mir um.

»Nein, nein, alles gut!«, sage ich. »Soll ich dich mal ablösen?«

»Ich sage schon, wenn ich nicht mehr kann.«

Nur durch Bewegung werden Kniegelenke mit Nährstoffen versorgt, denke ich und höre mein ganzes Gedankengebrabbel in dem gleichmäßigen Fahrgeräusch. Und dauernd mischt sich alles, süß oder bitter oder salzig, immer das gesamte Programm. Die Bäume am Bahndamm werfen ihre Schatten zu uns herüber. Autos auf einer entfernt verlaufenden Straße, die sich wie auf einer Schiene bewegen, Glanzpunkte. Der Dunst verspricht gutes Wetter. Sekundenschlaf. Ich rühre in einer Pfanne. Es ist Rührei. Ich weiß nicht, was das heute Nacht für Träume werden sollen.

Bevor wir auf die Autobahn fahren, halten wir an einem

Feldweg, eine kleine, heimliche Pause meines Bruders. Ich weiß nicht warum er hier anhält, obwohl ihm sonst alles nicht schnell genug geht. Er sagt, er wolle seinen athletischen Körper einmal kurz etwas bewegen und dehnen, ein durchtrainierter Körper brauche mehr Fürsorge als so ein vernachlässigtes Gebilde. Wer weiß, was ihm wirklich weh tut. Im Sonnenlicht tummelt sich ein Schwarm polnischer Mücken. Vielleicht sind auch noch ein paar deutsche Mücken darunter, mit deutschen Vorfahren. Eines ist mir nebenbei klar geworden, Nationalitäten sind eine idiotische Erfindung mit gefährlichen Nebenwirkungen.

»Das hat keiner geglaubt«, sagt meine Mutter als wir weiterfahren, »das hat keiner geglaubt.«

»Was?«, frage ich.

»Dass wir raus müssen«, sie sieht mich überrascht an. »Die sind in Kittelschürzen los.«

»Wusstet ihr eigentlich, was die Alliierten verhandelt haben?«

»Wir durften ja kein Radio haben, Zeitungen auch nicht. Irgendwann war einfach wieder Sommer und wenn ich bei Hitze am Feld rumgelaufen bin, habe ich fast alles vergessen.«

»Ihr hattet doch Notgepäck.«

»Schon. Die Erwachsenen haben viel geflüstert oder sich gegenüber gestanden, ohne sich anzusehen. Die Mama hat Speck ganz flach geschnitten und überall in die Bündel gepackt. Das Bettzeug haben wir ganz eng gerollt, keiner sollte

162

sehen, was zwischen den Federn ist, die Sparbücher, Münzen, ein paar Fotos von unserer Familie und den Häusern. Geldscheine hatten wir noch in der Garage vergraben, die mussten irgendwo dazwischen. Bis achtundvierzig galt die Reichsmark, das wusste damals aber keiner. Manche haben Geld weggeworfen.«

Mein Vater dreht sich um. »Die Christa war doch Köchin beim polnischen Bürgermeister.«

»Deshalb wussten wir ja Bescheid, sie hatte was mitgekriegt. Kreidebleich ist sie nach Hause gekommen.«

Jetzt sieht meine Mutter überall das Ende. Seit sie weiß, dass sie wegmüssen, fängt sie an, alles zum letzten Mal zu sehen und ist jedes Mal froh, wenn sie doch etwas wiedersehen darf.

Auf dem Klingelschild ihres Hauses steht schon lange ein anderer Name. Janczyk.

»Natürlich habe ich geweint, aber noch mehr Angst hatte ich, irgendwann allein zu sein.«

Auf dem Dachboden hat ihr Vater Schmerztabletten versteckt, er beschließt sie an ihrem Ort zu belassen. Als könne die grüne Schachtel, im Verborgenen aufbewahrt, eine Versicherung sein, drohende Schmerzen heilen, auch die seelischen, wenn er nur an den Dachbalken denkt, auf dem sie liegen.

Für meine Mutter und ihre Familie beginnt einer der beliebigen Tage in dieser nicht bestimmbaren Zwischenzeit, dieser Unzeit, in der die Sonne morgens wie immer über den Hof in die Zimmer scheint und doch nichts wie immer ist. Meinen Opa quält es, dass die Abläufe des Tages nicht mehr durch seine vertrauten Tätigkeiten geordnet werden, kein Tag als Alltag bezeichnet werden kann. Er ist es gewohnt, sich mit Menschen zu umgeben, fühlt sich einsam. Wenn er nicht arbeiten muss, steht er am Fenster und sieht auf die Straße. In dieser Zeit fühlt sich die Ruhe wie im Wartezimmer an. Eigentlich haben sie längst alles verloren, doch ihre unklare Anwesenheit täuscht über diesen Verlust hinweg.

»Nach Kriegsende konnten wir nicht mehr richtig raus, wir waren Freiwild«, erzählt meine Mutter. »Ich war so gern im Wald.«

An diesem Junitag hat die Familie schon gefrühstückt, sie sind satt. Die Janczyks haben ihnen Brotstücke mit Rübensirup angeboten. Wie so oft. Mittags soll es Piroggen geben, Teigtaschen, in die alles hineinkommt, was gerade da ist. Falls es keine Arbeit gibt, will meine Mutter am Feldrand spielen. Zu ihrer Stelle am Feld sollte sie nie wieder zurückkehren, nicht an diesem Tag und auch nicht später. An einem einzigen Tag kann sich alles verändern, auch die ganze Welt.

Mit dem Gewehrkolben schlägt jemand an die Haustür, dann wird sie aufgestoßen. Laute polnische Worte dringen ins Innere des Hauses. Alle laufen in den Flur, schauen die Treppe herunter. Ein Trupp bewaffneter Männer hat sich im Eingang versammelt, die Gewehre in den Händen wie bei einer Jagd. Das polnische Ehepaar, dem das Haus jetzt gehört, steht den Männern gegenüber. Verhandlungen. Die Worte klingen energisch, dann wieder beschwichtigend. Das junge Mädchen, meine Mutter, steht noch immer unbewegt an der Treppe und fängt an zu weinen, spürt ihre weichen Knie. Dieses Gefühl unter Wasser. Ihr Vater lächelt sie an. Im Flurspiegel entdeckt er kurz sein Gesicht, verharrt einen Augenblick in seinem Bild, die vertrauten Züge, aber es ist ein Altersgesicht. Sein eigenes Altersgesicht.

»Packt die Sachen zusammen!«, sagt er leise, »packt alles zusammen! Legt die Armbinden um!«

Kurz drückt er seine Töchter an sich, natürlich weiß er, worum es geht. Dann verschwinden die Männer. Als die Tür ins Schloss fällt, ist es plötzlich still. Mein Opa öffnet tastend den Wäscheschrank und kramt etwas heraus. Sein Kopf verschwindet in dem dunklen Möbel wie in einem dunklen Traum, er murmelt Worte aus einem Psalm. *Doch die Sünder sollen von der Erde verschwinden, und es sollen keine Frevler mehr da sein. Lobe den Herren!* Jetzt steht mein Opa in der Zimmertür.

Mit ernstem Mienenspiel hantieren die Frauen und die Schwester an den vorbereiteten Bündeln. In den Augen der Janczyks erkennen sie Erschütterung und Mitleid. Für eine Familie, der gerade alles zusammenbricht, die vielleicht nur noch den Tod zu erwarten hat, in einem Waggon oder irgendwo. Der Mann übersetzt ihnen die Worte der Bewaffneten, alle Deutschen müssen sich an der Feuerwehrschule in Neisse einfinden, egal wie, aber schnell soll es gehen,

Handgepäck ist erlaubt. Von dort wird der Abtransport organisiert.

»Bringt kein Glick über das Land!«, sagt Herr Janczyk in gebrochenem Deutsch.

»Wir hatten gute Polen«, erzählt meine Mutter noch heute und immer wieder, »aus manchen Häusern wurden die Leute mit Ohrfeigen rausgescheucht. Unsere Polen haben uns sogar nach Neisse gefahren.«

Das Mädchen tritt als letzte aus dem Haus, bleibt kurz in der Tür stehen. Jetzt ist ihr, als ob sie fällt. Auf dem Hof scheint ihr die Sonne ins Gesicht, sie hört Feldlerchen, am Backhaus steht die Tür offen, ihr rotes Fahrrad lehnt daneben. Der Ackerwagen, der längst ein polnischer Wagen ist, steht schon in der Einfahrt. Das Anspannen der Pferde, jeder Handgriff, meine Mutter prägt sich alles ein, fotografisch genau, die hölzernen Räder, etwas Dreck am Pferdehintern, die Scheibe am Ladenfenster ist zerbrochen, oder die Kastanienblätter vor ihren Füßen, sie merkt, dass sie atmet und spürt ihren Herzschlag am Hals. Im nächsten Moment sitzen sie schon auf dem Wagen, sonst steht er in der Scheune unter den Schwalbennestern, das Holz der Ladeflächen ist mit Vogelkot bespritzt, alles Einzelbilder, jetzt sind sie ein Stück gefahren, halten sich an dem rüttelnden Gefährt fest und vermeiden, sich in die Gesichter zu sehen. Das Atmen fällt ihnen schwer. Andere marschieren mit ihrem Gepäck über die Dorfstraße nach Norden, aber keiner blickt auf.

»Ich weiß vieles einfach nicht mehr«, sagt meine Mutter. »Einige hatten wirklich noch die Kittelschürze an.«

Fünfzehn Kilometer, mein Opa sieht sich nicht um, er darf es nicht, damit es kein Abschied wird, nur eine seltsame Reise, bei der die Reisenden zu Abwesenden werden, ohne klares Ziel. Seine Tochter schaut ständig nach hinten, über den Wiesen und Feldern der geschweifte Giebel des Posthauses, natürlich die Kirche, den Turm denkt sie sich. Langsam verschwimmt das Bild. Genau von dieser Stelle aus will sie den Ort ansehen, wenn sie zurückkommt, für einen Moment stehenbleiben, wenn das alles Vergangenheit ist. Sie schaut auf die glänzenden Pferderücken, dann hinauf zum Lindewieser Wald, der bald nur noch Las Lipowski heißen wird, den Wald kann niemand vertreiben, denkt sie, der bleibt hier, bis wir wiederkommen. Ihre Gedanken klingen schrill, dann wieder dumpf. Ob dies alles die Drehung der Erde verändert, überlegt sie sich, ob es Gesetzmäßigkeiten erschüttert? Wird schon wieder werden, hat ihr Vater gesagt und sogar ihre Mutter. Das will was heißen. Ihre Schwester hat kein Wort mehr gesagt.

Normalerweise wäre sie an einem solchen Tag in die Schule gegangen, mit dem Ranzen auf dem Rücken und der Brottasche um den Hals, wenn es das alles noch gäbe, die anderen Kinder, das Normale, die Ordnung. Den roten Schwamm auf ihrer Schiefertafel hat sie besonders lieb, traut sich kaum, mit ihm die Kreide zu wischen, später würde sie stolz mit ihrem ersten Federhalter das kleine »e« schreiben.

Immer wieder. Mit echter Tinte. Königsblau! Und nach den Schularbeiten hätte sie der glückliche Rest eines Sommertages erwartet. Frischer Mohnkuchen auf der Bank vor dem Haus. Stattdessen fahren sie auf einem Ackerwagen, das Klappern der Räder, den Rhythmus des Pferdegetrappels in den Ohren, und hinter jedem Hufeinschlag eine kleine Staubwolke, die sofort vergeht. Meine Mutter überlegt, wann sie zum letzten Mal ein ordentliches Kleid getragen hat und wie sich das anfühlte. Jedes Teil war sauber und gebügelt, was hätten sonst die Leute gesagt.

Auf einer Anhöhe kneift das Mädchen ihre Augen zusammen, in der Ferne will sie ihr Dorf noch einmal erkennen, vergeblich, im frühen Dunst ist es längst verschwunden. Und alle Lebensläufe bis zu dieser Stunde. Und überhaupt alles ist im Gegenlicht verschwunden. Wenn sie nachdenkt, füllt sich die Liste des Verlorenen, Eintrag für Eintrag. Und zwischen den Zeilen, alle schlechten Erfahrungen, ungutes Gedankenmaterial, das ihr für immer als Kulisse erhalten bleibt. Aber auch die Erkenntnis, dass die Familie in ihrem Leben das Wichtigste ist, Menschen, die bleiben, wenn alles verloren geht. Und ein paar glückliche Kinderjahre kann sie für sich verbuchen. Diese Erfahrung von Geborgenheit hilft ihr, das Unheil als vorübergehend einzustufen. Ich habe nichts Böses getan, denkt sie und betrachtet die weiße Binde mit dem N auf ihrem Oberarm, die Tante Anna aus einem Bettlaken genäht hat. Jetzt ist sie *Niemiec*.

168

»Es war strahlender Sonnenschein«, sagt meine Mutter, »aber ich dachte, wir fahren durch die Nacht.«

Mein Opa sitzt neben Herrn Janczyk auf dem Querbrett, das den Kutschbock ersetzt, ein friedliches Bild. Er muss daran denken, wie er gerade die Treppe im Haus heruntergestiegen ist, Schritt für Schritt eine Last, als wäre dies bereits der schwierigste Moment der Vertreibung. Und immer schaut er in Fahrtrichtung. Immer nach vorn schauen! Jetzt hält er nicht die Zügel in der Hand.

Bis nach Neisse dürfte es mindestens eine Stunde dauern, gut so, sie kennt die Fahrtzeit, zwar nicht mehr zu Hause, aber auch noch nicht weg. *Dich mein stilles Tal, grüß ich tausendmal,* murmelt sie vor sich hin und wundert sich selbst, dass sie eine Gedichtzeile denkt, die so gar nicht ihren Worten entspricht, ihr aber neu und treffend vorkommt. Man müsste die Zeit verlangsamen, so wäre man für einen Moment sicher. Dann stellt sie sich die Kirschen an ihrem Baum vor, spürt, wie Panik in ihr aufkommt, dass sie nicht miterleben kann, wie sie langsam rot werden, zuerst dort, wo die Sonne am längsten in die Äste scheint. Und diese Angst verdreht ihr die Sinne und schleudert sie umher. Eigentlich müsste der Himmel zornig aussehen und mitten am Tag müssten die Laternen angehen, ihre Lichtkegel wild über den Boden tanzen. Sie stellt sich vor, dass Wind entsteht, dass sich Bäume wegbiegen, ein Sturm, der ganze Dächer mit sich fortreißt, die Schuppen sowieso, und Äpfel vom Baum zerrt, sich der Himmel immer weiter verdunkelt, bis er schwarz aussieht

169

oder gleich zerspringt und abstürzt, alles zerschlägt und unter sich begräbt. Mit Mühe hat sie sich beherrscht, aber jetzt muss sie weinen, dreht ihren Kopf zur Seite, damit niemand es bemerkt, alle wirken so gefasst.

Anna nimmt sie in den Arm und drückt sie an sich. »Ach, mein Madla«, sagt sie.

»Das hat mir gut getan«, meine Mutter schaut mich an. »Ich brauchte Trost, aber so viel Trost gab es auf der ganzen Welt nicht, dass es gereicht hätte.«

Ernstfall, denkt das junge Mädchen auf dem Pferdewagen. Immer wieder dieses Wort. In den letzten Jahren hat sie viele Ernstfälle erleben müssen. Als die Front heranrückte, man den Gefechtslärm deutlicher hörte, Neisse von der Roten Armee sturmreif geschossen wurde. In diesen Tagen hatte sie die größte Angst und sich bei der ersten Flucht niemals vorstellen können, wie sie heil durch die russischen Linien kommen sollten. Und immer kamen diese Ernstfälle mit Vorahnungen oder Vorwissen, aber dennoch plötzlich. Irgendjemand musste die guten Überraschungen einfach aus der Welt herausgenommen haben, das Gute jedem einzelnen Menschen gewaltsam entzogen haben. Ihr Glück lebt nur noch als Glück im Unglück, dass sie auf einem Wagen sitzen dürfen, dass sie im Januar um die Todesfahrt in den eiskalten Waggons herumgekommen waren, die Milch vom polnischen Nachbarn, es hätte schlimmer kommen können, denkt sie wieder einmal, mit diesen Worten wird sie sich in dieser

Zeit noch oft beruhigen. Ob es eine Rettung gibt, weiß damals niemand, das Ende der Geschichte ist noch nicht geschrieben.

Tante Anna sieht verstört aus, sie summt eine Melodie, als die lange Straße durch Heidau an ihrem Elternhaus vorbeiführt. Bestimmt wieder ein Marienlied, vermutet meine Mutter. Tante Anna hatte ihr einmal erklärt, ein Lied sei dasselbe wie Beten und es sei ein guter Ersatz für Worte, die man nicht finden könne. Wenn man die Kirche von Heidau sieht, ist es nicht mehr weit nach Neisse, weiß das Mädchen, das den seltsamen Kirchturm immer für eine Burg aus dem Märchen gehalten hat.

»Hast du damals ein Kuscheltier mitgenommen?«, frage ich meine Mutter.

Ihr Gesicht verfärbt sich, sie schnappt nach Luft.

Augenblicklich bereue ich meine Frage.

»Nein, also«, sie starrt mich mit aufgerissenen Augen an, »höchstens ein Püppchen, rotes Kleid, weiße Punkte.«

Tränen laufen, die Tränen meiner Mutter, ein seltenes Bild auf dieser Reise. Sofort fasst sie sich, wischt ihre Wangen mit dem Ärmel trocken. Schon wieder so ein fremder Anblick. »Die muss ich verloren haben, ich weiß nicht.«

Sie wendet sich ab.

»Tut mir leid.«

»Schon gut!«

So oft in dieser Zeit wollte sie schreien, nicht ein einziges Mal hat sie es getan.

171

»Weißt du«, sagt sie, »mein Leben ist damals in zwei Teile zerbrochen.«

Und irgendwann erreichen sie die ersten Straßen von Neisse. Zwischen stummen Fassaden dringt das Abrollgeräusch der Wagenräder in die eigentümliche Stille. Überall Verzweifelte mit leeren Blicken, alle Deutschen unterwegs zum Sammelpunkt, ihre weißen Armbinden als Lichtpunkte auf dunklem Untergrund, die Schweigenden, die Zerlumpten, die Schleichenden, bepackt mit Bündeln, Rucksäcken und Koffern, manche ziehen einen Handwagen. Hier am Stadtrand stehen noch einige Häuser, im Zentrum dagegen ist nur eine Wüste geblieben. Zum ersten Mal sieht das junge Mädchen eine kriegszerstörte Stadt und erkennt sie nicht wieder. Eines dieser Gedankenbilder oder Realität? Es ist ein anderer Ort, selbst der Rathausturm ist nicht mehr da. Nur noch ein Friedhof, denkt sie, auf dem die Häuser die Toten sind. Oder gleich das Skelett einer Stadt, das übrig bleibt, wenn Fleisch und Blut verdampft sind, ein Schmelzprodukt, nicht mehr brennbar, als bestünde alles aus diesem einen Material. Die zusammengesackten Gebäude, die Schutthaufen, Treppenstufen, aufragende Schornsteinreste, alles was es noch wagt, sich zu erheben, ist nur noch Denkmal. Mahnmal.

Als sie auf der Straße stehen, nimmt mein Opa seine Tochter an die Hand und redet mit sich selbst. »Mein liebes Neisse!«

Es ist lange her und aus einer anderen Welt, als sie zuletzt in Neisse war, mit ihrem Vater auf dem Weg zum Großhandel, hinein in die Stadt, zwischen die hohen Gebäude. Aber jetzt gibt es nur noch Verluste, Verletzungen, alles ist beschädigt, die ganze Welt.

Vor der Feuerwehrschule laufen die Armbindenmenschen durcheinander, aus Kartoffelsäcken haben sie ihre Rucksäcke genäht, niemand dachte, dass man jemals so viele davon brauchen würde. Das Gebäude steht noch, es sieht aus wie ein Rathaus, nur ohne Turmspitzen und Dach, viele Fenster sind verbrettert, durch einige sieht man den Himmel. Jetzt ist das Gebäude eine Sammelstelle. Meine Mutter steht mit ihrer Familie in der Menge davor, sie achten auf ihre Bündel, alles darin ist wichtig. Es riecht nach Schweiß.

»Erstmal retten wir unser Leben und dann sehen wir weiter«, sagt mein Opa. Unter seinen Füßen spürt er die gebrochenen Sohlen.

Keiner der Wartenden darf unkontrolliert auf den Hof, eine Gruppe polnischer Männer hat sich vor dem Tor aufgestellt. Sie zerreißen Päckchen, öffnen staubige Koffer und rollen Bündel auf. Sie kennen die Geheimnisse, die sich in den festen Wicklungen verbergen, nicht tastbar unter unscheinbaren Stoffschichten. Ein Mann mit Schnauzbart sitzt an einem Tisch, mit ernstem Blick notiert er die Namen der Deutschen. Geld, Schmuck, auch Eheringe verschwinden in einer Kunstledertasche. Mit dunkler Stimme wiederholt er das Geschriebene, alle Namen klingen jetzt polnisch. Immer wieder zieht er regungslos Sparbücher aus der Tiefe der Bündel und wirft die Heftchen in die Holz-

173

kiste zu seinen Füßen, ein selbstverständlicher Sortier-
vorgang.

»Unsere Sparbücher haben sie auch erwischt, aber der Papa
hatte die Nummern auf Zettel geschrieben und in die Kleidung genäht. Nach dem Krieg konnten wir mit den Nummern etwas Reichsmark bekommen.«

Die Kontrollierten sammeln sich auf dem Hof und werden
dort in Listen aufgenommen. Name, Beruf, Wohnort, Konfession. Wer eine Nummer bekommt, wird Waggonältester
und darf seine Mitfahrer bestimmen, über fünfzig Personen
in jedem Waggon. Irgendwann hat es die Familie bis auf den
Hof geschafft.

Niemand achtet auf meine Mutter, ein kleines Mädchen
zieht an einem Seil ein Bündel an der Kontrolle vorbei, verbirgt es zwischen den Menschen auf dem Hof. Immer wieder taucht sie aus der Tiefe der Wartenden auf, verschwindet
auf der anderen Seite und unternimmt den nächsten Transport an den Männern vorbei. Ihr Vater hat ihr klare Anwei-
sungen gegeben, sie hält sich daran.

»Vielleicht tausend Leute liefen da rum, da hat das funktio-
niert«, sagt meine Mutter, »Kinder wurden jedenfalls kaum
kontrolliert, da waren die sogar freundlich. Ich hatte auch
noch Ringe in den Gürtel einer Kittelschürze eingeknotet,
den habe ich mir um den Bauch gebunden. Und zwei Mäntel habe ich drüber getragen. Also es waren nicht wirklich

Mäntel, das war alles weg. Die russischen Plünderungskommandos hatten alles mitgenommen, sogar die Wäsche von der Leine, war ja heiß im Mai fünfundvierzig. Aber Tante Mariechen hat aus Resten was zusammengenäht, der Anzug vom Urgroßvater, auch Waschlappen und eine alte Feuerwehruniform vom Boden zerlegt, alles mit der Hand, ihre Singer mit der eisernen Fußwippe war schon lange eingeschmolzen. Jeder Mantel hatte mindestens fünf Farben, wir sahen aus wie die Landsknechte, Hauptsache, es wärmte.«

»Was du dich getraut hast«, bewundere ich meine Mutter.

»Ach, ich hatte doch keine Wahl.«

Ein spielendes Kind, Bündel für Bündel gelangt unbesehen in den Hof. Darin Bettzeug, Zwieback und Schmalz, Mehltüten, Töpfe und Besteck, Reichsmarkscheine, eine Uhr in einem Wollknäuel, der Meisterbrief meines Opas und ein Hausschlüssel, obwohl es verboten ist, alles fest gewickelt, eines der Bündel mit großem Gewicht.

»Und was war in dem schweren Paket?«, frage ich meine Mutter.

»Die Mohnmühle, das ist Gusseisen.«

»Die habt ihr mitgeschleppt?«

»Das verstehst du nicht, Schlesier brauchen ihren Mohn.«

»Typisch!«

»Na ja, die ganzen Sachen, Mohkucha, Mohkließla, schmecken nur mit frisch gemahlenem Mohn. Nicht wie

175

im Westen, wo sie den einfach in den Kuchen schmeißen und alles in den Zähnen klemmt, aber diesen erdigen Geschmack hast du nicht.«

Mein Bruder zeigt auf ein Tankstellenschild. »Wir müssen irgendwann mal tanken.«

»Reicht doch noch bis Breslau«, sage ich.

»Glaubst du, in Schlesien fahren die Autos von allein?«, sagt er und biegt in die Tankstelle ab.

»Nimm mein Portemonnaie, Stefan«, sagt meine Mutter und reicht es ihm nach vorn.

Mein Bruder fährt an eine Tanksäule und steigt aus.

»Und mach voll!«, ruft ihm meine Mutter hinterher. Etwas Farbe ist aus ihrem Gesicht gewichen, bilde ich mir ein, ausgeblichen, marzipanisiert.

Während mein Bruder zapft, öffne ich das Ausstellfenster und schiebe meine Nase vor die Öffnung. Tankstellenekstase. Der herrliche Geruch von frischem Benzin, wie Eukalyptus. Kein Diesel, kein primitives Öl. Und unter der kleinen Glaskuppel der Strom der Flüssigkeit mit einem Propeller als Beweis für blasenfreies Zapfen, was niemand wirklich interessiert oder versteht, eher ein lustiges Spielzeug, ein Messgerät für Taucher.

Meine Mutter presst ihre Lippen zusammen, als unser Auto wieder anrollt. Das Tanken hat sie unterbrochen, es ist ihr egal, ihre Bilder sind noch da. Oder Irrlichter. Einmal alles im Zusammenhang, dann ist es gut.

»Das war so chaotisch an der Kontrollstelle, ich bin da herumgeirrt. Aber alles konnte ich auch nicht durchschummeln, einige Bündel haben sie aufgerissen und uns Reichsmarkscheine abgenommen und Speckstreifen. Und von Leo ist ein Foto aufgetaucht in Uniform, ich hatte das eingepackt, muss doch wenigstens ein Bild bleiben. Zum Glück hats der Papa noch erwischt und verschwinden lassen.«

Dann steht die Familie auf dem Hof hinter der Feuerwehrschule. Mein Opa zerreißt das Foto, scharrt mit der Fußspitze ein Loch und vergräbt es darin.

»Hast du das Bild vom Leo eingepackt?«, fragt er seine Tochter und stampft den staubigen Boden mit dem Hacken fest. Dann geht er entschlossen auf einen Polen zu und wühlt in seiner Hosentasche. »Ring!«, sagt mein Opa und zieht einen Ehering hervor, dann sagt er, »Liste!« und »bitte, proszę!«

Kein echter Ring, ein russischer Kriegsgefangener hat ihn aus einem Reichsmark-Groschen zurechtgehämmert und gegen Zigaretten bei ihm eingetauscht. Ihre Eheringe haben meine Großeltern hinter ihrem Haus an der Pumpe vergraben. Dort liegen sie noch heute. Der Mann versteht, er greift den Ring, lässt ihn in seiner Tasche verschwinden.

»Du, Lista!«, sagt er ernst, obwohl er auch ohne Gegenleistung alles an sich nehmen könnte.

Von einem Tisch holt er ein Stück Pappe mit einer Nummer und ein Blatt mit Linien, dazu einen Bleistift. Plötzlich ein scharfes polnisches Wort, seine Hände machen eine Bewegung, die meinem Opa zeigt, er solle mit der Liste verschwinden. Mein Opa nickt höflich, doch meine Mutter hält den Uniformierten am Ärmel fest.

»Wohin Züge fahren? Wohin?«, fragt sie ihn.

Der Pole beugt sich zu ihr herunter. Ein Windstoß. Die Haare des Mädchens wehen ihm ins Gesicht. Er grinst. »Große Reise, Perschla!« Er lacht.

Das Mädchen tritt einen Schritt zurück. Woher kennt er den schlesischen Ausdruck, der so viel wie Lausejunge bedeutet? Dann holt er tief Luft und brummelt einige Worte, seine dunklen Augenhöhlen fallen ihr auf, seine grobe Gesichtshaut.

»Warszawa, Moskwa, Sibirrr«, versteht sie. Und noch einmal mit rauer Kehle, »Sibirrr!«

Sie spürt, wie ihr Herz immer heftiger an die Rippen stößt. Ihre Lippen haben keine Farbe mehr.

»Komm!«, sagt mein Opa, »war nur ein Scherz«. Er zieht seine Tochter beiseite und entschuldigt sich, gleich dreimal, so dass es ihm selbst unterwürfig vorkommt, er sagt es auf Polnisch, und weil er das wichtige Wort schon oft gebraucht hat, gelingt ihm dieser Zungenbrecher ohne Fehler. »Przepraszam, przepraszam, przepraszam!«, was der Pole mit einem Lächeln quittiert, vielleicht ist es auch kein Lächeln, aber mindestens eine Aufhellung seines undurchsichtigen Blicks.

»Ich will wissen, wohin wir kommen!«

»Das weißt du doch«, mein Opa gibt sich Mühe, beruhigend zu klingen, »wir kommen in den Westen, hat der Bürgermeister gesagt«, aber in seinen Augen liest sie etwas anderes.

Er drückt seine Tochter an sich. »Ach, Madla.«

Sie fragt sich, ob sie ihm glauben soll oder ob ihr eine Lüge ohnehin besser gefällt als die Wahrheit.

Mit der Nummer stellt sich ihr Vater am Rand der Menge auf, hält das Stück Pappe weit nach oben. Die Frau mit den zerzausten Haaren und ihre drei Kinder, der alte Mann aus seinem Dorf, viele alte Frauen drängen heran. Schnell ist die Liste geschrieben, mindestens zehn Namen sind erfunden, damit es im Waggon nicht zu eng wird. Den Rest des Tages warten sie hinter der Feuerwehrschule. Der Abtransport ist für den nächsten Vormittag geplant, zwei rot gestrichene Holzkisten werden zum begehrten Sitzplatz. Meine Mutter lässt ein Stück Brotkruste langsam im Mund zergehen, betrachtet dabei ihre Familie, ihr Vater wischt den Staub von seinen Schuhen, sie hat Angst, alle zu verlieren.

»Nachts mussten viele im Keller schlafen. Wir hatten Glück, sind oben in den Saal gekommen. Da lagen die Leute dicht an dicht, wir haben uns einfach auf unsere Bündel gesetzt. Die Mama hat sich so in die Ecke gekrümmt, dass ich dachte, sie wäre tot. Und der Papa hat gesagt, hier liegen nun die Kinder und Mütter, die Lieblinge des Führers. Ein Mann hat laut gesungen, *Nun ade, du mein lieb Heimatland.* Halt die Schnauze, hat jemand gerufen, ist doch alles schlimm genug. Obwohl ich gar nicht weit weg war, bin ich mir schon fremd vorgekommen, mir war nicht klar, dass das jetzt Polen sein soll. Als ich da lag und nicht schlafen konnte, hat mich nicht mal die Brotkruste beruhigt. Alle sahen aus, als ob sie

179

schlafen, hat keiner gute Nacht gesagt. Und ich war der einzige Mensch auf der Welt, manchmal war ich froh, dass draußen ein Hund bellte. Das geht doch nicht, habe ich gedacht, das darf man doch nicht zulassen. Da habe ich gebetet, aber es ist keiner gekommen, nicht die Mutter Gottes und auch sonst niemand.«

Alle anderen sind so weit entfernt, stellt sie fest, auf dieser Welt ist jeder allein. Ab jetzt will ich nur noch traurige Lieder singen, nimmt sie sich vor.

»Zu allem Überfluss fing es nach Mitternacht noch an zu blitzen, ein richtiges Sommergewitter. Wegen der Hitze hat es natürlich kräftig geschüttet und gerumst, wie Artillerie. Das Wasser lief vom Dach bis zu uns runter und durch die kaputten Fenster ist der Regen in den Raum geschlagen.«

Sie zählt nicht die Sekunden zwischen Blitz und Donner, um die Entfernung des Gewitterzentrums zu bestimmen, obwohl sie es kann und die Rechnung bei jedem Gewitter angewendet hat. In dieser Welt muss sie es nicht, weil nichts gilt, was hier passiert. Und soll das Gewitter doch alles wegfegen, wie der Heiland, der vom Himmel kommt, um die Ordnung wiederherzustellen. Und soll dieser wuchtige Regen doch herabstürzen und alles wegspülen, wie flüssiger Zorn, die Flüsse damit auffüllen, bis ins Meer hinein, damit endlich ihre Welt wieder gut wird und gerecht. Sie zuckt zusammen, wenn im grellen Licht der Blitze die Gesichter auftauchen, alle auf einmal, als drücke jemand alle Tasten einer Orgel zugleich, auch das Fußpedal, diese unerträglichen Gesichter, die sofort wieder im dumpfen Nichts verschwinden. Diese unseligen Gesichter. Mühsam versucht sie sich wegzudenken, sieht ihr Zimmer, denkt sich ans Fenster, gegen das Glas, vor das Haus, ins Freie, die hohen Berge, ihr Foto in einem Goldrahmen, das Lächeln darauf gab es wirklich.

Am Ende muss die Familie doch in den Keller, dort ist es nur feucht, aber nicht nass. Wir sind ganz unten, denkt meine Mutter und hat Angst vor der Enge, aber ist gleichzeitig froh, sich in diesem Verlies verstecken zu können. Im Dunkel zwischen Beinen, Armen, Gepäckbündeln ertasten sie sich ihren Weg, Eindringlinge, nur nicht anstoßen oder auf die Liegenden, auf die Atmenden treten. Sie finden einen Schlafplatz an der Wand, hören ärgerliche Worte aus rauen Kehlen. Die Stimme eines Kindes, immer wieder, aber keine Antwort. Ihr Platz ist noch frei, weil es dort nach Urin riecht. Nicht einmal das Flackern einer Kerze tröstet sie, immer kühler die Ziegel unter ihr, immer schwärzer wird es, schwarzer Nebel, immer unmöglicher, Ruhe zu finden. Sie horcht auf ihren Herzschlag, erheblich zu schnell, stellt sie fest.

»Damals habe ich gelernt, wie dunkel eine Nacht sein kann.«

Sie bewegt sich nicht, nur kein Geräusch, selbst ihre Gedanken werden unbeweglich, lösen sich auf. In einem trüben Gewässer unter der Oberfläche liegen. Untergegangen.

»Wir müssen versuchen zu schlafen, hat der Papa geflüstert, wir brauchen unsere Kraft, aber ich habe sowieso kein Auge zugetan. Ich soll beten, hat mir die Anna gesagt, Kindergebete gehen auch durch Wolken. Als das Gewitter abgezogen war, wurde es langsam hell. Morgens haben wir dann erfahren, dass wir noch einen Tag warten müssen. Und es kamen noch mehr Leute, es wurde immer enger. Unsere Toilette war eine Hofecke, viel Scham konnten wir uns nicht leisten, jedenfalls sind wir abends rechtzeitig in den Keller, damit wir einen Platz kriegen. Wir haben uns wieder da hingehockt, und irgendwo hat immer mal wieder jemand geweint. Manche hatten richtige Anfälle, dann war es plötzlich wieder still.«

Sie ist froh, dass die meisten ihre Verzweiflung nicht in Worten oder Stöhnen oder anderen Geräuschen ausdrücken, dass die meisten einfach ruhig sind. Ein ganzer Keller voller Geräuschemacher hätte für sie auch keinen Sinn ergeben.

Am Morgen des dritten Tages werden polnische Worte in das Gebäude gerufen. Hektisch greifen alle ihr Gepäck und verlassen den Keller. Im Hof drängeln sich die Menschen immer dichter. Das Tageslicht blendet. Meine Mutter wischt sich die Reste eines Spinnennetzes vom Ärmel.

»Hast du Angst?«, fragt sie ihren Vater.

»Jeder hat vor irgendetwas Angst«, sagt er.

Die Insassen der einzelnen Waggons stellen sich gemeinsam auf, dennoch entsteht ein einziges Durcheinander. Ängstliche Gesichter, Befehle, die keiner versteht, langes

Warten, es gibt keine sicheren Informationen. Meiner Mutter fallen die vielen alten Frauen auf, die ihr Kopftuch so fest unter das Kinn geknotet haben, als solle der Knoten den ganzen Körper halten. Und krumm sind sie auch.

Wieder ist es ein heißer Tag, die zerlumpte Menschenmasse setzt sich in Bewegung, wütende Aufforderungen mit dem Gewehr beschleunigen die zähe Menge. Überall sieht meine Mutter das Glitzern der Tränen und heftet ihren Blick so fest auf den Boden, als gäbe es keinen Himmel mehr. Sie muss vorsichtig sein, gestattet sich keinen Gedanken, der nichts mit diesem Moment zu tun hat. Alle müssen in gleichmäßigem Tempo gehen, eine Reihe bilden, nur nicht stürzen und nicht zu breit werden. Ein Mann verliert seine Brille, hilflos bückt er sich und wird getreten. Eine Frau greift nach seinen Armen, aber die Männer werfen sie zu Boden, kopfüber, Blut läuft über ihr Gesicht.

Alten Leuten und Kindern fällt der Fußmarsch besonders schwer. Trotz der Hitze tragen die meisten ihre gesamte Kleidung am Körper, Schmutz und Schweiß zeichnen Masken in die Gesichter. Die Frauen haben ihre Kniestrümpfe zu einem dicken Wulst bis an die Schuhe heruntergerollt, die vielen Schichten ihrer übereinander gezogenen Röcke, wuchtige Stoffglocken, unter denen die blassen Waden wie Klöppel aussehen.

»Wir waren wandelnde Garderobenständer. Nicht gerade gut für den Kreislauf! Alle sahen aus, als ob sie beim ersten Stolpern nicht mehr auf die Beine kommen.«

Sie gehen auf Straßen, die keine Straßen mehr sind. Trampelpfade zwischen Bergen von Schutt, Bruchstücke, Überbleibsel. Verdunstetes Leben. Früher wäre dies ein Gang um die Festungsanlagen gewesen, Tore, Brücken, dann auf einer Wendeltreppe die Wehrmauer besteigen, das Eichendorff-Haus, der Blick vom Eiskellerberg zur Stadt, vertraute Silhouetten, ein Schwanenteich, wenigstens die Berge im Hintergrund sind geblieben. Und dieser warme Wind im Gesicht.

Von Weitem sehen sie den Zug für den Abtransport der Deutschen. Er steht an einer Rampe auf dem Güterbahnhof, die Türen bereits aufgeschoben, rotbraune Planken, die Eisenteile schwarz lackiert. Buchstaben und Zahlen sind mit Kreide auf die Wagen geschrieben. Vielleicht sind es sogar dieselben Waggons, in denen Polen zusammengepfercht auf denselben Bodenbrettern lagen und aus ihrer östlichen Heimat abtransportiert wurden, an einem Ort ankommen mussten, der ihnen für immer fremd blieb.

Das Unfassbare schüttet alles zu, was bisher war, doch es bleibt meiner Mutter bis zum letzten Moment unwirklich, noch immer lebt ein allerletzter Rest dieser nicht begründbaren Vermutung, alles könne sich doch noch als Irrtum, Täuschung oder bestenfalls als ein Traum erweisen, aus dem sie in den Morgenstunden plötzlich erwacht und erleichtert den Schrecken ablegen kann. Eine Frau neben ihr sagt, es ist zu viel.

Das Einsteigen kommt nur schleppend voran, die unfreiwilligen Passagiere ziehen sich gegenseitig auf die Ladeflächen, verschwitzte Hände greifen in weiche Kleidung, die nachgibt und reißt, manche schaben sich die Hände blutig. Vertreibung!

»Wenn es nicht schnell genug ging, haben sie die Leute mit dem Gewehrkolben in die offenen Türen gescheucht.«

Einige der Aufpasser gehen prüfend durch die Menschen an den Waggons, einer bleibt plötzlich vor meiner Mutter stehen. Mit steinerner Miene schaut er sie an, dann mustert er ihren Vater. Das Mädchen sieht das Metall des Gewehres direkt vor ihrem Gesicht. Eine Ewigkeit vergeht. Mein Opa senkt seinen Blick, der Bewaffnete murmelt etwas, spuckt aus und geht weiter, streift den Arm meines Opas mit dem Gewehr. Ein Uniformierter reitet am Zug entlang und brüllt in den Geruch seines schwitzenden Pferdes. In diesem Moment verachtet meine Mutter die Menschen, die ihnen das alles antun, eigentlich die Menschen an sich, und der Hass drängt in ihre Angst hinein. Aber dieses Gefühl wird nicht anhalten und schon bald wieder ihrem wohlwollenden Interesse weichen.

»Ein paar Männer haben sie aussortiert, dann standen wir schon im Waggon, der war nicht mal mit Stroh ausgelegt. Wir haben zugesehen, dass wir in einen der vorderen Wagen kommen, damit sie uns nicht abhängen. Die Waggonnummern stimmten sowieso nicht. Bei mir war die Angst, dass sie den Transport bombardieren. Nein, hat der Papa gesagt, es ist jetzt Frieden, aber wie Frieden kam mir das nicht vor. Meine Schwester hat ihre Lippen aufeinandergepresst, das Gesicht völlig erstarrt. Es war besonders hart für sie, weil sie schon so lange auf große Dame gemacht hatte. In Neisse hat sie mit fünf Mark Trinkgeld die Kellner tanzen lassen. Jedenfalls haben wir noch ewig dagestanden, es war unerträglich heiß und stickig, immerhin war das besser als Frost. Trotzdem hat sich der Papa gegen die Türen gestemmt und sie zugeschoben. Wir wussten, dass die Wagen unterwegs manchmal überfallen werden, und vor der Abfahrt wurde nochmal geplündert. Bei uns war zum Glück ein Mann drin, der Polnisch konnte. Der hat laut nach draußen geflucht, da sind sie vorbeigegangen. Das meine ich, so was war für uns Glück. Später fiel von außen plötzlich ein Riegel zu, wir sind verloren, habe ich gedacht. Bei mir hat sich alles gedreht. Dann gab es einen Ruck und der Zug ist langsam angefahren, viel schneller wurde der dann auch nicht. Durch die Planken haben wir immer gesehen, wo die Sonne steht, damit wir wissen, wo Westen ist. Sie haben ja wirklich welche nach Sibirien gebracht. Oder in den Ural.«

Ganz genau sehe ich mir das Gesicht meiner Mutter an.

»Wie habt ihr das alles ausgehalten?«

»Ach, das Herz ist uns gebrochen, aber totgegangen sind wir nicht. Wir hatten unsere Familie. Und der Papa wusste immer, was zu tun war. Vielleicht wird alles gut, habe ich manchmal gedacht, auch wenn es wirklich nicht so aussah.«

Auch im Waggon scheut das junge Mädchen jede nähere Betrachtung, das Flüchtige wirkt weniger bedrohlich. Dennoch registriert sie jedes einzelne Geräusch, jedes hat seine Bedeutung, jedes könnte eine Warnung sein. Ihr Vater gibt ihr einen Kuss auf die Wange, sie reagiert kaum, aber verzeichnet ihn mit allem was kommt, sicherheitshalber als neutral.

»Schlimm!«, sagt mein Bruder.

»Andere haben viel Schlimmeres erlebt«, sagt meine Mutter. »Woanders haben sie Scheinerschießungen gemacht.«

»Wie lange dauerte denn nun die Fahrt?«, frage ich sie.

»Na ja, in dem Waggon, das war eine zeitlose Zeit. Vier, fünf Tage? Erst haben wir noch geredet oder geweint, dann wurden wir stumm. Wir haben uns einfach hingesetzt und versucht, den Kopf irgendwo anzulehnen. An alles kann ich mich nicht mehr erinnern, will ich auch nicht, aber einige Sachen sind mir geblieben. Altes Zeug, kann man sich nicht gegen wehren.«

Im Waggon gibt es keine Toilette, es wird beraten, wie während der Fahrt die Notdurft verrichtet werden soll. Ein Töpfchen wird zur Lösung, die Mutter mit den drei kleinen Kindern durfte es behalten. Man stellt es in der Waggonecke auf, ein hochgehaltener Mantel dient als Sichtschutz, die Entsorgung soll durch eine Lücke zwischen Wand und Fußboden erfolgen.

»Die Anna hat ein Heiligenbild ausgepackt und ein Lied gesummt, *Meerstern ich dich grüße*, ich habe das kaum gehört, es war ja laut in dem Zug und doch haben einige mitgesungen, erst leise, dann immer kräftiger. Irgendwann hat der ganze Wagen gesungen, wir waren der Gefangenenchor, *Meerstern ich dich grüße, oh Maria hilf!* Die Anna und ihre Marienlieder!«, meine Mutter lächelt. »Erst hat es traurig geklungen, aber langsam wurde es zum Freudenlied, *Gottesmutter, süße*, das kam direkt aus der Seele, mitten in das Gerumpel der Schienen. Als ob uns vom Himmel jemand tröstet. Ich glaube, in den anderen Waggons haben sie auch mitgesungen. Das war seltsam, nach einer Weile habe ich eine ganz tiefe Ruhe gespürt, wie eine bessere Welt, so eine Ahnung, dass ich da wieder rauskomme. Aber in Wirklichkeit habe ich das längst als Illusion gesehen.«

»Glaub mir«, sagt Tante Anna, »bald ist das hier vorbei.« Das Mädchen versucht zu lächeln und beschließt, dass sie in einer Geschichte lebt. Diese Geschichte hat begonnen, als sie ihr Haus verließ oder lange davor. Es gibt nun mal unangenehme Geschichten, aber sie haben, wie alle Geschichten, ein Ende. Obwohl meine Mutter mit ungewissem Ziel im Dunkel eines Zugwaggons sitzt, gehört für einen Moment das Gute wieder zu den Möglichkeiten. Hoffnung und Zweifel in denselben Worten. Ich komme zurück, ich komme zurück! Dann das Geräusch von plötzlich einsetzendem Regen. Alles hat seinen Sinn. Oder doch keinen Sinn?

Sie setzt sich an die Rückwand des Waggons, weil der

Fahrtwind vorn zu kräftig durch die Planken strömt, als würde er angesaugt und aus unerfindlichen Gründen beim Einströmen seine Geschwindigkeit erhöhen. Jedes einzelne Gelenk in ihrem Körper schmerzt. Sie hofft, dass ihre Einbildungskraft irgendeinen rettenden Gedanken am Leben hält. Sie ist alt. Nur ein paar Tage mit den Nächten und die Welt da draußen ereignet sich nicht mehr, sie fühlt sich abgesondert, alle Menschen in diesem Zug sind abgesondert, haben alles zurückgelassen, überhaupt alles, alles, alles. Zu Hause hat sie Margeriten gepflückt und in der Küche auf die Fensterbank gestellt, damit das ganze Dorf sie sehen kann. Das ist eine andere Welt. Manchmal hört sie ein stilles Schluchzen aus einer Ecke, der Gestank nimmt zu, sie schaut nach unten, wenn der Mantel vor dem Töpfchen hoch gehalten wird, kann das alles nicht mit ansehen. Dennoch hebt sie sich das Schließen der Augen für den Schlaf auf, jetzt muss sie aufpassen. Aus den anderen Wagen dringen Schreie und Rufe zu ihr, aber sie sitzt ganz ruhig und kaut ein altes Stück Brot. In dieser Nacht schläft sie gegen ihren Willen ein.

»Wir haben schon lange altes Brot gegessen, deswegen war es später so ein Genuss, wenn frisches Heidebrot angeschnitten wurde, das vielleicht noch warm war, so richtig mit dem Brotmesser vor der Brust. Das konnte ich fast nicht ertragen!«

Ein metallisches Quietschen weckt das Mädchen auf, der Zug bleibt stehen. Sie versucht, ihre Hände zu schließen,

189

es gelingt. Sie öffnet sie wieder, auch das gelingt. Also lebt sie noch. Ein vorsichtiges Aufrichten, der Widerstand ihrer schmerzenden Beine und Kniegelenke muss überwunden werden, sie setzt einen Fuß auf, dann den anderen. Niemand weiß, was passiert, alle haben Angst. Hat sie etwas Böses getan? Irgendwann? Aber nichts fällt ihr ein, was diese schwere Bestrafung rechtfertigen könnte. In den Waggons bleibt es still, auch von draußen ist nichts zu hören. Noch mehr Stille. Nach einer Ewigkeit rollt der Zug wieder an, ein schweres Tier, das aufwacht und seinen Weg behäbig fortsetzt, die Insassen werden durchgeschüttelt. Noch mehr Dunkelheit.

»Wir hatten da stundenlang in der Hitze gestanden, ich wollte was trinken, aber wer nichts mehr hatte, der hatte eben nichts.«

Irgendwann hält der Zug noch einmal. Es ist Tag.

»Der Hunger hat uns dann doch aus den Wagen getrieben, irgendwo auf freier Strecke an einem Wald. Das war das einzige Mal, dass wir rauskonnten. Wir haben niemanden gesehen, sind erstmal hinter die Büsche, dann haben wir Äste gesammelt, Feuer angezündet und Wasser aus den Pfützen geschöpft. Das haben wir heiß gemacht und unser Mehl reingerührt. Es gab warme Mehlsuppe, die hat über die nächsten Stunden geholfen, und ein Trost war das auch.«

Ich wage einen Seitenblick, meine Mutter bewegt ihren Körper auf dem Autositz hin und her, wie ein eingesperrter

190

Vogel auf der Stange. Ich sehe ihr an, sie hat den Geschmack der Suppe wieder im Mund. Dann beginne ich auch noch, die Orte entlang der Straße traurig zu finden, die ganze Landschaft, eine traurige Landschaft. Niedriger Zuckerspiegel? Der Mann mit dem schwarzen Hund, der an der Straße wartet, ein trauriger Mann, trauriger Hund.

»Sind auch Leute zu weit gelaufen, weil sie Essen gesucht haben, und plötzlich ist der Zug weg. Die sind nie wieder aufgetaucht.«

Der Zug bleibt die ganze Nacht stehen. Stille und Dunkelheit schließen ihn ein, bis im ersten Tageslicht seine Konturen allmählich aus dem Dunst auftauchen, die Felder dagegen verbergen sich noch lange unter ihrer blassen Decke. Als es wieder hell ist, setzt der Zug seine Fahrt fort. Das Mädchen ist jetzt wach, sie spürt Hunger, glaubt, dass sich ihr Körper ausgezehrt anfühlt, dürr und schlaff, so als habe ihr die Zeit im Waggon bereits etwas angetan, als habe sich das erlebte Unheil mit dem vermuteten Unheil zusammengetan und sie gemeinsam angegriffen. Dann wieder empfindet sie gar nichts mehr. Überhaupt nichts. Wieder das metallische Quietschen, endlich rollt der Zug an. Ihr Vater läuft an den Planken des Waggons hin und her, späht ins Licht, die aufgezwungene Untätigkeit lässt ihn verzweifeln. Er versucht herauszubekommen, wo sich der Zug befindet, aber die hölzernen Telefonmasten an der Strecke sehen überall gleich aus. Es ist keine Reise! Vertreibung! Seit dem überstürzten Abschied geht ihm das Wort nicht mehr

191

aus dem Kopf. Eine Reise setzt das Einverständnis der Reisenden voraus.

»Der Durchfall wurde auch noch zum Problem. Nicht wegen des Gestanks. Wir wussten nur nicht, ob es die Ruhr ist und ansteckend oder ob jemand einfach in der Not Gras gegessen hatte. Vor lauter Hunger hatten sich viele auch die Baumrinde abgeschält. In anderen Waggons sind auch Leute gestorben, wurden an die Böschung gelegt, wenn der Zug hielt. Bei der Hitze ging es mit den Würmern schnell, hatte jeder Angst vor Seuchen. Krähen und Füchse haben den Rest erledigt.«

Immer wieder bleibt der Zug stehen. Nachts sehen sie nach, ob die Sterne leuchten, wenn es Tag ist, beneiden sie die Wolken.

»Gerade als ich dachte, wir kommen überhaupt nirgends an,« sagt meine Mutter, »hat sich auf einmal das Rumpeln im Zug ganz anders angehört, viel heller. Über eine richtig lange Brücke sind wir gefahren. Mein Herr und Gott! hat der Papa plötzlich geschrien, und der ganze Wagen hat sich an die Ritzen gedrängelt. Ich bin total erschrocken, aber nur im ersten Moment, alle haben gejubelt, und meine Schwester hat richtig gequieckt, weil wir über die Neisse gefahren sind, also die Grenzlinie, das muss man sich mal vorstellen, in unserer Lage noch jubeln, aber damit waren wir weg aus dem Osten und bei den Westaliierten drin. Unsere weißen Binden haben wir sofort von den Armen gerissen und durch die Planken rausgeworfen. Die meisten sind runter in den Fluss gefallen und weggeschwommen. In allen Waggons haben sie das gemacht. Wir konnten die Tür einen Spalt aufschieben, dieses dunkle Wasser und der weiße Stoff, wie Rosenblätter oder eine Flotte von Schwänen sah das aus. Ich weiß, was Freiheit bedeutet, wir haben uns in die Arme genommen, geweint oder gelacht. Und der Papa hat sein schlesisches Gedicht aufgesagt. Das war eigentlich Quatsch, wir hatten Schlesien ja gerade verlassen. Nachher habe ich mich hingelegt, ganz unten in den Planken konnte ich zur Seite rausgucken. Meistens nichts als Wald, aber einmal habe ich eine Frau mit Kindern beobachtet, die hat hinter ihrem Haus einen Teppich auf die Klopfstange gewuchtet. Unglaublich!«

Sie drückt ihren Körper auf das grobe Holz und sammelt Bilder von einer Welt, die nur außerhalb des Waggons stattfindet, manchmal kommen sie ihr ganz nahe vor, manchmal unerreichbar. Unklare Konturen. Ihr wird bewusst, dass nichts wirklich in ihr dunkles Gehäuse dringt, als wäre dies eine feste Regel, an die sich selbst das Sonnenlicht hält und alles andere Gute.

»Das alles hast du auch noch nie erzählt!«, sage ich.
    »Hatte ich vergessen.«

Mehrfach durchfährt der Zug einen Bahnhof, sie erkennt eine Bahnhofsuhr. Ihr Blick huscht über die Zeiger, die

Zeitanzeige tut ihr gut. Oder sie sieht Vorgartenzäune in ganz normalen Straßen, dann wieder die offene Landschaft. Nachts lassen sich weit entfernte Lichter ausmachen, sie flimmern, eine nächtliche Stadt. Doch in welchem Land? Nichts dagegen, sich die Welt anzuschauen, aber nicht so. Eins ist klar, ihre Heimat ist durch nichts zu ersetzen. Wenn meine Mutter glaubt, zu Hause wäre jetzt der Moment zum Schlafengehen, kämmt sie sich die Haare, sucht selbst in diesem Chaos nach vertrauten Handlungsweisen. In dieser Zeit müssen ihre Finger den Kamm ersetzen, der geringste Halt ist überlebenswichtig.

Die Zeit in der Enge drängt sich auf, wird zäh, nicht bestimmbar, existiert nur noch als Wartezeit, für viele Stunden verhindert die Angst vor der Zukunft den Schlaf, sie legt sich über die gewohnten Begrenzungen. Immerhin merkt man, wann es dunkel wird, in den Waggon dringt dann noch weniger Licht, bis nichts mehr zu sehen ist. Das Rumpeln der Räder auf den Schienen dagegen bleibt immer gleich und das Knarren der Achsen. Das Mädchen sitzt zusammengesunken. Wie ein Sack Kartoffeln, denkt sie sich. Irgendwann fällt sie in einen tiefen Schlaf, wacht aber schon nach kurzer Zeit wieder auf. Die Welt ist ein einziges Dunkel, alles dunkel, auch zwischen den Planken. Sie versucht, die Dunkelheit abzuwehren, rollt sich zusammen und beginnt zu schluchzen. Als ihr Vater es merkt, nimmt er sie in den Arm. Damit er nicht reden muss, beginnt er, sie zu streicheln. Sie kann ihn nicht sehen, doch an dem sanften Druck spürt sie, dass er es ist. Seine Hände zittern nur ganz leicht.

194

Am nächsten Morgen blinzelt meine Mutter durch ihren Ritz am Waggonboden und sieht dichten Frühnebel über den Feldern, sogar ein paar Mohnblumen, aber es ist nicht die Zeit zum Glücklichsein. Sie denkt daran, wie sie in ihrem Bett geschlafen hätte, und an die frischen Brötchen direkt aus der Backstube, doch längst weiß sie, dass jeder schöne Gedanke am Ende in Traurigkeit umschlägt.

»Ich fand es furchtbar, dass wir nicht wussten, wohin es geht. Kein Ziel! Aber ich habe immer weniger nachgedacht.«

Der Zug fährt in einen Ort ein, wird immer langsamer, bleibt schließlich an einem Bahnhof stehen. Längst haben britische Soldaten den Transport übernommen, was die Menschen im Zug nicht bemerken. Aufmerksam hören sie die Bahnhofsdurchsage. Die Frauenstimme klingt schnarrend, aber freundlich: »Mariental. Mariental. Sie befinden sich in der Britischen Besatzungszone!« Ein dumpfer Anstoß, Waggons werden verkoppelt, »Bitte in den Wagen bleiben!«, sagt die Bahnhofsstimme, einige Türen werden von den Insassen vorsichtig aufgeschoben, grelles Licht fällt in die dunklen Menschenbehälter. In diesem Moment ist es hell, denkt meine Mutter, aber bald ist wieder Nacht. Bis ins Emsland soll der Transport gehen, doch für einige endet die Zugfahrt schon hier. Sie werden zu einer Kaserne in Mariental gefahren, sagt ein Mann mit einer Liste, oder in ein anderes Lager.

»Die müssen uns vor der Abfahrt genau registriert haben, Namen, Berufe, stand alles auf den Listen. Aus unserem Waggon mussten außer uns noch zwei Familien raus. Wir hatten alle Angst, was kommt, auf jeden Fall wieder ein Abschied.«

Es muss Mittag sein, die Sonne steht hoch, als die vorbestimmten Personen aus den dunklen Wagen auf den Bahnsteig klettern, ihre Augen vor dem Licht schützen, mit Händen und Armen, jeden Rundumblick vermeidend, dürre Menschen, keiner von ihnen geht gerade, viele humpeln oder schleppen sich zum Sammelpunkt bei den Baracken am Bahnhofsgelände. Darunter meine Mutter, am liebsten wäre sie weggelaufen, ihre Schwester, ihre Eltern, Tante Anna. An diesem Tag nur *4 Personen weiblich. 1 Person männlich,* auf einer Liste, *Mariental, den 17. Juni 1946.* Auch die Mutter mit den drei Kindern muss den Zug verlassen. *Eingetroffen um 12 Uhr,* tippt jemand auf das Deckblatt eines Formulars.

»Ihren Mann haben die Russen nach der Besetzung verschleppt, weil er ein Nazi war, hat sie uns erzählt. Wenn sie ihn nicht erschlagen haben, wird er in den Kohlengruben umgekommen sein. In Mariental wurden wir endlich verpflegt, vor Erschöpfung habe ich schon Gespenster gesehen. Es gab Eintopfsuppe mit Brot und Quark, und eine Rote-Kreuz-Schwester hat mir auch noch eine Banane gegeben, wie im Paradies. Manche haben sich erbrochen und gleich weitergegessen, aber ich war vorsichtig, habe mir das Brot in die Taschen gestopft, das war nicht mal hart. Wir kommen erstmal nach Schöningen in ein Aufnahmelager, haben wir erfahren. Irgendwann ist der Güterzug wieder angerollt. Keiner von uns hat was gesagt. Danach mussten wir auf einen Lastwagen steigen, haben uns auf die Ladefläche gehockt.«

Heute Nacht konnte ich fliegen

Unsere Straße beschreibt einen weiten Bogen, als ob wir zur Landung ansetzen, darauf warten, wieder festen Boden unter den Füßen zu spüren. Aber erst einmal die Räder sicher aufsetzen, ein gelbes Suchflugzeug, die Besatzung außer Atem von der Flut des Gesehenen. Mein Bruder ist abwesend, unruhig zuckt sein Kopf in alle Richtungen. Und meine Mutter mit dem Blick einer Porzellanpuppe. Entleert, völlig unbewegt. In solchen Momenten springt die Zeit hin und her, lässt sich nicht beruhigen und macht jedes Einordnen, jedes ordentliche Ablegen unmöglich, lässt schließlich das Überflogene zertrümmert erscheinen.

Auf der Ladefläche des Lkw weht dem Mädchen der Fahrtwind ins Gesicht und zerzaust ihre Haare. Sie sehen schon lange nicht mehr aus wie auf dem Familienbild, das sie gemacht haben, bevor ihr Bruder eingezogen wurde. In Russland liegt immer Schnee, denkt sie, und schaut ihre Mitreisenden an, die an den staubigen Ladeklappen sitzen. Bei der letzten Fuhre wurde Sand transportiert, kein gelblicher Sand, eher ein unsauberes braunes Gemisch. Sie schließt die Augen, hat das Gefühl, eine Schwelle zu überschreiten, als wäre mit Verlassen des Waggons am Bahnhof Mariental aus dem

Vorläufigen plötzlich etwas Endgültiges geworden, das sie aus den Zwischenwelten befördert. Sie versucht sich gegen diesen Gedanken zu wehren, weil ihr die Festlegung darin Angst macht, und diese Angst lässt ihr Heimweh unerträglich werden. Ich komme zurück! Ich komme zurück!

»Das Aufnahmelager Schöningen war ein beschlagnahmtes Hotel. Ich wusste nicht, was ich dort sollte, oder an irgendeinem anderen Ort. Ich wollte nicht ankommen, ich wollte nach Hause. Ohne diese Hoffnung wäre mein Leben unmöglich gewesen. Aber irgendwo mussten wir ja hin. In der Gegend gab es sogar ein Gasthaus, in dem man für eine Mark die Nacht auf einem Stuhl sitzen durfte.«

Die tief stehende Sonne scheint meiner Mutter ins Gesicht, leuchtet rötlich auf ihrer Haut. Oder ist es das Rot ihrer Jacke?

»Ich habe das überstanden und wenn man jung ist, übersteht man das leichter«, sagt sie schließlich, und es klingt versöhnlich.

Ich hoffe, sie ist erleichtert, das ganze Kapitel mit Bedacht abgeschlossen, keine umherirrenden Gedanken, so jedenfalls erkläre ich mir ihren Blick.

»Damals habe ich mir geschworen, wenn das alles gut geht, will ich nie wieder jammern«, sagt meine Mutter.

»Aber das war doch wirklich schlimm«, sage ich, »da darf man jammern.«

»Nein, ist jetzt auch raus. Ich weiß nicht, warum ich das erzählt habe.«

199

»Weil ich es wissen will.«

»Ach, wir Alten müssten doch alle eine riesige Macke weghaben.«

Mein Bruder hat aufmerksam zugehört. »Haben wir noch was von den Erdbeerdingern?«

Ich reiche ihm die Schachtel nach vorn.

Mein Vater schaut ihn besorgt an. »Beschmier nicht deine helle Hose!«

»Ach was!«

Ich fummele am Aschenbecher herum, darin eine zerstampfte Kippe. So etwas gäbe es in meinem Auto nicht, zum Glück riecht sie nicht mehr, ein verblichenes Einzelstück. Und was hat ein Aschenbecher überhaupt auf den Rücksitzen zu suchen? Schließlich sind es die Heckbewohner, denen der Qualm in der engen Kabine zuerst das Bewusstsein raubt. Jetzt achte ich auf das Autodachrauschen und das dumpfe Abrollen der Reifen. »Schön, dass die Fahrbahn hier so glatt ist«, sage ich, um irgendetwas zu sagen.

»Ist es noch weit nach Breslau?«, fragt meine Mutter.

»Dauert schon noch«, sage ich.

»Dann lasst uns mal anhalten, vielleicht gibts irgendwo eine Suppe.«

»Oder ein Bier«, sagt mein Bruder, »dann kannst du mal fahren.« Er grinst, zeigt auf ein buntes Schild, das den Weg zu einer Gaststätte weist.

Aus den Augenwinkeln sehe ich einen alten Mann, der uns an einer Allee entgegenkommt, seine Kleidung verschlissen, die Hose hat er unter den Achseln verzurrt. Ich wehre mich dagegen, genauer hinzusehen und danach wieder meine Gedankenbilder zu betrachten, die mich selbst als hilflosen Greis zeigen, einsam, krank, traurig. Weg damit! Nach dem Aussteigen bleibe ich kurz am Auto, es ist noch nicht kalt, ich glaube, dass es trotzdem nach Winter riecht, das Jahr verbraucht sich schnell in diesen Tagen. Ein weites Feld, hinter dem Feld Häuser, hinter den Häusern der Wald und über dem Wald türmen sich erste Wolken. Der ferne Berg, den ich gerade noch gesehen habe, ist jetzt unsichtbar. Ich versuche meinen Blick irgendwo einzuhängen, aber es gelingt nicht. Zu wenig Details und man rutscht ab. Ich bin seltsam gelöst. Auch die Ferne ist überall gleich, denke ich.

Die Schrift über der Tür übersetze ich mit dem Wörterbuch. Es bedeutet »Restaurant-Weitblick«. *Restauracja* kennen wir schon, aber der Weitblick ist ein unglaubliches Wort: *dalekowzroczność*, mal abgesehen von den Strichen und Häkchen, die sich im Polnischen an den Wörtern tummeln. Meine Mutter voran, betreten wir einen lang gestreckten Raum, vor Panoramafenstern verschließen Gardinen den Blick, immerhin hat man sie etwas zur Seite gerafft. Es ist ohnehin egal, die Gäste schauen nicht in die Landschaft, sondern starren auf Tischdecken und Plastikblumensträuße und alle wirken verlassen, bestenfalls gelangweilt. An einem Tisch sitzen sich zwei alte Männer gegenüber, einer von ihnen isst Suppe. Er schlürft die Flüssigkeit, sie läuft über Lippe und Doppelkinn in sein kariertes Hemd wie aus einem schlecht zugedrehten Wasserhahn. Wir sehen uns an und einigen uns

201

wortlos. Es gibt Orte, an denen die Ereignislosigkeit so drastisch auftritt, dass es einem die Seele zerbrennt und man fliehen muss, um nicht verletzt zu werden. Beim Hinausgehen drängelt sich eine Frau mit Hund vor uns durch die Tür, eher ein Wolf. Der Wolf niest mehrfach, er hat Schnupfen. Vielleicht sogar Hundegrippe.

Am Hotel ist der Himmel schon fast ohne Licht. Ich sehe, wie sich die Wolken verwischen und langsam weiterziehen, wie ihre Konturen wichtiger werden als ihre Körper, ihre ständigen Verwandlungen, eine Verkettung von Ereignissen, jedes bezieht sich auf das vorige. Mittendrin manchmal schneeweiße Lichtflecken. Als ich kurz zu Hause anrufe, verlangt mein Sohn von mir, ein Tier mitzubringen. Kein Kuscheltier, mindestens ein Huhn.

Nach dem Abendessen liege ich auf meinem Bett, an diesem besonderen Tag, und überlege, ob es meinen Eltern am nächsten Morgen besser gehen wird, wenn ihr Blick durch das Hotelzimmer wandert, vielleicht wieder mit Sonnenstrahlen und diesem tanzenden Staub. Am besten für immer. Ich betrachte das Holz der Schranktüren, die Muster im Furnier, es ist erstaunlich still. Ein Stück Himmel zwischen den Häusern gegenüber strahlt mir einen warmen Rotton an die kahle Wand oder es sind die Lichter von gegenüber. Hat man mir mit der Freude auch gleich die Trauer beigebracht? Vielleicht trinke ich später noch ein Bier auf dem Zimmer, vielleicht sogar mit meinem Bruder. Ein Tag, von dem etwas bleibt.

202

Aber ich ruhe nicht, ich schlage mich mit meinen Entdeckungen herum. Es ist immer das gleiche Spiel, wenn ich mich nicht um eine Erkenntnis bemühe, kommt sie plötzlich um die Ecke und grinst mich an. Die Vorstellung, mein Leben frei entschieden zu haben, ist mir angenehmer als der Verdacht, eine Marionette der Vergangenheit gewesen zu sein. Warum lege ich Materiallager an? Warum fällt es mir so schwer, Nahrung wegzuwerfen? Nicht einmal zusehen kann ich dabei, gerate in Gefahr, Verdorbenes zu essen. Vertriebenenerfahrungen? Die Angst vor dem Nichts? Meine Abneigung gegen Fernreisen, mein Sicherheitsdenken, das sich mit meinem Freiheitsstreben nicht vertragen will. Meine Panik vor nassen Schuhen und stechenden Insekten. Sinnlose Nervenschmerzen, die nicht mir gehören. Meine Liebe zur Besichtigung des Vergangenen. Ich weiß nicht, wo ich anfangen soll.

Und natürlich meine Suche nach einem bestimmten Gefühl, etwas mit Traurigkeit und dem Geschmack ungeweinter Tränen, ich habe immer dazu gelächelt, gleichzeitig mit Glück und einer Unordnung, die sich für einen Moment in tiefe Ruhe verwandeln lässt. Nie konnte ich dieses seltsame Etwas benennen, obwohl ich mein ganzes Leben lang so viel Zeit mit dieser Suche verbracht habe, wehmütig, aber froh, in Wäldern, auf Feldwegen, am Wasser oder auf Hügeln und Bergen mir die Sohlen runtergelaufen habe. Es hatte keinen Ort. Dann lässt jemand hinter dem Hotel sein Auto an und gibt mehrere Male völlig übertrieben Gas, bis er endlich abfährt. Die Vergangenheit lässt sich nicht wegschließen, wenn du sie ignorierst, stellt sie sich dir irgendwann dreist in den Weg.

Drei Uhr. Leberzeit. Oder schon Lungenzeit. Die Seelensuppe brodelt und ich liege schlaflos in Schlesien, eine Kirchturmuhr stückelt mir die Zeit in Viertelstunden. Das Drücken am Brustbein muss kein Infarkt sein, vielleicht sind es auch nur diese Fragen, die immer erst harmlos daherkommen und plötzlich ihre Maske ablegen. Die Lampe wirft einen kreisrunden Schatten unter die Decke, Vollmond, die Dörfer sehe ich vor mir, unterscheide nicht mehr zwischen Vergangenheit und Gegenwart. Alles begrenzt sich, fließt zusammen. Das Haus meiner Mutter hat jetzt Buntglasfenster, ich gehe durch die Räume, allein, bewege mich nur langsam voran, ein Gutshaus, denke ich, ein lichtloser Flur. Ich komme zurück. Vor dem Haus ein Baum. Er ist kahl. In seinen dürren Ästen leuchten Äpfel in Rot und Gelb. Und alles fühlt sich nach Ende an. Dann schrecke ich hoch, wieder ein Motorengeräusch im Hof. Das Licht der Deckenlampe brennt noch, aber es beruhigt mich nicht, lässt mich eher an Lampen denken, die in Häusern leuchten, um Anwesenheit vorzutäuschen. Ich taste nach der Wasserflasche neben meinem Bett. Ich bin Rückkehrer, treibe mich gern an Orten herum, an denen Leben stattgefunden hat, am besten etwas von meinem Leben, selbst wenn ich der einzige Rückkehrer bin. Im Nebenzimmer ist jemand wach. Jetzt klingt die Klospülung nach Brandung.

Ich laufe über unberührte Felder. Aber es sind keine Felder, eher hellgelbe Flächen, die Farbe von Sand, trocken und weit. Ich berühre nicht mehr den Boden, ich fliege, gewinne langsam an Höhe und in der Ferne ein Dorf, rote Ziegeldächer, alles ist klar und in grelles Licht getaucht. Ich kann meine Augen kaum öffnen. Die ganze Landschaft ist mir wohlgesonnen, keine Gegensätze, keine Abweichungen. Von oben schaue ich in alle Richtungen, fehlt nur noch die summende Fliege. Als der Lärm auf der Straße lauter wird, finde ich mich unbewegt im Halbdunkel. Das Hotelzimmer riecht nach Raumspray, stelle ich fest, veilchenähnliche Fantasieblüten. Heute Nacht konnte ich fliegen.

Irgendein Filmschauspieler

»Habt ihr gut geschlafen?«, frage ich meine Mutter beim Frühstück. Immerhin liegen Lachsscheiben auf ihrem Teller.

»Ich schon«, sagt meine Mutter. »Wenn der Alfons nicht gewütet hätte.«

»Das habe ich gehört«, entsetzt sich mein Vater. »Ich habe einfach schlecht geträumt.«

»Du hast mir das Kopfkissen weggezogen!«

»Mir ist eingefallen, dass sie mich mal festgenommen haben.«

»Wer denn?«

»Die Polen im Nachbarort. Ich hatte so eine Angst.« Er macht eine lange Pause. »Unser Pole, der Radek, hat mich nach Geseß geschickt, ich sollte die Pflugscharen ausschmieden lassen. Gleich am Ortseingang haben sie mich geschnappt, und ich musste mit anderen Deutschen die Dorfstraße fegen, bestimmt zwei Kilometer. Danach sind sie mit Anhängern durchgefahren und haben alles voll Stroh geschmissen. Zum Glück kam abends Radek, der hat die zusammengestaucht und mich wieder mitgenommen.«

»Das ist dir eingefallen?«, fragt meine Mutter.

»Ja«, mein Vater wühlt nach seinem Taschentuch. »Außerdem habe ich mir aufs Auge geboxt.«

206

Jede Geschichte hat ihren Anfang, doch manche Geschichten beginnen eher, als man denkt. Hat meine Melancholie etwas mit der Vergangenheit meiner Eltern zu tun? Als Schüler fing ich an, mich auf dem Schulweg mit Gedanken traurig zu machen, den Blick nach unten gerichtet, stellte ich mir vor, plötzlich ein Waisenkind zu sein. Oder andere Katastrophen. Ich weiß nicht, ob das normal ist.

An diesem Vormittag sehe ich in den Straßen von Breslau Menschen mit neuen Gesichtern. Es könnte sogar sein, dass sie sich während unseres Aufenthalts verändert haben. Auf den Stufen der Maria-Magdalena-Kirche sitzen zwei Jungen in der Sonne, saugen mit Strohhalmen gelbe Limonade und rülpsen um die Wette. Später gehen wir an der Oderpromenade entlang, über die Seufzerbrücke, mitten in der Strömung die Sandinsel, stehen lange auf der nächsten Brücke und beobachten Kanufahrer beim Training.

»Dort drüben liegt die Universität«, meine Mutter zeigt auf die andere Seite des Flusses. »Ich kann da studieren, hat der Papa mir versprochen. Die Bäckerei hätte der Leo übernommen und Christa das Geschäft.« Sie schaut meinen Bruder und mich an. »Einer von euch hat mal ein Gewehr geschenkt bekommen, so eines, wo der Korken vorne rausschießt. Das habe ich sofort über dem Knie zerbrochen. Mit dem Frieden soll man nicht spielen. Wenn man in Frieden leben darf, ist alles andere nur Zutat. Das verstehen viele junge Leute nicht.«

Dann denkt sie an die verlorene Zeit.

207

»Vielleicht wäre ich Elektriker geworden«, sagt mein Vater. »War aber alles Zufall, auch dass ich nach Braunschweig gekommen bin. Hat einfach am Lager ein Lkw gestanden, der da hingefahren ist. Andere Lkw sind woanders hingefahren. Alles Zufall.«

»Hätte, hätte, Fahrradkette«, sagt mein Bruder.

Und ich sehne mich nach Belanglosem, alles hier hat so viel Inhalt, ständig diese Wegweiser in die Vergangenheit. Und mit dem Erlebten besichtigen wir zugleich, was nicht stattgefunden hat, unerfüllte Erwartungen, gedachte Möglichkeiten, Verlust von sicher Geglaubtem. Dieses ganze übergangene Leben. Meine Mutter schlägt ihre Jacke vor dem Bauch übereinander und lehnt sich auf das Geländer, wieder sieht sie so jung aus.

»Von Schöningen aus wurden wir endgültig verteilt, wieder in offenen Lastwagen. Uns haben sie direkt an die Grenze zur sowjetischen Besatzungszone gefahren, nach Saalsdorf. Vor der Schule sind wir von der Ladefläche geklettert. Dann standen wir da. Hier gehöre ich auch nicht hin, habe ich gedacht. Ich wusste nicht, wann ich mich mal wieder freuen kann, nicht heute und nicht morgen.«

Meine Mutter schaut in den Fluss, der auch immer noch da ist.

»Sogar der Bürgermeister hat uns begrüßt. Ich dachte jedenfalls, das muss der Bürgermeister sein, weil er eine Liste in der Hand hatte. Wieder eine Liste. Es war überhaupt die Zeit der Listen. Ein paar Bauern haben uns gemustert und Platt miteinander geredet. Und wir kamen von *uba druba*.

Kein Wort habe ich verstanden, ich war in einem fremden Land, ein Kind in zerrissenen Klamotten. Wir selbst waren auch ganz zerrissen. Sei ruhig, warte ab, hat der Papa gesagt.«

Was ist morgen?, denkt das Mädchen. Man fährt los und immer weiter und kommt nicht an.

»Die Bauern haben natürlich geguckt, wie krank jemand aussieht, wollten ja Arbeiter und kein Lazarett aufmachen. Zum Glück kamen wir fünf auf denselben Hof, zwei richtige Zimmer haben wir bekommen. In einem standen alte Möbel und ein riesiges Sofa, aus dem die Sprungfedern herausguckten.«

Eine Gruppe Kanufahrer verschwindet geräuschlos unter unserer Brücke, rote Kanus, auch die Strickjacke meiner Mutter ist rot. Nur ein sinnloser Vergleich.

»Am nächsten Morgen mussten wir uns anmelden, es gab Kennkarten und Lebensmittelkarten. Wenn du so zerlumpt aussiehst, glaubt jeder, du bist ein Spitzbube.«

Mein Bruder zeichnet mit dem Zeigefinger in die Staubschicht auf dem Brückengeländer, erst Schlangenlinien, dann Punkte, indianisches Muster.

»In Saalsdorf erinnere ich mich nur an eine trostlose Straße am Friedhof.«

Es ist die erste Nacht in Saalsdorf, das Mädchen liegt wach. Obwohl ihr die Müdigkeit die Augen zudrücken will, erkämpft sie sich jede Sekunde. Stille. Ohne das Rumpeln des Zuges, ohne die vielen Menschen. Ihr Vater atmet so leise, dass sie ihn vorsichtig berührt, um ein Lebenszeichen zu bekommen. Er schluckt und dreht sich auf die Seite.

Wie es jetzt zu Hause bei ihr aussieht? Das Regal neben der Tür, ihre Puppen darin, jedes Mal derselbe Blick vor dem Einschlafen. Nähe und Ferne, diesen Zustand gibt es nicht in einem Wort. Und zu dem Heimweh kommt das Zeitweh, nach den Tagen ohne Angst, die schon lange zurückliegen. Gleich hinter Saalsdorf steht der Iwan, mit aufgerissenen Augen erzählen es ihr die Leute aus dem Ort. Noch ist sie nicht in Sicherheit, obwohl die Ackerfurchen hier so aussehen wie zu Hause. Wenn sie vor dem Hoftor steht und auf die Stämme der Eichen am Waldrand schaut, wird das Grenzgefühl stärker. Ein Baum neigt sich weit aus der Waldkante heraus, ein Fliehender, der nicht in der Reihe geblieben ist, und unter den Bäumen liegt undurchdringbares Dunkel, in dem russische Soldaten patrouillieren. Irgendwann wird sie mutiger und pflückt dort Beeren, trotz der Tellerminen, genießt die luftigen Durchblicke aus dem Wald heraus auf das Dorf, denkt sich in den Wind hinein, aber es ist kein zielloser Spaziergang, nur keine Zeit leichtfertig abgeben.

Wenn sie den Kuckuck hört, weigert sie sich mitzuzählen.

Irgendwann wird ihnen bewusst, dass sie frei sind und frei entscheiden dürfen. Sie beschließen, dieses Dorf zu verlassen und weiter nach Westen, in die nächste Stadt zu ziehen. Aber nicht solange sie dort noch matschiges Maisbrot mit Rübensaft essen und in Hungernächten von Schinken träumen, erklärt mein Opa immer wieder.

Ich versuche, mir seine Stimme vorzustellen. Es gelingt mir nicht.

»Jeder hatte sein Blechtippla und es hat nach Muckefuck gerochen. Mittags Erbsensuppe, das Lieblingsgericht des Führers, haben alle gesagt. Ich habe auf ein Wunder gehofft, aber es kam kein Wunder. Der Papa hat Bohnenstangen besorgt und daraus ein Regal gebaut, darüber ein Bettlaken, unser erster Wäscheschrank. Jetzt brauchen wir nur noch unsere Achtung zurück, hat er gesagt. Erst haben wir gemerkt, dass man uns nicht gerufen hatte. Später war es genau anders. Die Saalsdorfer waren wirklich die Ausnahme, obwohl wir ganz anders als die Hiesigen waren, wir hatten Temperament, außerdem waren wir katholisch. Für uns gehörte das Beten zum Tag, ein Essen ohne Gebet war für uns völlig unmöglich. Später durften wir in der evangelischen Dorfkirche sogar unsere Messe abhalten. Auf der Liedertafel standen die Nummern aus dem schlesischen Gesangbuch.«

Meine Mutter muss schlucken, ihre Freude und das Leid von damals als Gemisch. Sie versucht ihre Tränen zu unterdrücken.

»Wie Flüchtlinge und Vertriebene im Westen eigentlich behandelt wurden, haben wir Siebenundvierzig gesehen, als wir nach Osnabrück gereist sind. Der Rest von unserem Dorf lebte jetzt da oben. Die haben die Hühner ums Futter beneidet. Also, es gibt nichts Schlimmeres als gute Katholiken. Im Osten ist eine Bombe gefallen, der Dreck ist bis zu uns gespritzt, haben sie gesagt. Die Schlesier wurden wie Sklaven

211

behandelt, ihre Kinder durften nicht mal mit den Einheimischen spielen, aber sonntags in der Kirche auf fromm machen. Und wenn die Kleinen einen madigen Fallapfel aufheben wollten, nur weil sie Hunger hatten, wurden sie beschimpft. Unsere Schweine wollen auch noch was finden. Zu viel Glauben ist nicht gesund.«

Meine Mutter nimmt einen tiefen Atemzug, dann lächelt sie.

»Später wurde der Papa Schweinewieger«, sagt sie zufrieden. »Er brauchte sein Fleisch. Gemüse schmeckt nur, wenn es durch die Sau gegangen ist, hat er gesagt, dazu Möhrchen, in Butter angeschmort. Fürs Melken hat die Anna später fünf Liter Milch bekommen, ihr Tageslohn. Das war mehr, als wir brauchten, und wir konnten mit dem Rest buttern und Tauschgeschäfte machen. So hatten wir bald anständige Sachen an. Wenn du nur für Kost und Logis arbeitest, kommst du nicht vom Fleck.«

Das Bügeleisen fährt ihre Kleider und Hemden ab, bis wieder Würde entsteht.

»Als wir dann vernünftig aussahen, haben wir ein Foto machen lassen und Leo nach Sibirien in die Gefangenschaft geschickt. Das war ein ganz kleines Bild, höchstens drei Zentimeter groß.«

Ich kenne das Leo-Bild, sie lächeln anders als sonst, sie lächeln bis nach Russland.

»Habt ihr damals schon geahnt, dass ihr nicht wieder nach Hause dürft?«, frage ich.

»Nein, ich dachte, es wäre für ein oder zwei Jahre.«

212

Auch wenn sie schon so früh die zerstörerische Tiefe von Abschied und Verlust kennenlernen musste, wollte sie niemals das Unauflösbare, das Ungeklärte darin unversöhnt lassen. In dieser Zeit hört sie auf, das Eindeutige zu suchen. Nur das Notwendige denken. Und mittendrin ihre heftigen Anfälle von Sehnsucht, die aber auslaufen, wenn sie sich einer Tätigkeit hingibt. Sie wird ruhiger.

»Ich durfte nach den Sommerferien wieder in die Schule, wir haben den Herbst durchgenommen und Blätter getrocknet. Über den Krieg wurde nicht mehr geredet. Die Familie hat auf dem Hof gearbeitet, waren jetzt alle Hilfsarbeiter. Egal. Wir wurden wieder selbstständige Wesen.«

Erst später kommt ihnen die Angst, dass zu viel sinnlose Zeit vergeht. Der Unterschied zwischen Absicht und Zufall verschwimmt. Das Mädchen rechnet sich die Zeitspanne aus, die ihr bis zum Jahr Zweitausend bleibt. Bis dahin müssten alle Ziele zu schaffen sein, tröstet sie sich. Wenn es abends still wird, hört sie ein dumpfes Grollen, vielleicht auch Brummen wie von Panzern oder Flugzeugen. Aber niemand außer ihr hört es.

»Dieser harte Winter sechsundvierzig, unser erster Winter im Westen, wir haben bei unserem Bauern aufgeräumt. Das ganze Dorf und überhaupt alles war grau, und im Hof ist die Pumpe vereist. Noch vor Weihnachten hat der Papa einen Kanonenofen besorgt, wenn in der Dämmerung angeheizt wurde, hat nur die Glut unsere Kammer erhellt. Und die Bettdecken waren nicht mehr gefroren. Für die Leute im Dorf war das Frieren normal, die haben Ziegelsteine auf den

Ofen gelegt und mit ins Bett genommen. Auf dem Plumpsklo habe ich an unser gekacheltes Bad gedacht, musste sowieso immer an unser Zuhause denken, wie es da gerade aussieht oder wie vor Weihnachten die Lebkuchen bemalt wurden.«

Diese wunderbare Begeisterung meiner Mutter, jedes Jahr fand sie ihren Baum am schönsten, jede Unregelmäßigkeit in seinem Wuchs. Und jedes Jahr verwandelte sich alles. Immer zur selben Zeit brachte der erste Schnee das Licht zurück. Und diese Gerüche.

An regnerischen Tagen in Saalsdorf ist meine Mutter überzeugt, dass zur gleichen Zeit in Neuwalde die Sonne scheint. Noch ist es ihr Zuhause, ganz selbstverständlich, erst später verschwimmt ihr dieser Begriff. Sie weiß, dass die Wolken dort fester aussehen, nicht so flüchtig, wie die Luft dort riecht, wenn nach trockener Zeit der Staub auf der Straße von den ersten Regentropfen gelöscht wird, wie sie hinter den Scheiben im Kinderzimmer Ausschau nach einem Regenbogen hält, die Sonne schließlich aus der Unterkante dieser Wolken geradezu herausstürzt. Und manchmal fürchtet sie auch, an dem neuen Ort etwas anderes zu denken oder eine andere zu sein, als wäre sie selbst verloren gegangen. Glücklichsein ist anstrengend, stellt sie fest, zumindest mit diesem Hintergrund, der nicht mehr weggeht. Jetzt zählt sie die Tage und manchmal auch die Stunden. In Saalsdorf gibt es auch einen Sommer, sie sagt es sich, damit die Angst sich nicht auftürmt, bloß nichts anrühren. Einmal macht Anna eine Kanne Himbeerwasser, in diesem ersten Sommer ohne

214

Heimat. Aber das Licht sieht ganz anders aus, nicht so gleißend wie das schlesische Licht. Alle sagen das.

Breslau strahlt in Grün, Gelb oder Rot, die Nachmittagssonne holt den ganzen Farbkasten heraus, beleuchtet den Marktplatz, die ganze Giebelausstellung, zeichnet scharfe Schattenspitzen auf das Pflaster. Und überall Häuser mit Goldnamen, Goldener Krug, Goldener Becher, Goldener Hirsch, sogar einen Hund gibt es in Gold, alles prächtiger als bei uns. Sehen Häuser eigentlich anders aus, wenn sie schon einmal verschwunden waren? Der Wind frischt auf, bläst Servietten über den Platz, ein Schornsteinfeger turnt auf dem Dachfirst herum, und im Straßencafé bestellt meine Mutter ein Gläschen Likör zum Kaffee. Das hat sie noch nie gemacht. Auf dieser Reise hat sich mein Bild von ihr vervollständigt. Vielleicht sogar verändert.

Vor dem Hotel kommt uns Victor entgegen, er trägt eine Lederjacke und erinnert mich an irgendeinen Filmschauspieler. Wer weiß, wer er wirklich ist, was er außer Geige spielen noch alles kann, wenn ihm niemand zusieht? Vielleicht übt er einen Überschlag aus dem Stand, zerrt dazu seine Matratze aus dem Bett, oder er merkt sich zwölfstellige Primzahlen und bereitet die Weltrevolution vor.

»Wie wars?«, fragt er uns.

»Danke«, sagt meine Mutter, »gut.«

»Alles nicht so einfach mit der Heimat«, sage ich.

»Ja«, sagt Victor, »aber Heimat ist wichtig.«

Er hat heute nicht viel Zeit und verabschiedet sich.

215

»Der war nicht gut drauf«, stellt mein Bruder fest.

»Hat jeder seine Sorgen«, sagt meine Mutter.

Ich sitze in meinem Kinderbett, vier Uhr nachts, der Boden vibriert, ich habe Angst. Um mich zu beruhigen, lasse ich den Strahl meiner Taschenlampe an der Decke wandern. Ich weiß längst, wie Flakscheinwerfer aussehen. Auf der Hauptstraße hinter den hohen Häusern rollt eine Panzereinheit. Irgendein Manöver, Kampfpanzer werden verladen. Aber ich bin mir nicht sicher, vielleicht ist Krieg. Niemand hat es mir gesagt, man wollte mich nicht beunruhigen, doch jetzt spüre ich die Erschütterungen, höre ganz deutlich dieses tiefe Geräusch. Die Russen kommen, denke ich, mein Vater muss in den Krieg. Ich will, dass alles unverändert bleibt. Mein Vater soll nicht in den Krieg, jeden Tag, wenn er aus der Firma kommt, will ich ihn fragen, ob er mir etwas mitgebracht hat. Immer um Viertel nach fünf. Alles soll so bleiben.

Und wenn ich dann noch die nächtlichen Schüsse vom nahen Truppenübungsplatz hörte, glaubte ich, irgendwann folgt der Häuserkampf. Ich wusste mehr als gut für mich war, wusste wie es klingt, wenn die Gefechte näher kommen und sah die Bilder vor mir. Ich dachte an das Wort Front, und es zog in mich hinein. Nur wenn ich ganz müde wurde, beruhigten sich die Gedanken und ich beschäftigte mich wieder damit, den Stoff am Hosenband meines Schlafanzugs glatt zu ziehen, um nicht auf einem Wulst zu liegen. Oder ich korrigierte die Sitzposition von Brummi, meinem abgewetzten Teddy, auch ihm war manchmal nicht ganz wohl.

Ich war ein guter Junge, auch wenn ich nur nach Aufforderung beim Abtrocknen half.

Jetzt sitze ich auf einem Bett in Breslau, halb zwölf, den letzten Abend einer Reise mochte ich noch nie. Mein Blick geht vom Bett zum Fenster, ich mache doch ein Foto davon, das Zimmer ist ein Teil dieser Reise. Der Baumkuchen liegt in meiner offenen Reisetasche. Mein Bruder hat sich eine Winkekatze gekauft.

Aber das Wetter wird gut

Zuhause, für mich ein Begriff, der die Gedanken durcheinanderscheucht. Oder Heimat! Auch so ein durchtränktes Wort, das nicht normal werden darf. Auf der Rückfahrt stelle ich fest, nicht im Geringsten habe ich mich an mein auswegloses Hinterbankdasein gewöhnt, halte inzwischen selbst eine Thrombose für wahrscheinlich. Wir reden nicht viel, Abschiedsgefühle in allen Geschmacksrichtungen, die vielen Blicke auf die Schauseite der Vergangenheit, die letzten Tage hinterlassen den Eindruck einer anstrengenden Wanderung, oder einer Klettertour in der Felswand, mit abgerosteten Haken. Die polnische Grenze hinter uns, beobachte ich heimlich meine Mutter, als sich plötzlich ihr Gesicht verfinstert.

»Ich sage das jetzt nur einmal und dann muss auch wieder Ruhe sein«, unterbricht sie unser langes Schweigen. »Wisst ihr, ich habe damals auch viele tote Menschen gesehen, geschwollene Körper und stinkende Leichen mit Maden, Fliegen und dem ganzen Zeugs, erschossen oder erschlagen, alles dabei. Ich habe immer aufgepasst, dass ich ihnen nicht ins Gesicht sehe.« Sie schiebt ihr Kinn nach vorn. »Die Frauen und die alten Männer mussten sie begraben. Aber das war kein böser Traum. Wenn heute ein Tier auf der Weide gequält wird, kommt das schon in den Nachrichten.«

Sie schaut uns hilflos an und sieht nach verwahrten Gefühlen aus, die irgendwo liegen, manchmal ein Leben lang, bis sie herausgebeten werden oder sich selbst ans Licht befördern. »Vor Kriegsende sind die Flüchtlingstrecks durchgekommen. Tiefflieger haben sie beschossen, die Feldränder waren von Einschlägen übersät, meistens nahe am Weg. Was der Krieg aus Menschen macht. Da lagen dann die Toten, ausgestreckt oder gekrümmt, wenn der Wind vom Wald kam, verbreitete sich dieser süßliche Geruch im Dorf.«

Sie macht eine Pause. »Keine Angst, ich bin gleich fertig.« Dann schaut sie meinen Vater an und versucht zu lächeln. »Und wenn du ein Baby im Straßengraben gesehen hast, wusstest du, die Mutter liegt nicht weit. Manche Frauen haben ihre toten Kinder auch tagelang mitgetragen. Eine Mutter lässt ihr Kind nicht allein, versteht ihr das?« Kurz versagt ihre Stimme, und mein Bruder wird bleich. Vor den Augen meiner Mutter scheinen die Bilder zu flimmern. »Alles war so gefährlich, einfach alles.« Sie wendet sich ab. »Und nachts diese Schreie der Frauen«, fügt sie mit halber Stimme hinzu und fängt an zu weinen.

Ich schaue meine Eltern an. Wie kann eigentlich jemand vom Gewinnen eines Krieges sprechen? Gewalt kommt immer zurück, trifft jeden und fragt nicht nach Schuld. Es gibt nur Opfer. Und nicht Deutsche, Polen oder Russen erlebten den Krieg, sondern Menschen mit gleichen Empfindungen. Die Welt von Ängsten, Trauer oder Wut kannte auch damals keine Grenzen. In allem lag die Zerstörung. Nur Leid und Verlust.

Sofort hat meine Mutter ihre Tränen abgewischt. »Jeder in dieser Zeit hatte das Recht, sich von den schrecklichen Dingen nicht mehr zu erholen«, sagt sie, »aber das war nichts für mich.«

Nach einer Weile stellt mein Bruder das Autoradio an und beginnt sich im Reggae-Takt zu bewegen. Bob Marley.
A lalalala long long lee long long long, come on
Girl I want to make you sweat
Sweat 'till you can't sweat no more
And if you cry out
I'm gonna push it push it push it some more
Danach rockt er zusammen mit den *Toten Hosen*. Ich sehe, dass meinen Eltern die Musik nicht gefällt, aber sie sagen nichts. Im Anschluss kommt eine Verkehrsdurchsage, nur unsere Autobahnnummer habe ich verstanden, dann die Schlagzeilen, Organtransplantationen, Raketen auf den Gaza-Streifen, aber das Wetter wird gut. Dann dreht mein Bruder das Radio leise und beschäftigt sich mit dem Überholen einiger Lkw. Auch wir sind still.

Ich trage meine Eltern in mir, mit ihren Erlebnissen, mit ihrer Geschichte, aber ich selbst habe eine andere Geschichte. Ich esse Pralinen, meine Eltern verschenken sie. Peinliche Momente erlebten sie, wenn ich zuvor die Plastikhülle entfernt, Teile des Inhalts verkostet und die Packung gekonnt in den Urzustand zurückversetzt hatte. Natürlich bekam ich Ärger, weil niemand außer mir die Fertigkeit für diese chirurgischen Eingriffe besaß.

»Ich habe nie wieder Glühwürmchen gesehen«, sagt meine Mutter.

Müde dämmere ich in das Fahrtgeräusch hinein, bin überzeugt davon, dass unsere Fahrgastzelle, meine Zelle, im Laufe der Reise immer enger geworden ist, bis meine Gedanken zu Gegenständen werden. Eine Frage ist ein Metallstab, viele Fragen, viele Metallstäbe, sie glänzen, sie lassen sich bündeln, noch bin ich wach, höre einen Bach plätschern, ich sehe mich im Freibad, ein Samstag im Sommer, alles ist wie immer. Aus den bunten Geräuschen tauche ich in die Stille unter dem Wasser, dumpfe Stille, ewige Einsamkeit. Ich verlasse das Wasser, reibe mir die brennenden Augen und versuche, den Schrecken zu verscheuchen. Dieses Gefühl unter Wasser. Kein Wunder, dass ich wasserscheu bin.

»Ist von eurem Fluchtgepäck eigentlich irgendwas übrig geblieben?«, frage ich.

»Nur die Mohnmühle«, sagt meine Mutter.

Als wir zu Hause ankommen, steigt zuerst mein Vater aus. Er stützt sich auf den Türrahmen, als ob er schwerer geworden wäre, und entriegelt die Sitzlehne. Meine Mutter und ihre knallrote Strickjacke erscheinen in der Türöffnung, sie schraubt sich heraus, Rückenschmerzen, auch das noch. Dann stehen beide und ziehen ihre Plastiktüten aus dem Kofferraum.

Mein jüngster Sohn läuft uns entgegen.

»Habt ihr die Heimat gefunden?«, ruft er laut.

»Na ja, wir haben alles gesehen«, sage ich.

»Ich will auch alles sehen«, sagt er und drückt sich an meinen Bauch. »Das nächste Mal komme ich mit.«

»Ganz bestimmt.« Ich nehme ihn auf den Arm.

Ich weiß nicht, ob es das nächste Mal gibt. Gern würde ich wissen, was meine Eltern denken. Ich jedenfalls bin wieder zu Hause. Für meine Eltern hat dieser Begriff längst zu viele Bedeutungen, nach der Reise mit Sicherheit noch mehr. Ich frage sie nicht, sie umarmen ihren Enkel. Vielleicht brauchen sie gar kein Fazit und stellen einfach alles wieder ins Regal. Besser nichts abschließen, was nicht zu Ende ist. Und auf die Erlösung müssen wir ohnehin noch warten.

»Hat jeder sein Zeug?«, fragt mein Vater.

»Alles beisammen!«, sage ich.

»Was ist mit der Erde?« Mein Sohn sieht uns fragend an. »Papa hat gesagt, ihr bringt Erde mit.«

»Nein, diesmal keine Heimaterde«, sagt meine Mutter. Ihre Stimme klingt froh als sie es sagt, aber ihr Gesicht sieht so nicht aus. »Der Leo hat vor Jahren mal Erde mitgebracht, aber was willst du damit?«

»Radieschen züchten«, sagt mein Bruder.

»Oder, was würdest du machen?«, frage ich meinen Sohn.

»In eine Schachtel tun und hoch auf den Boden stellen«, sagt er ohne Zögern.

»Und dann?«

»Nie wieder auf den Boden gehen.«

Mein Bruder verabschiedet sich, wir sehen sein Auto am Ende der Straße verschwinden. Dieses Zitronenauto, das ge-

222

rade noch mitten in der Kindheit meiner Eltern unterwegs war. Unsere Zeitmaschine und Raumkapsel.

Meine Mutter rollt ihre Reisetasche ins Haus, wir folgen.

»Aber nach Saalsdorf müssen wir auch mal«, sagt sie.

Mein Sohn hat viele Fragen. »Sehen die Autos in Polen so aus wie in Deutschland? Schenken sich die Menschen in Polen auch Kuchen?«

»Natürlich«, sage ich.

»Wenn euch jemand zwanzig Millionen geben würde«, fragt er weiter, »würdet ihr dafür unser Haus verkaufen?«

»Wieso gerade zwanzig Millionen?«

»Weiß nicht, also viel Geld. Würdet ihr es verkaufen?«

»Ich müsste überlegen, zwanzig Millionen sind wirklich sehr viel.«

»Wir würden das doch niemals verkaufen, oder?«

»Nein niemals, das hat nichts mit Geld zu tun.«

Mein Sohn freut sich. »Gut!«, sagt er.

Nach dem Auspacken gehe ich durch unser Viertel, die Bäckerei an der Ecke, die Giraffenschaukel auf dem Spielplatz, der Schlag der Turmuhr, der immer etwas zu früh kommt, oder die alten Herrschaften von gegenüber, die stets hintereinander zum Einkaufen gehen, sich aber trotzdem lieb haben. Das späte Tageslicht leuchtet auf meiner Hand viel heller und freundlicher als am Himmel. Wie viele Werte es gibt, die einem nicht bewusst sind.

Als ich wieder vor unserem Haus stehe, gehen die Laternen in unserer Straße an, irgendwie ist mein Opa mit uns von der Reise gekommen. Ich drücke auf den leuchtenden Knopf über dem Klingelschild. Wir Kinder laufen die Etagen um die Wette gegen das Treppenhauslicht, aber noch summt es aus dem Keller. Wenn das Licht ausgeht, hört man das Klacken des Schalters bis ganz oben, eilig nehmen wir die letzten Stufen, dann mein heimlicher Blick aus dem Fenster, unsere Straße sieht aus wie ein Luftbild. Natürlich dürfen wir hier nicht sein, alles zu gefährlich. Ich bekomme ein gruseliges Höhengefühl, wage mich vorsichtig an die Scheibe, Absturzfantasien sowieso. Manchmal stehe ich im Traum an diesem Fenster, als das Haus plötzlich zu wanken beginnt und kippt, ich suche nach Halt, beginne aus dem Fenster zu rutschen. Mein Lebensgefühl von damals.

Ein ganzes Kaufhaus

Die Luft riecht schon nach Schnee, ich finde es richtig, dass jemand Gedichte über so etwas schreibt. Der Winter nach unserer Reise, ich fahre mit dem Rad aus der Stadt heraus. Der angekündigte Schnee ist noch nicht gefallen, in meinem Kopf diese Gedichtzeile. Vor der Stadt ist es ruhig, nur der Wind macht Geräusche an meinem Fahrradhelm. Der kleine Wald auf der Anhöhe, darüber die Sonne. Ich schaue mir die hügelige Landschaft an und sehe überall Schlesien, bestimmt liegt dort längst hoher Schnee. Plötzlich erhebt sich ein weißer Vogel aus dem Graben und gleitet über das Feld in den Wind hinein. Ich bleibe stehen, das Bild kommt mir wie frei erfunden vor, auch der Abendhimmel wirkt nicht mehr glaubhaft, obwohl er mir ins Gesicht strahlt, der weiße-Vogel-Start-Hintergrund, in das Ende dieses einen Tages. Die Sehnsucht nach einem bestimmten Ort, nach einer Landschaft, ist meist verbunden mit der Sehnsucht nach einer Zeit. Schnurgerade führt mein Weg durch die Felder und zieht sich länger als vermutet, oben der Waldrand, an dem ich zurückfahren werde, ich werfe einen langen Schatten in das Wintergrün, es riecht nach Erde. Ich will hier nicht weg, denke ich, Steine auf dem Acker, ich will hier nicht weg.

225

Erstaunlich, was alles wie von selbst an die Oberfläche kommt, wenn man einmal in der Tiefe gewühlt hat. Seit der Reise sprechen wir öfter über die Vergangenheit. Ganz ruhig. Nicht mehr wie früher bei Familienfeiern, wenn es Erbsen-Möhren-Gemüse, Braten, manchmal auch Blumenkohl mit brauner Butter gab. Die besprochenen Themen berührten zunächst nur den Alltag, Sonderangebote, Krankheiten einschließlich Arztbesuch, die neuesten Todesfälle. Doch wenn nach dem Essen die medizinisch notwendigen Verdauungsschnäpse getrunken wurden, ging es los. Krieg, Vertreibung, Ungerechtigkeit. Der ganze Nachgeschmack. Und überall hing Traurigkeit in der Zigarrenluft. Schlesisch-katholische Meinungen standen gegen den einen angeheirateten Onkel, der konfessionslos der SPD angehörte und nicht einmal ein Vertriebener war. Er und ein ultrarechter Onkel, ebenfalls nur angeheiratet, der im Krieg mehrere Fingerkuppen gelassen hatte, lieferten den Brennstoff, an dem sich alle anderen entzündeten. Irgendwann weinte die ganze Gesellschaft entweder aus Wut oder Vergangenheitsschmerz. Die Frauen riefen zur Mäßigung auf und versuchten durch vorzeitiges Verlassen der Feier, das Schlimmste zu verhindern. Mein Bruder und ich wurden ins Kinderzimmer geschickt. Doch die Geräusche, die zu uns herüberdrangen, ließen mich erschrecken, auch wenn ich die Abläufe längst kannte.

»Die im Westen hatten uns nicht gerufen, hatten selbst nicht viel, aber ihre Heimat«, erzählt mein Vater, »manche sogar ihre Wohnungen und Häuser. Wir waren lästige Mitesser, dahergelaufenes Pack, *Flüchtling* war doch längst ein Schimpfwort. Oder sie haben gleich *Pollack* gesagt und uns mit Kartoffelkäfern und Hämorrhoiden verglichen. Und später kam der Neid dazu. Als wir wieder was geschafft hatten, meinten die, wir hätten ja den Lastenausgleich gekriegt. Aber das war doch nur ein Almosen. Dabei waren wir wirklich Gutsbesitzer.« Mein Vater stempelt mit der Faust auf den Tisch. »Besser wurde es erst, als niemand mehr unterschieden hat zwischen Vertriebenen und Hiesigen, trotzdem waren unsere Freunde fast nur Vertriebene, alle katholisch.«

Einmal hat mein Vater ein Foto herausgekramt, stammt noch aus Heidels Fluchtgepäck, hat er gesagt. Vor einem Holzzaun an ihrem Hof stehen sie alle zusammen, die neuen polnischen Besitzer und die deutsche Familie, die noch im selben Jahr vertrieben wird. *Andenken an die Polenzeit in Schwammelwitz, den 24.1.1946* hat seine Schwester auf die Rückseite geschrieben und das S des Dorfnamens liebevoll verziert. Einer der Polen hält lachend einen Holzhammer in die Luft. Der Brunek hat immer nur Quatsch gemacht, hat mein Vater erzählt. Sie stehen wirklich zusammen. Da ist niemand der Feind des anderen.

Und einmal habe ich vom Dorf meines Vaters geträumt. Es war warm, und ich habe auf dem Markt Zwiebeln gekauft. Für meinen Vater. Eine Handvoll Heimatzwiebeln. Wenn ich sie ihm gebe, wird er weinen, habe ich gedacht. Wenn er sie schneidet auch.

227

In den Ackerfurchen hält sich der Schnee am längsten. Dann kommt das Frühjahr mit vielen Tagen, die sich das Wort Frühling wirklich verdient haben, es folgt ein warmer Sommer, mit dem die Leute, wie immer, im Nachhinein nicht zufrieden sein werden, ein Sommer, der, auch wie immer, gerade dann zum Herbst wird, wenn man sich an ihn gewöhnt hat. Als an den Feldern längst Zuckerrüben liegen und neben den Haustüren Kürbisse flackernd ins frühe Dunkel starren, will mein Sohn plötzlich wissen, wohin meine Mutter nach der Vertreibung gekommen ist und wie alles war.

»Na gut«, sage ich, »lass uns auf die Suche gehen!«

An diesem Tag geht es um Entdeckungen, mein Sohn sitzt neben mir im Lesesaal eines Archivs. Er runzelt die Stirn und ist begeistert. Wir suchen Waggonlisten der Vertriebenentransporte, blättern in riesigen Findbüchern, legen unsere Finger immer wieder auf eine Jahreszahl. 1946. In den hohen Buchen vor dem Fenster hört sich das Windrauschen wie Regen an.

»Ist das hier ein Kloster?«, flüstert mein Sohn.

Ich lächle und nicke.

»Hier kannst du die Zeit zurückdrehen«, flüstere ich zurück.

Später liegt ein Stapel Vergangenheit vor uns, blassgrüne Aktendeckel mit weißen Baumwollbändern verschnürt. Vorsichtig ziehe ich ein Bändchen auf. Man kann die Vergangenheit anfassen.

»Das sind Dokumente und Namenslisten.«

Dann riechen wir an den Akten.

»So riecht vergangene Zeit«, sage ich.

Die Blätter liegen lose hintereinander, am Rand hat sie das Licht braun verfärbt und bröselig gemacht. Aus einer Mappe fällt ein altes Foto heraus. Es zeigt keine Menschen, nur eine Weggabelung, einen einzelnen Baum, festgetretene Erde mit Spuren von Füßen oder Hufen, knorrige Pfosten eines Weidezauns, geradeaus geht es in ein Dorf, rechts hinaus in eine hügelige Landschaft. Ein Ort, aus irgendeinem Leben, der uns seine Bedeutung verschweigt. Auch so ein Winkel der Welt, der keinen bestimmbaren Anspruch besitzt und dennoch schon so vieles war, Schulweg, Kirchweg, Feldweg. Ein Bauer auf seinem quietschenden Fahrrad. Dunst über dem Gras. Fliegensummen am Wegrand. Und mit dem glitzernden Tau auf den Gräsern oder der Stille eines sehr frühen Morgen oder dem Geruch von Heu durfte dies ein Traumort sein. Warum eigentlich ist Tau so schön? Oder mit den zugeworfenen Blicken zweier Verliebter, die sich heimlich am Ortsrand treffen und verlegen auseinanderfahren, als ein Kind vorbeigeht, das gerade überlegt, wie alt es ist, vielleicht sechs Jahre, dann befindet, dass dies kein hohes Alter sei, deshalb fröhlich zu pfeifen beginnt und in der Ferne verschwindet, als der junge Mann seine Hände auf die Hüften des Mädchens legt, was sich unglaublich anfühlt.

Nur ein Foto.

Wir suchen einen Transport aus Neisse, überfliegen Namen in blasser Schrift, verewigt auf Schreibmaschinendurchschlägen, Schicksale aus getippten Buchstaben, als wären die

229

Personen anwesend. Wir suchen meine Familie, in diesen Listen gibt es ihre Heimat nicht mehr, nur die Spalte *Bisheriger Wohnort* und ihr Herkunftsland *New-Poland*.

»Warum wurden die vertrieben?«, fragt mein Sohn.

»Hatten die Deutschen auch so gemacht, und irgendwann kam alles wieder zurück. Ist übrigens immer so.«

»Warum konnten die guten Ritter diesen Hitler nicht fangen?«

»Haben sie versucht, da war die halbe Welt aber schon kaputt.«

Irgendwann ein Transport mit 1706 Insassen. Das Papier knistert in meinen Händen. Eintausendsiebenhundertsechsmal Angst. *Flüchtlingslager Mariental. Refugee Train No. 267 from New-Poland arrived at Mariental Camp on 17.6.1946.* An diesem Tag unterschreiben ein polnischer und ein britischer Offizier die Liste, verteilen die Tinte mit breiter Feder, hellblau, alles kommt mir wichtig vor. Das Formular erweckt den äußeren Eindruck eines gewöhnlichen Vorgangs. Und von Ordnung. Mit Bleistift hat jemand über die erste Seite gekritzelt, Lagerleitung, eine geschwungene Handschrift mit extra langem Strich über dem u, ansonsten jeder Buchstabe säuberlich getippt. Immer wieder lesen wir *Neuwalde,* ein ganzer Ort in einen Güterzug verfrachtet. Seite 6, ich werde aufmerksam, lfd. Nr.187, in der Spalte Beruf, das Wort Bäcker, davor die Namen meiner Großeltern. Darunter der Vorname meiner Mutter, lfd. Nr. 189, Konfession: katholisch. Ich schaue aus dem Fenster, vielleicht hätte ich lieber geweint, über diese ganze Vergangenheit, über dieses Mädchen.

»Was ist denn?«, mein Sohn sieht mich überrascht an.

»Wir haben deine Oma gefunden!«

Mein Sohn schiebt sein Gesicht über die Seite. Ich zeige auf die Zeile. Jetzt ist alles ganz nahe. Dort steht ihr Name, meine Mutter, sie war dreizehn Jahre alt.

Und die Buchen rauschen noch immer.

»Haben Oma und Opa da nebeneinander auf der Matratze gelegen?«

»Nein!«, sage ich. »Die kannten sich noch gar nicht. Opa ist doch ins Lager Immendorf gekommen und Oma mit dem Vertriebenenzug nach Mariental. Das ist auch nicht so weit von hier. Sie mussten aussteigen und wurden nach Schöningen in ein Hotel gebracht. Deutsches Haus hieß das, hat Oma erst jetzt erzählt.«

»Das war wohl vornehm?«

»Nein, eine Art Lager, das hatten die Amerikaner beschlagnahmt. Überall haben Vertriebene rumgelegen. Deine Oma musste im Treppenhaus schlafen. Das war kein Urlaub.«

»Gibts das Hotel noch?«

»Ich glaube schon.«

Ich bin im Besitz einer sanften Traurigkeit, die sich manchmal versteckt und doch immer wieder erscheint. Erst jetzt weiß ich, sie gehört nicht zu mir, sie gehört meinen Eltern. Die sichtbaren Trümmer der Vergangenheit konnten sie beseitigen, aber ihre übergroße Angst und Trauer haben sie in einer Kapsel eingeschlossen, das ganze Gemisch mit den ver-

231

sunkenen Hoffnungen, Abschieden, der verlorenen Sicherheit und diesen ständigen Gegenbeweisen für den Sieg des Guten. In ihre Angstkapsel ließen sie uns nicht schauen, nicht einmal das Inhaltsverzeichnis zeigten sie uns, aber wir wussten, dass sie groß ist und schwer. Aus Liebe halfen wir ihnen beim Tragen, wollten gute Kinder sein. Wir hielten die Kapsel in unseren Händen und spürten das Gewicht, obwohl wir mit dem Inhalt nichts zu tun hatten.

»Denk nicht allein«, sagt mein Sohn.

Ich nicke.

Jetzt schlossen wir auch unsere eigenen Ängste in den finsteren Hohlraum ein, legten sie dazu. Dort wirkten sie viel größer und schmerzhafter, als sie wirklich waren. Aber wir konnten sie nicht auflösen, weil sie sich mit dem fremden Leid vermischten. Selbst wenn wir glücklich waren, spürten wir die Last, dieses unbestimmt ungute Gefühl. Der Verlust der Unbeschwertheit. Unsere Eltern mussten ihn erleben, wir vollzogen ihn nach. Jetzt brauchten wir keinen Anlass mehr, hatten längst ihr Lebensgefühl übernommen, wie ein Lied, das man mitsingt oder nur mitsummt. Wir meinten, es dürfe uns nicht gut gehen, und konnten nicht erklären, warum wir uns traurig und haltlos fühlten oder unsicher und getrieben. Manchen Nachgeborenen wurde dieses Gefühl zur Angst vor Enge oder Dunkelheit oder Kontrollverlust, es gibt ein ganzes Kaufhaus davon.

Früher dachte ich, die Vergangenheit kann Nachgeborene nicht verletzen, dass Zeit eine Schutzschicht bildet und alles in ungefährliche Erinnerungen verwandelt. Heute weiß ich, keine schwere Zeit ist vorbei, nur weil sie vergangen ist. Der Phantomschmerz hat immer das letzte Wort.

Heal Our Land

Am Samstag ist das Wetter sonnig. Und wieder läuten die Glocken, in der Kirche nebenan heiraten sie heute stündlich. Die ganze Familie sitzt auf dem Balkon und isst einen Apfelkuchen, den meine Mutter gebacken hat. Die Welt ist schöner geworden, seit es Zimt auf Apfelkuchen gibt. Aus der Küche hört man eine Stimme, der Nachrichtensprecher verliest neue Katastrophen. Deutschlandfunk.

»Wollen wir einen Ausflug machen?«, frage ich meinen Sohn.

»Ja!«, ruft er und holt seine Handschuhe aus dem Flurschrank. »Ich will wieder was entdecken.«

»Und was?«

»Du wolltest mir doch das Hotel von Oma zeigen.«

»Gut, aber die Handschuhe brauchst du nicht.«

»Doch!«, ruft er, »das sind Schutzhandschuhe.«

Meine Mutter sagt kein Wort.

Unser Weg aus der Stadt heraus ist diesmal länger als üblich, eine Umleitung führt an der Friedhofsmauer entlang, vermooste rote Ziegel, seit vielen Jahren windschief. Trotzdem erfüllt das Bauwerk sorgfältig seine Aufgabe und trennt die Welten der Lebenden und der Toten voneinander.

»Dahinter liegt irgendwo dein Ururgroßvater begraben«, erkläre ich und zeige auf eine Stelle, an der ein schwarzes Granitkreuz über die Mauer ragt. »Das war der Opa von deinem Opa.«

Mein Sohn schaut sich um. »War bestimmt schon alt.«

»Fünfundneunzig. In dem Alter hat der im Waggon gelegen. August sechsundvierzig sind sie hier angekommen und vor Weihnachten ist er schon gestorben.«

»Haben sie ihn angeschossen?«

»Nein, der Krieg war doch vorbei.«

Mein Sohn überlegt. »Ist er aus Frust gestorben?«

»Ja, man könnte auch Sehnsucht sagen. Er brauchte seinen Bauernhof, die Tiere, die Heimat, und dann war auch noch Winter.«

»Ich dachte Sehnsucht ist was Schönes«, sagt er und schiebt sich ein paar Smarties in den Mund, »aber wenn ein Opa alles Schöne verliert, nutzt ihm das Leben doch auch nichts mehr.«

Ich nicke, mein Urgroßvater war für mich nie mehr als ein weißhaariger Mann auf einem verblichenen Foto. Als sie ihm sagten, dass er seine Heimat verlassen müsse, wollte er es nicht glauben. Er ist auf den Dachboden gestiegen und hat geweint. Im ganzen Ort soll man es gehört haben. Eine Nacht lang. Mein Vater hat es mir erzählt.

»Alles sehr traurig«, sage ich.

Die Straße in Richtung Osten verläuft auf einer Anhöhe, eine langgezogene Aussichtsstrecke, an beiden Seiten Felder, links über allem ein bewaldeter Höhenzug, der Elm, Linien und Flächen, rechts die Windräder, wie ausgestreut, und im Hintergrund der Brocken. Mein Sohn nennt ihn Blocksberg, aber jetzt sieht er harmlos aus. Dieses Gebiet wäre im Ernstfall das Aufmarschgebiet der Roten Armee, haben sie uns damals bei der Bundeswehr erklärt, und im Fall eines überraschenden Angriffs schon am ersten Tag nicht mehr zu halten. Ich lege die CD von Jonathan Butler ein. Hingebungsvoll singt er *Heal our land*, jetzt klingt es wie eine Filmmelodie.

»Können wir bei REWE halten?«, fragt mein Sohn, als wir durch Schöppenstedt fahren. »Ich brauche dringend ein Brötchen.«

An der Kasse fällt der Frau hinter uns ein Fläschchen pechschwarze Zuckercouleur aus dem Einkaufswagen. Es zerspringt, verteilt seinen klebrigen Inhalt auf dem glänzenden Fliesenboden. Zum Glück ist die Frau bereits schwarz gekleidet, alles tief dunkel, einschließlich ihrer Haare, nur der Lippenstift leuchtet. Mit ihrem Taschentuch versucht sie, der herangeeilten Verkäuferin beim Aufwischen zu helfen.

»Lassen Sie bitte!«, sagt die Verkäuferin.

Mein Sohn zieht mich zu sich herunter. »Die schwarze Frau hat mich so böse angeguckt.«

»Ach, die meint nicht dich.«

Im Auto muss ich erklären, was Zuckercouleur ist. »Schwarzer Honig«, sage ich, dann führt uns die Straße geradeaus über mehrere Hügel weiter am Rand des Elms entlang. Mein Sohn hält Selbstgespräche, und ich freue mich.

Der Acker vor dem Waldrand zieht sich in Wellen über die Anhöhen, auf der anderen Seite die Konturen einzelner Dörfer, vielleicht hatte die Landschaft in Schlesien mehr Weite in sich. Auch so eine Landschaft, die angesehen werden will. Wenn meine Mutter hier angekommen ist, konnte sie zumindest ein vertrautes Bild betrachten, in der Hügellinie eine Art Empfang sehen, den es sonst nirgendwo gab. Auch wenn ihr das Ähnliche nie wirklich Heimat wurde.

»Wenn das meine Felder wären, würde ich den ganzen Tag buddeln«, sagt mein Sohn.

Jetzt fahren wir über die Schattenstreifen auf einer Allee. Das Sonnenlicht flackert von der Seite in unser Auto, blendet uns mit jedem einzelnen Strahl. Für mich haben Alleen etwas mit Abschied zu tun, ich denke an gebeugte Gestalten, die mit Koffern zu irgendwelchen Bahnhöfen ziehen. Dann sehen wir Kirchtürme mit spitzen Turmhelmen, Ansichten, die immer da waren, wir sind in Schöningen. Auf einem Begrüßungsschild: *Stadt der Speere. Erstaunlich, liebenswert, schön.* Klingt gut! Über der Straße ein Transparent: *Schöninger Sucht- und Präventionstage.* Klingt nicht gut!

Das flackernde Licht ist unser Filmprojektor.

Mitte Juni 1946 hockt ein Mädchen mit dem Rest ihrer Familie auf der Ladefläche eines blassblauen Lastwagens. Der Fahrer fährt schnell, er fährt durch diese Allee, dieselbe Sonne scheint, vielleicht blitzt das Licht in demselben hektischen Rhythmus, es ist heute nicht sein letzter Transport. Sorgsam achten die Fahrgäste auf ihr Gepäck. Das Lebenswerk von Generationen. Und was bleibt? Ein paar Lumpen, vielleicht

237

eine Mohnmühle. Das Mädchen blickt zurück, der Staub auf der Landstraße legt sich nur langsam.

Ihr Vater hat sie beobachtet. »Gut, dass wir nicht mehr in Mariental sind, ist nicht einfach in den großen Lagern«, ruft er in das Fahrgeräusch hinein und nimmt sie in den Arm. Jeder gute Satz, der es schwierig macht, sein Gegenteil zu denken, hat einen besonderen Wert bekommen, wird ihr zu einem Mantel, den sie sich zum Schutz umlegt. Sie spürt die Geschwindigkeit, stellt sich vor, dass ihr Lastwagen an einem Baum zerschellt, der das kräftige Blech verbiegt, das Fahrzeug umstürzt oder zum Schleudern und Überschlagen bringt und die Passagiere zerquetscht. Als sie die Augen schließt, ist das auch keine Lösung.

Bald durchqueren sie die ersten Straßen von Schöningen, werden auf holprigen Gassen durchgeschüttelt, vor engen Kurven bremst der Fahrer scharf, alle müssen sich festhalten, an beiden Seiten eng gebaute Fachwerkhäuser, ganz anders als in den schlesischen Städten, die das Mädchen kennt. Das hier sind nicht ihre Straßen. Und glanzlos kommt ihr alles vor. Erloschenes Leben, denkt sie, alles erloschen, diesem Krieg konnte nichts entkommen, nur noch Abwärtsbewegungen. Aber das Schlimmste ist, wenn du die Hoffnung verlierst.

Manchmal peitschen Zweige der Straßenbäume an das Führerhaus und nach hinten zu den Passagieren, der Fahrtwind zerrt ihre Haare auseinander. Plötzlich erscheint es dem Mädchen nicht mehr wichtig, wo sie ist und was danach kommt. Es ist ja nur eine Zwischenstation, schon längst ist alles Zwischenstation, in einer Zwischenzeit, die nicht

238

zählt und einfach nur vergehen soll. In diesem Moment hat sie nicht einmal Angst, weil sie nichts erwartet, nicht einmal etwas Bedrohliches. Leben wird sie in einer anderen Zeit. In den Scheiben des Lastwagens spiegelt sich die späte Sonne, die ganze Pracht, als gehöre sie zur Ladung. Das Mädchen ist froh, gefahren zu werden.

Nach langer Fahrt hält der Lkw an einem herrschaftlichen Ziegelgebäude unter einer Linde, Hotel Deutsches Haus. Die Insassen klettern von der Ladefläche, warten mit gesenktem Kopf, die Kraftlosen, die Entwurzelten. Das Mädchen steht verstört zwischen ihnen und beobachtet die rauchenden Soldaten, die an der Balustrade über der Eingangstür lehnen, sie scherzen, ihre Worte sind deutlich zu hören, eine fremde Sprache, an einem fremden Ort. Irgendwo brennt ein Holzfeuer.

Bis heute hat meine Mutter so vieles nicht erzählt.

Vor dem Eingang werden Listen verglichen, man bringt die Neuankömmlinge in einen riesigen Raum, der vor dieser Zeit als Festsaal diente. Hier herrscht qualvolle Enge, Menschen gestapelt, ihre verlorenen Blicke, die von Bitterkeit verzogenen Gesichter, die Luft riecht nach diesen vergänglichen Menschen. Dumpfes Gemurmel. Die meisten Saalfenster sind mit Pappe und Holz verschlossen, hier ist es selbst am Tag dunkel.

»Wie lange müssen wir bleiben?«, fragt das Mädchen ihren Vater.

239

Er zuckt mit den Schultern. »Nicht lange.«

In der Mitte des Raumes stehen doppelstöckige Betten, dazwischen Tische und Stühle. An den Wänden hat man mit Brettern einzelne Boxen zum Schlafen abgeteilt, darin Stroh und Decken aus Armeebeständen.

Erst nach der Reise hat meine Mutter über die Tage in Schöningen gesprochen.

In eine Ecke haben sie uns geschickt, weil zwischen den Leuten noch Platz war. Viel zu voll hier, hat der Papa gesagt, und das Stroh läuft von alleine.

Wenn das Mädchen die Spitzknochigen, viele in Unterwäsche, genauer ansieht, weiß sie, was er meint. Einige sind voller roter Flecken oder Bläschen, bei manchen ist die Haut vollständig gerötet, geschwollen, zerkratzt. Sie weiß, dass Wanzen in Serien beißen und dass Schweiß an den Bissstellen fürchterlich juckt.

Eine alte Frau greift sie am Arm. »Alles wird gut für jene, die warten können.« Die Frau haucht den Satz dahin.

Schnell verlassen sie den Saal und ziehen ins Treppenhaus um, ohne Stroh. Sie balancieren durch die Menschen auf einen Platz zwischen den Etagen, die Podeste sind bereits zu eng bewohnt. Mein Opa legt die Bündel ab.

»Jessesmariajosef«, empört sich Tante Anna.

»Kommen Sie!«, sagt mein Opa zu ihr.

Bald besitzt meine Mutter ihre eigene Stufe. Sie bewohnt diese Stufe, denkt an den unerbittlichen Ablauf der Geschehnisse bis zu diesem Moment in diesem Treppenhaus, ihre Hilflosigkeit auf dieser furchtbaren Reise, die sie aber nie-

240

mals Reise nennen will. Und schon wieder fremde Gesichter. Die Worte der alten Frau bekommt sie nicht aus dem Kopf. Diese fürchterliche Stimme. Von ihrer Stufe aus stellt sie fest, dass Krampfadern wie Flussläufe auf der Landkarte aussehen und dass viele Leute eine spitze Nase haben. Sie findet alles sehr seltsam. Nicht einmal unbeobachtet weinen kann sie, also lässt sie es. Verpfuschte Kindheit, flüstert sie sich zu, immer wieder. Die Vergangenheit haben sie uns abgeschnitten und die Zukunft gleich mit.

Als am Abend eine Amsel auf dem Fenstersims singt, erscheint ihr das völlig unangebracht.

»Es gab zwar keine Hausordnung, aber unzählige Regeln. Trotzdem standen überall vollgepinkelte Dosen. Gerade die Frauen hatten es mit der Blase.«

Später spricht sich herum, dass es Suppe geben soll. Wer ein Gefäß besitzt, bekommt eine Portion. Wer kein Gefäß besitzt, bekommt nichts. Dünne Suppe, das Hauptgericht dieser Zeit. Vereinzelte Rübenblätter schwimmen in einer ungesalzenen, wässrigen Lösung, dazwischen nur ein paar willkommene Fettaugen. Nicht jeder bekommt ein Stück Brot. Danach können sie fast bis zum nächsten Treppenpodest aufrücken, warten, ausharren. Das Mädchen breitet ein Taschentuch auf ihrer Stufe aus. Hellblau mit Karomuster. Es ist ihr Wohnzimmer. Darin ihre Gedanken und was sie umgibt. Mein Opa sitzt auf dem Bündel mit der Mohnmühle. Er hat nicht nur *seine* Heimat verlassen, sondern auch den Ort seiner Eltern, Großeltern, jetzt lässt er alle Generationen zurück. Bald ist es dunkel, sie zählen die Schläge einer Kirchturmuhr, beobachten den Nachthimmel hinter dem Fensterkreuz. Eine Mutter mit vier Kindern weint, weil sie in die sowjetische Besatzungszone zurückgeschickt werden soll. Ihre zerfetzten Schuhe hat sie mit Zeitungspapier gestopft.

»Madla, du hast kalte Hände«, flüstert Tante Anna.

Am nächsten Morgen ist mein Opa schon früh wach. Halb aufgerichtet liegt er auf einer Stufe und putzt seine Brille. Kein vertrauter Griff in die Nachttischschublade. Seine Nachttischschublade. Meine Mutter sieht durch das Treppenhausfenster auf den leeren Hof. Eigentlich ist sie längst verschwunden, versunken. Aber sie lebt, auf dieser Treppe, irgendwo auf der Welt, hat nicht einmal bemerkt, dass die Hand ihres Vaters auf ihrer Schulter liegt. Später gibt es süßen Kaffee und Weißbrot.

Sie findet es traurig, wenn jemand sein Brot mit beiden Händen isst.

Jetzt fahre ich mit meinem Sohn durch die Straßen von Schöningen, werde um den Stadtkern herumgeleitet, Eichendorffstraße, auch ein schlesischer Name. Noch eine Kurve, wir parken direkt vor dem Hotel.

»Das ist das Deutsche Haus?«, fragt mein Sohn verwundert.

Unter dem üppigen Giebel prangt ein breites Spruchband, es verkündet noch immer das Jubiläum im vorletzten Jahr, *125 Jahre im Familienbesitz.*

»Schöningen ist nur eine kleine Stadt«, erkläre ich, »da ist so ein Gebäude etwas Besonderes.«

242

Das Hotel besitzt den Charme einer Filmkulisse, leicht vorstellbar, dass die angegrauten Putzverzierungen aus Pappmaché gebastelt sind. In den Scheiben am Eingang zwei Silhouetten, ein Mann mit einem Kind. Das sind wir. Meine Mutter hat sich in diesen Scheiben gespiegelt, in einem fremden Licht, hat vielleicht die schlossartigen Rundbogenfenster im Obergeschoss bemerkt. Wir gehen in den Hof, hier sind die Wände mit Bahnhofsschildern und Warnhinweisen der DDR-Grenze dekoriert, die nur wenige Kilometer entfernt lag. Sträucher drängen sich unter dem Gebäudesockel hervor, als wollten sie das Haus aus unserer Zeit herausheben.

»An einem Juniabend ist Oma hier angekommen.«

»Und dann?«

»Wahrscheinlich haben sie sich erstmal einen Platz gesucht. Im Saal war aber alles voll. Fünf Tage mussten sie im Treppenhaus schlafen.« Ich zeige auf die großen Fenster neben dem Giebel. »Und dann war erstmal wieder Nacht.«

»Wie lange dauert eine Nacht, Papa?«

»Kommt darauf an, ob man schlafen kann oder ob man Angst hat.«

»Die Nacht ist doch nicht so lang wie der Tag, oder?«

»Stimmt leider nicht immer.«

Wir werfen einen Blick in die hinterste Ecke des Hofes, *Bundeskegelbahn* steht dort auf schwarzen Wellplatten. Es ist still.

»Was hat Oma denn hier gesucht?«

»Die haben hier nichts gesucht und nichts gefunden. Wollen wir versuchen, in das Hotel zu kommen?«

»Lieber nicht«, flüstert mein Sohn, »alles so dunkel hier.«

Als wir zurück zur Straße kommen, steht ein alter Mann in Sandalen und Strickjacke in der geöffneten Eingangstür und drückt seine Zigarette in einem Sandbehälter aus. »Hat heutzutage keiner mehr Sinn für Tradition.«

Ich stelle uns vor und erkläre unseren Besuch. Er lächelt.

»War keine gute Zeit«, erzählt er, »meine Mutter war mit uns Kindern allein und hat sich auch noch um die Flüchtlinge gekümmert. Die war nachher völlig kaputt. Später haben wir erfahren, dass unser Vater lebt und in Gefangenschaft ist. Und für das Hotel waren die guten Jahre vorbei, hatten die Amis beschlagnahmt, später die Engländer. Erst dreiundfünfzig, als mein Vater nach Hause durfte, haben wir alles zurückgekriegt.«

»Dann sind Sie der Besitzer?«, frage ich.

Er nickt freundlich und zeigt auf das Transparent über der Tür. »Familienbesitz, ich kann Ihnen alte Fotos zeigen.«

»Sehr gern«, sage ich, »aber wir wollen nicht stören.«

»Ich freue mich ja, wenn einer Interesse hat«, er humpelt voran in die Gaststube. »Geht nicht so schnell, Kniescheibenbruch, muss mit dem Laufen wieder üben.«

Wir folgen ihm, betreten eine Welt der Ereignisse, aber alles Geschichten von damals. Dann stehen wir vor einer Theke in einem riesigen Raum, bestaunen die schneeweißen Stuckaturen an Wänden und Decken, eher Märchenschloss als Lokal.

244

»Früher war alles noch mit Blattgold abgesetzt, das hat im Kerzenlicht geschimmert.«

Aus dem Flaschenregal, einem massiven dunklen Möbel, zieht der Mann ein Kunstlederalbum hervor und bittet uns an einen der Tische. Vorsichtig öffnet er das Album und schiebt es unter unsere Gesichter, sein Zeitspeicher, in ihm lebt die Geschichte seiner ganzen Familie und die des Hauses, Dokumente, Fotos. Vertriebene werden vor dem Hotel von einem Lastwagen abgeladen, Menschen in Mänteln, im Vordergrund ein Mädchen mit Puppenwagen, die Haare nachlässig hochgesteckt, Gepäckbündel und Koffer auf der Straße. So muss es ausgesehen haben, er selbst in Kniebundhosen, ein Meisterbrief seines Vaters, Verträge, *Belegung durch amerikanische Besatzungstruppen, Flüchtlingslager Deutsches Haus,* eine Veranstaltung in den Sechzigerjahren, bei der sogar ein Segelflugzeug unter der Saaldecke hing. Immer weiter in die Gegenwart blättert er und führt mit seinem kleinen Finger über die Seiten. Seine Finger sind krumm.

»Wenn Sie wollen, kann ich Ihnen den Saal zeigen.«

Natürlich stimmen wir zu. Wieder sein schleifender Gang. Durch eine hohe Flügeltür betreten wir einen riesigen ovalen Raum mit Säulen und Emporen, der rote Samtvorhang auf der Bühne ist geschlossen. Plötzlich knietief in der Vergangenheit.

»Das ist ja eine Kirche«, staunt mein Sohn.

»Kann man so sagen«, lacht der Mann. »Damals ging es hier zu wie auf dem Marktplatz. Auf der Bühne lagen die Mütter mit den ganz kleinen Kindern und die Hochschwangeren. Wenn ein Kind auf die Welt wollte, wurde die Mutter nebenan in die Waschküche verfrachtet.«

Wir bewundern den Ofen, der den ganzen Saal beheizte, und die Messingleuchter, Kaffeehaus, große Welt.

Nur selten findet man Orte, an denen sich die Anwesenheit des vergangenen Lebens so offensichtlich zeigt. Und so laut. Ich höre das Durcheinander der Stimmen, später die Musik einer Karnevalsveranstaltung oder den Gesang bei einer Weihnachtsfeier, die Rufe der Kellner, das Klappern von Geschirr. Der alte Mann neben uns, in seinem Album war er gerade noch ein Kind mit dicken Backen, jetzt ist sein Gesicht schmal und faltig.

»So ein Haus kann man nicht unterhalten«, sagt er, »es reicht nicht mal für meine Zähne. Fünftausend will der Zahnarzt haben.«

Durch das Treppenhaus gehen wir zurück zum Eingang. Vielleicht hat meine Mutter ihren Kopf an einen der gedrechselten Stäbe des Holzgeländers gelegt. Klare Bilder.

»Hier haben sie geschlafen?«, fragt mein Sohn.

»Ich glaube schon, Opa hat alles in seinem Lebenslauf beschrieben. Fünf Tage und fünf Nächte.« Ich mache ein Foto.

»Das müssen wir zu Hause zeigen.«

»Mal sehen.«

Beim Abschied bedanken wir uns gegenseitig. »An das Album muss ich nochmal ran«, sagt der Mann, »alles mal ordentlich sortieren.«

Ich habe das Gefühl, von einer langen Reise zu kommen. An der Fassade neben dem Hotel glitzern Mosaikfliesen auf voller Höhe, schwarz mit pastellfarbenen Einlegern, ein Bestattungsunternehmen.

»Sieht schick aus«, sagt mein Sohn.

Das Nachbargeschäft steht leer, über den Schaufenstern die historische Leuchtreklame, *Müllers Fernsehdienst*. Im Laden erkennt man den alten Tresen, eine verblichene Werbung. *Rundfunkhören bietet was, mit Telefunken macht es doppelt Spaß.* Musikkassetten in einem Regal drapiert, jemand hat die Überbleibsel als Gegenmittel zur Leere dekoriert, dazu einen rosa Plüschelefanten mit Pudelmütze. Eingeschlossene Zeit. Und wieder Filmkulisse, diesmal Fünfzigerjahre.

»So sahen die Geschäfte aus, als Adenauer noch lebte«, erkläre ich meinem Sohn.

»Gab es hier auch Star-Wars-Filme?«

»Nein, das Weltall war noch nicht so wichtig, die haben Heinz Erhardt geguckt.«

»Komm, wir sehen uns mal um«, sagt mein Sohn und zieht mich vor das nächste Bestattungsunternehmen.

An einem Kiosk unterhalten sich zwei lederne Harley-Fahrer, ihre Maschinen neben sich auf dem Gehweg. »Nach acht Wochen ist die Julia schon wieder schwanger geworden.«

Zwischen den eng gebauten Häusern versuchen wir, das Hotel von der Rückseite zu sehen, doch es gelingt uns keine andere Ansicht.

»Der Mann war wirklich nett«, sagt mein Sohn.

Aus einem Schornstein steigt der Rauch senkrecht in die

247

Höhe. Wir setzen uns ins Auto und verlassen diesen Ort, der so aussieht, als wäre dort alles immer nur vorbei.

»Wollen wir noch in den Baumarkt?«, fragt mein Sohn. »Ich brauche Bretter.«

»Heute mal nicht«, bitte ich ihn.

Auf der Rückfahrt kommt Dunst auf, die Sonne färbt ihn rötlich und befeuert die Luft, wir staunen. Wie eine Erscheinung erhebt sich der Brocken aus dem Nichts. Doch der Blocksberg!

»Papa, wie lange braucht eine Wolke, bis sie nach Italien geflogen ist?«

»Mit Sturm oder gemütlich?«

»Gemütlich.«

»Vielleicht dreißig oder vierzig Stunden.«

»Dann sind die heute nicht mehr in Rom?«

»Nein, schaffen die nicht.«

In der Seitentür findet mein Sohn eine Tüte Erdnüsse und lässt eine Nuss nach der anderen in seinem Mund verschwinden.

»Also von Opa war das Immendorf und von Oma das Deutsche Haus. Haben wir noch was?«, fragt er.

»Nein«, sage ich, »das wars!«

»Warum heißen Erdnüsse eigentlich Erdnüsse?«

»Weil sie in der Erde wachsen.«

Nur dort, wo die Sonne den Horizont verlassen hat, ist eine rote Fläche geblieben. Von allem, was verschwunden ist, abwesend und vergangen, bleibt irgendetwas übrig.

Vor der Haustür meiner Eltern steht eine leere Tupperdose, darauf eine Tafel Schokolade. Ich nehme sie mit ins Haus.

»Wir haben für die Traudel Mohn gemahlen«, sagt mein Vater.

Mindestens Amerika

Den Himmel kann ich nicht erkennen, durch das Fenster schaue ich in einen nebligen Sonntag, mein Elternhausfenster mit der immer gleichen Ziegelmauer im Blick. Nicht ein einziges Mal während meiner gesamten Kindheit habe ich gedacht, dass die Welt nicht genauso aussehen muss. Edward setzt sich an den Esstisch, meine Eltern haben ihn nach dem Gottesdienst zum Essen eingeladen, und ich bin sowieso dabei, weil es Kließla, Fleesch und Tunke gibt. Jeder Kloß so herrlich schräg von der Teigrolle geschnitten. Aber erst das Tischgebet, dann stellen wir wie immer fest, dass man bei diesen Klößen einfach nicht aufhören kann, woraufhin auch jedes Mal alle zustimmen.

Wir geben die Soße herum. Mein Vater verteilt sie sparsam auf den Klößen. Dann erzählt er von seinem Dorf. Und Edward spricht über sein Zuhause, Häuser, Gärten, Straßen, Geschichten aus dem anderen Land an derselben Stelle. Meine Mutter schweigt, in ihren Augen flackert das Geschehene, doch sie bewahrt sich ihre Bilder, vor dem Haus sitzt sie in der Ladentür, mitten auf der einzigen Stufe, der Sommer wärmt den rötlichen Stein, spätestens zur Abendsonne. Hinter ihr die Tür zum Wunderland. Dieser Geruch, eine gläserne Theke, das Ticken der Wanduhr, das schnarrende und gleichzeitig klingende Geräusch beim Öffnen und Schließen der Kasse und natürlich dieser strahlend weiße Kittel ihres Vaters, glatt wie unberührter Schnee. Manchmal sammelt sie Fliegen aus dem Schaufenster, die vergeblich den Ausgang suchten. Im Obergeschoss das Lager, diese Stille dort. Zwischen den Regalen läuft sie durch ihre heimlichen Straßen, endlos weit, und hinter dem letzten Regal liegt mindestens Amerika.

Die Augen meiner Mutter.

Ich hole eine Flasche Wasser aus der Küche. Edward trinkt gern ohne *Blubberitzki,* sagt er. Schablone heißt für mich *Schablonski.* Manchmal denke ich wirklich, ich könnte Polnisch. Neben der Spüle steht noch das Geschirr vom Frühstück, an der Wand darüber hängt eine Fotosammlung mit dem Familienbild meiner Mutter, aufgenommen in einem Studio kurz vor dem Krieg. Fünf Lebenswege, vier davon schon abgeschlossen. Meine Großeltern sitzen auf Barockstühlen, dahinter stehen ihre drei Kinder, aufrecht, meine Mutter als Schulmädchen, das Lächeln eingefroren, ich finde, sie sieht der englischen Königin ähnlich. Und alles in verblichenem Braun. Dieser eine Moment, gestochen scharf, selbst der Ehering meiner Oma, ich war dabei, als ein Pfleger ihn in der Klinik abzog und meiner Mutter gab. Am Morgen noch hatte meine Oma Tiegelkuchen gebacken, ihre Küche roch tagelang danach.

Wir reden nur wenig, aber sehen uns abwechselnd mit einem Lächeln an. Edwards Brille beschlägt über seinem dampfenden Teller. Nach dem Essen soll es Mohnstrietzel geben. Schlesisches Essen, schlesischer Kuchen, die ganze Heimat auf dem Teller. Und die vertrauten Handgriffe. Erst am Vormittag hat ihn meine Mutter aus dem Ofen geholt. Er ist breit und einen halben Meter lang, passt nur diagonal auf das Backblech. Im Westen kannten sie keinen Mohn, sagt meine Mutter wie immer, die Schlesier haben ihn hier eingeführt.

Edward kaut, hat seinen Teller zum zweiten Mal leer gegessen. Es schmeckt ihm. Er wischt sich den Mund.

»Alles gut«, sagt er.

»Nimm den letzten Kloß!«, sagt meine Mutter und hantiert in der Schüssel.

Ein schlesischer Kloß, denke ich, der letzte schlesische Kloß. Vielleicht hat diese Reise nie stattgefunden.

Vergangenheit ist der falsche Begriff für die Vergangenheit. Je genauer man hinsieht, umso deutlicher erkennt man, wie lebendig sie sich unter uns herumtreibt.

M. M.

Die im Buch genannten Ortsnamen in polnischer und deutscher Sprache

Biskupów – Bischofswalde
Gliwice – Gleiwitz
Grodków – Grottkau
Hajduki Nyske – Heidau
Jawornica – Jauernig
Kamieniec Ząbkowicki – Kamenz
Katowice – Kattowitz
Kłodzko – Glatz
Kraków – Krakau
Legnica – Liegnitz
Mikołajowice – Nikolstadt
Moskwa – Moskau
Niemcy – Deutschland
Nowy Las – Neuwalde

Nysa – Neisse
Opole – Oppeln
Otmuchów – Ottmachau
Paczków – Patschkau
Polski Świętów – Alt-Wette
Ratnowice – Rathmannsdorf
Ścibórz – Stübendorf
Stary Las – Altewalde
Trzeboszowice – Schwammelwitz
Ujezdźiec – Geseß
Warszawa – Warschau
Wrocław – Breslau

Inhalt

Dieses Zitronenauto 6

Glück auf, der Steiger kommt! 19

Weiß und nadelfein 26

Kaltes Lastwagenbuffet 35

Nadja 44

Alles noch der Krieg 51

Vielleicht ein Trompeter 65

Griff zum Festhalten 83

Wodka mit Grasgeschmack 92

Goldene Türme! Schlagsahne! 122

Eisblumen 142

Nicht die Mutter Gottes und auch sonst niemand 159

Heute Nacht konnte ich fliegen 198

Irgendein Filmschauspieler 206

Aber das Wetter wird gut 218

Ein ganzes Kaufhaus 225

Heal Our Land 234

Mindestens Amerika 250

DANK

an meine Eltern für ihren mutigen Sprung in die Vergangenheit.

an meinen Bruder für die Schnapsidee einer spontanen Reise nach Schlesien.

an meinen Sohn Constantin für die kreative Teilnahme an meinen ungewöhnlichen Entdeckungsreisen.

an den Kiener-Verlag für die vom ersten Moment an so herrlich vertrauensvolle und ergebnisorientierte Zusammenarbeit.

besonders an meine Frau Katja, die mit mir in trübem Gewässer recherchierte, mit wunderbarem Textgefühl meine Arbeit begleitete und während der gesamten Entstehungszeit des Romans immer wusste, wo der Hase im Pfeffer liegt.